Mary Stanton
Gerechte Engel

PIPER

Zu diesem Buch

Bree Winston, die Anwältin der Engel, muss wieder ermitteln: Im Sommer 1952 wird die aufstrebende Schauspielerin und Tänzerin Haydee Quinn brutal ermordet in den Fluten des Savannah gefunden. Der Fall gilt als geklärt, bis viele Jahre später ein Film über die Verstorbene gedreht wird und ein Mitglied der Crew nach dem anderen stirbt. Jeder scheint Haydees Geist zu spüren. Die alternde Filmdiva Justine Coville bittet Bree um Hilfe: Wer versucht um jeden Preis, die Vergangenheit aus dem Gedächtnis aller zu tilgen? Bald schon stößt Bree auf ein Netz aus Intrigen, die alles andere als himmlischen Ursprungs sind.

Mary Stanton schreibt Mystery-Thriller ebenso gern wie romantische Fantasy. Mit ihrer Bestsellerserie um Bree Winston, die smarte Anwältin der Engel, verbindet sie beide Genres auf meisterhafte Weise. Nun erscheint Band vier der Serie um Bree und ihre Engel. Wenn Mary Stanton nicht schreibt, verbringt sie viel Zeit auf ihrer kleinen Ziegenfarm im Staat New York oder in ihrem Haus in Florida.
Weiteres zur Autorin: www.marystanton.com

Mary Stanton

Gerechte Engel

DIE ÜBERIRDISCHEN FÄLLE DER BREE WINSTON 4

Aus dem Amerikanischen
von Michael Koseler

Piper München Zürich

Entdecke die Welt der Piper Fantasy:

Piper-Fantasy.de

Von Mary Stanton liegen bei Piper vor:
Im Namen der Engel. Die überirdischen Fälle der Bree Winston 1
Anwältin der Engel. Die überirdischen Fälle der Bree Winston 2
Rächerin der Engel. Die überirdischen Fälle der Bree Winston 3
Gerechte Engel. Die überirdischen Fälle der Bree Winston 4

Die Shakespeare-Zitate sind der Übersetzung von Schlegel-Tieck entnommen.

FSC
Mix
Produktgruppe aus vorbildlich bewirtschafteten Wäldern und anderen kontrollierten Herkünften
www.fsc.org Zert.-Nr. GFA-COC-001223
© 1996 Forest Stewardship Council

Deutsche Erstausgabe
Mai 2011

Titel der englischen Originalausgabe: »Angel's Verdict«,
Berkley Publishing Group, Penguin Group (USA) Inc., New York 2011

Umschlagkonzeption: semper smile, München
Umschlaggestaltung: Guter Punkt, München | www.guter-punkt.de
Umschlagabbildung: Sabine Zels unter Verwendung
von Motiven von Shutterstock
Satz: psb, Berlin
Druck und Bindung: CPI – Clausen & Bosse, Leck
Printed in Germany ISBN 978-3-492-26800-4

Beim Schreiben dieses Romans habe ich die Topographie der schönen Stadt Savannah hier und da ein wenig verändert. Dafür bitte ich die Einwohner um Entschuldigung.

Weder die Handlung noch die Figuren dieses Buches basieren auf tatsächlichen Gegebenheiten.

Für Sally, Bud und Phoebe

Personenverzeichnis

Die Winston-Beauforts

Brianna Winston-Beaufort: Berufungsanwältin für tote Seelen

Antonia Winston-Beaufort: ihre Schwester; angehende Schauspielerin

Royal Winston-Beaufort: Brees Adoptivvater

Francesca Winston-Beaufort: Brees Adoptivmutter

Cecilia »Cissy« Carmichael: Francescas Schwester; Brees und Antonias Tante

Franklin Winston-Beaufort: Royals verstorbener Onkel

Die Compagnie der Engel (Kanzlei in der Angelus Street)

Lavinia Mather: Brees Hauswirtin

Ronald Parchese: Brees Sekretär

Petru Lucheta: Brees juristische Hilfskraft

Armand Cianquino: Vorsitzender; emeritierter Juraprofessor

Gabriel Striker: Privatdetektiv

Sascha: Wachhund

Einige Einwohner Savannahs (1952)

Haydee Quinn: Tänzerin im Tropicana Tide Nachtclub

William »Bagger Bill« Norris: Gangster; Besitzer des Tropicana Tide Nachtclubs

Alexander Bulloch junior: Sohn von Alexander und Consuelo Bulloch

Consuelo Bulloch: Matriarchin der Familie Bulloch

Lt. Edward O'Malley: Angehöriger des Morddezernats

Sgt. Robert E. Lee Kowalski: Angehöriger des Morddezernats

Einige Einwohner Savannahs (Gegenwart)

John Stubblefield: Seniorpartner von Stubblefield, Marwick

Payton McAllister: Sozius bei Stubblefield, Marwick

Emerald »EB« Billingsley: Sekretärin in Brees Kanzlei in der Bay Street

Sam Hunter: Lieutenant der Polizei von Chatham County, Morddezernat

Cordelia Eastburn: Bezirksstaatsanwältin von Chatham County

Robert E. Lee Kowalski (ehem. Sergeant): Insasse des Sweet-Briar-Pflegeheims

Samantha-Rose Waterman, geb. Bulloch: Enkelin von Consuelo Bulloch

Marian Lee Cicerone, geb. Bulloch: Enkelin von Consuelo Bulloch

Alexandra »Dixie« Bulloch: Enkelin von Consuelo Bulloch
Dr. Megan Lowry: Pathologin
Dr. Frederick Ashe Causton: Orthopäde

Einige Angehörige des Himmlischen Gerichtswesens
Goldstein: Archivar
Beazley: Anwalt der Gegenseite
Caldecott: Anwalt der Gegenseite

Einige Filmleute auf dem Set von *Bitter Tide*
Vincent Victor White: Produzent
Phillip Mercury: Regisseur
Tyra Steele: Schauspielerin; stellt Haydee Quinn dar
George Adderly: Schauspieler; stellt Bagger Bill Norris dar
Hatch Lewis: Schauspieler; stellt Alex Bulloch dar
Justine Coville: Schauspielerin; stellt Consuelo Bulloch dar
Craig Oliver: Schauspieler; stellt Lt. Edward O'Malley dar
Florida »Flurry« Smith: Drehbuchautorin
William Dent: Mietwagenchauffeur

Prolog

Front Street
Savannah, Georgia
4. Juli 1952

Feuerwerk am Savannah. Am pechschwarzen mitternächtlichen Himmel explodierten unzählige zinnoberrote, goldene und blaue Sterne und wurden von der Brise davongetragen, die über den Fluss heranwehte. Die Menge, die auf dem Kopfsteinpflaster des Uferwegs versammelt war, stieß begeisterte Ohs und Ahs aus, als in rascher Abfolge drei weitere Raketen aufstiegen, um ihre üppige Farbenpracht zu entfalten. Hier und da waren längs des Uferweges brennende Holzstapel aufgeschichtet, deren wild züngelnde, orangefarbene Flammen die Dunkelheit verdrängten.

Auf einmal setzte sich eines der Feuer in Bewegung.

Lieutenant Edward O'Malley, der, die Hände in den Hosentaschen, an der Wand eines Lagerhauses lehnte, schob sich den Hut aus dem Gesicht und kniff die

Augen zusammen. Er hatte dienstfrei, nachdem er sich ohne Unterbrechung vierundzwanzig Stunden lang mit dem Mord an Haydee Quinn befasst hatte. Deshalb kam er zu dem Schluss, dass das, was er da sah, nicht der Wirklichkeit entsprechen konnte, sondern ein Albtraum sein müsse, der gewiss seiner Übermüdung geschuldet war. Eine Halluzination. In der Innentasche seiner Anzugjacke steckte eine Flasche mit Whiskey. Als er danach griff, hörte er plötzlich Schreie. Zuerst den spitzen Entsetzensschrei einer Frau, dann einen lauten Ausruf und danach das Stimmengewirr einer schockierten Menschenmenge.

Das lodernde Feuer setzte seinen Weg fort. Die Flammen schlugen aus einem Handkarren empor. Am Rande seines Bewusstseins nahm O'Malley wahr, dass es sich um einen Wagen handelte, der zum Transport von Baumwollballen diente und möglicherweise aus der Baumwollbörse in der Bay Street stammte. Und er kannte den Mann, der den Karren schob. Mit quietschenden Rädern holperte das Vehikel über das Kopfsteinpflaster. Der junge Mann hinter dem Wagen hatte den Kopf zurückgeworfen und stieß mit weit aufgerissenem Mund einen Klageschrei aus, der nicht enden wollte. Alexander Bulloch. Haydees Liebhaber. Der für kurze Zeit in Verdacht geraten war, für Haydees Tod verantwortlich zu sein, bis Bagger Norris dann gestanden hatte und man den Fall abschließen konnte.

Der Gestank von verbranntem, verkohltem Fleisch, der vom Karren kam, war Übelkeit erregend. Der Wagen geriet ins Schleudern und kippte um, sodass brennende Holzscheite aufs Pflaster fielen. Eine vom Feuer geschwärzte menschliche Gestalt hing halb aus dem Wagen. Da die Flammen das Haar noch nicht verzehrt hatten, wehte es sanft im Wind. Schwarz wie ein Krähenflügel war es, schwarz wie eine sternenlose Nacht. Allerdings duftete es nicht mehr nach Gardenien, sondern roch verbrannt. Haydees Haar. Es war Haydee, die da halb aus dem Karren hing. Statt ihrer veilchenfarbenen Augen saßen leere Höhlen im grinsenden Totenschädel, während die samtige Haut zu flockiger Asche geworden war.

O'Malley drehte sich um und rannte die Eisentreppe hoch, als sei die Leiche hinter ihm her.

1

Drum ist mein Alter wie ein frischer Winter,
Kalt, doch erquicklich …
William Shakespeare, *Wie es euch gefällt*

»Alexander Bulloch war verrückt vor Kummer und Schmerz«, sagte Justine Coville. »Ich bin damals natürlich noch ein Kind gewesen, erinnere mich aber, dass alle Zeitungen über den Mord berichteten. Ich habe nämlich schon in jungen Jahren aufmerksam registriert, was in der Welt der Erwachsenen so vor sich ging. Und die Schlagzeilen sehe ich noch jetzt so deutlich vor mir wie die Kanzlei, in der ich gerade sitze. Alexander stahl die Leiche aus dem Bestattungsinstitut. Er sagte, ihr Geist sei ihm erschienen und habe verlangt, durch Feuer gereinigt zu werden. Deshalb hat er ihre Leiche angezündet.« Sie schloss mit entrücktem Gesichtsausdruck die Augen, als blicke sie sechzig Jahre zurück. »Und alles, was von ihrem Körper übrig blieb, war ihr langes Haar, das schwarz wie ein Krähenflügel, schwarz wie eine sternenlose Nacht war.« Sie lehnte sich auf dem Besucherstuhl zurück. »Wie finden Sie das, Miss Winston-Beaufort?«

Es gab nur *einen* Besucherstuhl. Bree und ihre Sekretärin Emerald Billingsley hatten kein besonders großes Möbelbudget. Brees Schreibtisch, ein kleines Bücherregal sowie der Stuhl für Klienten standen hinter dem Paravent aus Rattan, der das kleine Büro in zwei Teile trennte. Bree hatte die Fensterseite. EBs Schreibtisch befand sich gegenüber der Bürotür, die von altmodischer Art war und deren obere Hälfte aus geriffeltem Glas bestand.

»Eine schreckliche Geschichte!«, erwiderte Bree. Dabei wusste sie, dass EB, die auf der anderen Seite des Paravents saß, genauso gespannt zuhörte wie sie selbst. Justine Covilles Karriere als Schauspielerin reichte über fünfundfünfzig Jahre zurück. Und die alte Dame verstand es vortrefflich, ihr Publikum zu fesseln. Sie war eine … Bree suchte nach einem taktvollen Ausdruck … eine bemerkenswert aussehende Frau. Sie hatte ein Faible für grellroten Lippenstift und Lidschatten in knalligem Blau. Außerdem war sie offenbar Stammkundin bei einem ziemlich hemmungslosen Schönheitschirurgen. Dass sie nicht gespenstisch wirkte, lag allein daran, dass ihre blassblauen Augen große Intelligenz ausstrahlten. »Was ist denn danach mit Alexander geschehen? Und war Haydees Leiche völlig verbrannt?«

Justine schüttelte den Kopf. »Es blieb jedenfalls noch genug für ein Begräbnis übrig. Sie liegt drüben in Belle Glade. Auf ihrem Grab steht ein riesiger, geschmackloser Marmorengel. Dass ausgerechnet ein Engel über Haydee Quinn wacht, könnte kaum unpassender sein. Natürlich gab es zahlreiche Leute, die Alexander Bulloch glaubten, dass er von ihrem Geist heimgesucht wurde. Schließlich sind wir hier in Savannah, der gespensterreichsten Stadt des ganzen Landes. Zu Lebzeiten Haydees wurde viel von ihrem hexenhaften Charme gesprochen, sodass viele Leute bereitwillig glaubten, sie sei von den Toten zurückgekehrt, um Alexander zu sagen, was er zu tun habe. Sie können sich gar nicht vorstellen, wie viele Männer es in ihrem Leben gab, meine Liebe! Seinerzeit war das noch ein richtiger Skandal. Die Leute hielten das für unnatürlich. Deshalb munkelte man damals in Savannah, wenn überhaupt jemand von den Toten zurückkehren könne, dann nur *sie.*«

»Was wahrscheinlich dazu führte, dass Alexander nicht allzu hart dafür bestraft wurde, Haydees Leiche gestohlen und eine Art Wikingerbegräbnis arrangiert zu haben«, vermutete Bree.

»Dem wäre ohnehin nicht viel passiert«, erwiderte Justine. »Alex war schließlich ein Bulloch. Heutzutage zählt die Familie natürlich nicht mehr viel. Alexander senior, also Alex' Vater, hatte keine sonderlich glückliche Hand bei seinen landwirtschaftlichen Unternehmungen. 1961 gab er die Schweinezucht auf und verlegte sich auf den Tabakanbau. Das heißt, kurz bevor der Bericht des Gesundheitsministeriums herauskam. Von da an ging alles bergab. Aber in den Fünfzigerjahren hatte die Familie Geld, und Geld heißt vor allem Einfluss. Alex erzählte Richter Franklin – Ihrem Großonkel, also dem Mann, der Sie und mich letzten Endes zusammengebracht hat –, dass ihm Haydee dreimal erschienen sei und ihn gebeten habe, ihre Gebeine dem Feuer zu übergeben.«

»Meine Güte«, sagte jetzt EB. »Haben Sie das geglaubt, Ms. Coville?«

Justine stieß ein Schnauben aus. »Keine Sekunde lang.«

Bree kritzelte nachdenklich auf ihrem Notizblock herum. Es entzog sich ihrer Kenntnis, ob ihre letzten drei Klienten Gespenster gewesen waren oder nicht. Tot waren sie jedenfalls. Es lag durchaus im Bereich des Möglichen, dass Haydee ihren trauernden Liebhaber von jenseits des Grabes aufgesucht hatte. Das wusste Bree besser als die meisten anderen Menschen. Was nun Franklin anging … »Richter war er damals aber noch nicht«, stellte Bree richtig. »Das ist er erst Ende der Siebzigerjahre geworden.«

»Ich glaube, die Familie hat ihn engagiert, um Alex bei der Vorverhandlung zu vertreten.«

»Wo er vermutlich auf Unzurechnungsfähigkeit plädiert hat, oder?« Bree setzte sich auf. Franklins andere Kanzlei, die im Verborgenen arbeitete, war darauf spezialisiert gewesen, für tote, zum Aufenthalt in der Hölle verurteilte Seelen Berufung einzulegen. Das wusste sie nur zu gut. Nach Franklins Tod hatte sie seine Kanzlei nämlich geerbt, und damit auch jenes Büro in der Bay Street, das für seine irdischen Fälle zuständig war.

»Dass der Junge den Verstand verloren hatte – zumindest vorübergehend –, war doch die einzig mögliche Erklärung für sein bizarres Verhalten. Die Familie war so klug, vor Gericht unerwähnt zu lassen, dass er von einem Geist heimgesucht worden sei«, fuhr Justine munter fort. »Sie wollten, dass der arme junge Mann in die Klapsmühle, aber nicht ins Gefängnis kommt. In ein Privatsanatorium. Heutzutage würde man das wohl als Reha-Klinik bezeichnen. Jedenfalls würde man nicht Klapsmühle sagen, da das nicht politically correct ist, nicht wahr?« Ihre purpurroten, reichlich mit Collagen gespritzten Lippen verzogen sich zu einem Lächeln. »Nach ein oder zwei Jahren kam er wieder raus und heiratete eine seiner Cousinen. Maria? Madeline? So ungefähr. Sie stammte, glaube ich, aus Charleston. Später hatten sie drei Töchter: Samantha-Rose Bulloch, die jetzt Waterman heißt, Alexandra Bulloch, die nie geheiratet hat, und Marian Lee Cicerone. Kann auch sein, dass sie irgendeinen anderen Spaghettifressernamen hat.«

Dieser abfällige Ausdruck ließ Bree zusammenzucken.

»Ja, Marian Lee hat nach unten geheiratet, wie man so schön sagt«, fuhr die alte Dame fröhlich fort. »Alexander machte dann ziemlich erfolgreich Karriere als Hypothekenmakler. Davon steht natürlich nichts in Phillips Drehbuch. Ist für einen Film wahrscheinlich auch viel zu *gewöhnlich*.«

Bree hörte, wie sich Mrs. Emerald Billingsley hinter dem Paravent wieder daranmachte, auf die Tastatur ihres Computers einzuhämmern. Dann fragte sie, weil ihr die ganze Geschichte wie auch die Sache mit der Leiche auf dem Handkarren höchst bizarr vorkam (und weil sie davon ausging, dass EB ebenfalls darauf brannte, es zu erfahren): »Hat er denn jemals erklärt, warum Haydee ihn gebeten hat, ihre Leiche zu verbrennen?«

»Hat Alex nicht gesagt, dass es ihr um Reinigung ging?«, warf EB von ihrem Arbeitsplatz hinter dem Paravent aus ein. »Scheint mir auch einleuchtend.«

»Der arme verwirrte Junge«, sagte Justine in geringschätzigem Ton. »Wenn es je einen vernünftigen Grund gab, dann ist er mir jedenfalls nicht zu Ohren gekommen. In Phillips Drehbuch findet sich eine übernatürliche Erklärung, die aber natürlich wenig Sinn ergibt. Kommen Sie doch hinter dem Wandschirm hervor, junge Frau«, fügte sie hinzu, »damit ich Sie sehen kann. Für Geisterstimmen hab ich nämlich gar nichts übrig.«

Man hörte, wie in aller Eile ein Stuhl zurückgeschoben wurde. Kurz darauf tauchte EBs Gesicht hinter dem Paravent auf. Sie lächelte. »Ist schon lange her, dass mich jemand *junge Frau* genannt hat, Ms. Coville. Danke schön. Und ich entschuldige mich vielmals bei Ihnen, Ms. Beaufort. Und bei Ihnen ebenfalls, Ms. Coville. Weil ich zugehört habe, meine ich.« Sie hatte ein zwar abgetragenes, aber dennoch adrettes, beigefarbenes Kostüm und eine sorgfältig gebügelte weiße Bluse mit selbstgefertigtem Spitzenkragen an. Ihre Afrofrisur war so gekämmt, dass sie sich wie eine Wolke um ihren Kopf schmiegte. »Aber daran ist Ihre

Stimme schuld. Die klingt ja wie Musik. Und ich kenne niemanden, der nicht gern Musik hört. Außerdem verstehen Sie sich so gut darauf, eine Geschichte zu erzählen, Ms. Coville. Wirklich.« Unschuldsvoll sah sie mit ihren braunen Augen Bree an, die ihren Blick skeptisch erwiderte. »Haben Sie diese Stimme schon als Kleinkind gehabt? Oder ist die erst später so geworden? Ich kann mich noch erinnern, dass Sie in dieser Krimiserie im Fernsehen mitgespielt haben. Schon damals hab ich mich gefragt, woher Sie wohl diese wunderschöne Stimme haben mögen.«

»Die habe ich mir in all den Jahren auf der Bühne angeeignet, Mrs. Billingsley. Ich habe nämlich als Bühnenschauspielerin angefangen, wissen Sie.«

»Ist ja interessant«, sagte EB, indem sie ein Stück näher trat. »Bühnenschauspielerin, sagen Sie? Und wie sind Sie dann von der Bühne in diesen Fernsehfilm geraten, der gerade unten am Fluss gedreht wird?«

Justine gestikulierte mit ihrer arthritischen Hand in Richtung Wandschirm. »Wollen Sie sich nicht einen Stuhl holen und sich zu uns setzen? Ich bin gern bereit, Ihnen mehr darüber zu erzählen. Aber natürlich nur, wenn Sie nichts dagegen haben, Ms. Winston-Beaufort.«

Bree hatte nichts dagegen. Und EB offenbar auch nicht. Normalerweise legte EB großen Wert auf Professionalität – und Klatsch und Tratsch hielt sie für äußerst unprofessionell. Doch wie jedermann in Savannah war auch sie ganz erpicht darauf, mehr über die Aktivitäten von Sunward Productions zu erfahren.

Die Zeit, die die alte Dame für ihre Ausführungen brauchte, würden sie ihr nicht berechnen. Und es war ja auch nicht so, dass die Klienten vor dem Büro in der Bay Street Schlange gestanden hätten. Was Brees anderes Büro in der Angelus Street 66 betraf, sah die Sache dort völlig anders aus, denn es mangelte keineswegs an Seelen, die darauf aus waren, die Höllenstrafen, zu denen sie verurteilt worden waren, rückgängig zu machen. Doch diese Fälle brachten leider kein Geld ein.

EB streckte ihren kräftigen Arm aus, zog ihren Schreibtischstuhl hinter dem Paravent hervor und ließ sich mit einem erleichterten Seufzer darauf nieder (was, wie Bree wusste, bedeutete, dass ihr ihre Hühneraugen wieder zu schaffen machten).

Justine strahlte ihr Publikum an. »Ausgebildet wurde ich natürlich fürs Theater. Sicher wissen Sie, dass in der heutigen Zeit …« Sie machte eine Pause und zog die Augenbrauen hoch. »Aber das dürfte Sie wohl kaum interessieren.«

»Doch, doch«, erwiderte EB.

»Nun, beim heutigen Theater herrscht ja sozusagen der Jugendwahn. Jede Schauspielerin über vierzig kann Ihnen bestätigen, wie schwierig es ist, anständige Rollen zu bekommen. Das scheint mir ziemlich unfair zu sein. Meine Anfänge waren schwer genug, und dass ich mich jetzt, am Ende meiner Tage, mit einer kleinen, wenn auch markanten Rolle in einem Fernsehfilm begnügen muss …« Ihre Miene verfinsterte sich kurz. EB gab ein mitfühlendes Murmeln von sich. »Sicher wissen Sie, was ich meine, Mrs. Billingsley. Ihre Leute haben es ja auch schwer. Natürlich auf andere Weise. Aber das Gemeinsame zwischen uns ist, dass wir Jobs annehmen müssen, für die wir gar nicht geeignet sind. Die unter unserer Würde sind. Einfach, um über die Runden zu kommen.«

Der Ausdruck *Ihre Leute* ging Bree ein wenig gegen den Strich. Aber wenn EB keinen Einspruch erhob, sah sie auch keine Veranlassung dafür.

»Das kann man wohl sagen«, antwortete EB.

»Natürlich erreicht man nichts, ohne wenigstens ein bisschen Talent zu haben«, fuhr Justine fort.

»Und hart arbeiten muss man auch«, ergänzte EB.

»*Sehr* hart sogar. Nun, gegenüber Schauspielerinnen gibt es ein Vorurteil, das noch schwerer zu bekämpfen ist als Vorurteile gegenüber der Hautfarbe, Mrs. Billingsley. Besonders gegenüber Schauspielerinnen, die zugeben, ein klein wenig über sechzig Jahre alt zu sein.« Sie machte eine Pause.

»Über sechzig? Ist doch nicht möglich!«, sagte EB prompt und zwinkerte Bree zu. »Sie sehen nicht älter aus als vierzig.«

Bree heuchelte Zustimmung, indem sie ein *Ganz recht* vor sich hinmurmelte. Verstohlen blickte sie auf ihre Armbanduhr. Es war fast Mittag. EB hatte eine einstündige Unterredung angesetzt, die um elf Uhr begonnen hatte. Bree war zu Hause mit ihrer Schwester Antonia zum Lunch verabredet. Anschließend wollte sie ins Büro in der Angelus Street.

Justine tupfte an ihrem Haar herum, das kunstvoll

von Strähnen durchzogen war. »Man muss daran arbeiten.«

Justine war die Erste von Franklins ehemaligen Klienten, die auf EBs Rundschreiben mit der Mitteilung, dass Bree nun Franklin Beauforts Kanzlei übernommen habe, reagiert hatten. Wie Bree hatte auch der Richter zweierlei Klientel gehabt. Die Akten, die Franklin über seine sterblichen Klienten angelegt hatte, waren sorgfältig geführt worden. Justines Anliegen bestand darin, einige Veränderungen in ihrem Testament vorzunehmen. Veränderungen geringfügiger Art allerdings. Zuerst hatte sich Bree gefragt, ob sich die alte Dame vielleicht langweile und lediglich nach einer Möglichkeit suche, sich die Zeit zu vertreiben. Jetzt, da sie sie kennengelernt hatte, fragte sie sich, ob die Schauspielerin nicht etwas ganz anderes auf dem Herzen hatte. Bisher war das Gespräch allerdings ziemlich ziellos verlaufen.

Doch das machte Bree nichts aus. Justine war 1930 geboren, das hieß, sie war achtzig Jahre alt. Nach Brees Dafürhalten waren ihre Versuche, durch übertriebenes Make-up und zu viele Schönheitsoperationen jünger zu wirken, tapfere Abwehraktionen gegen den Zahn der Zeit. Sie freute sich so sehr über ihre Rolle in dem Film, der gerade über den 1952 begangenen Mord an der Animierdame Haydee gedreht wurde, dass sie sich jeden Tag am Set einfand, und zwar trotz der schweren Arthritis, die ihre Handgelenke, ihre Hände und ihre Knöchel verkrüppelte. Sie hatte ein wenig Nachsicht verdient.

Bree lehnte sich zurück, um zuzuhören.

»Es lässt sich nicht leugnen, dass ich älter bin, als die heutigen Obermimen es haben wollen. Glücklicherweise sind Leute wie Phillip Mercury nicht seniorenfeindlich. Phillip Mercury ist nur daran interessiert, ob jemand Talent hat.«

»Davon habe ich auch schon gehört«, behauptete EB. »Die Sunward Productions gehören doch ihm, oder?«

»Ihm und der Bank«, sagte Justine zynisch. »Obwohl es, glaube ich, auch ein paar Sponsoren gibt. Jedenfalls hat sich der gute Phillip strikt geweigert, die Rolle der Consuelo Bulloch von jemand anderem spielen zu lassen.« Justine zupfte mit leicht selbstgefälliger Miene an ihrer Perlenkette herum. »Nicht nur, weil du in Savannah geboren und aufgewachsen bist, sagte er zu mir. Sondern wegen deiner aristokratischen Ausstrahlung.«

»Diese Consuelo war die Mutter des jungen Alexander«, hielt EB fest. »Und Sie sagen, sie habe die arme Haydee gehasst wie die Pest?«

»Noch mehr als die Pest«, erwiderte Justine genüsslich. »Jedenfalls hat *sie* keine einzige Träne vergossen, als man das arme Mädchen im Savannah treibend fand. In einer der besten Szenen im Drehbuch geht es darum, wie der Polizist O'Malley an der Haustür der Bullochs erscheint, um Consuelo und ihrem Sohn mitzuteilen, dass Haydee erstochen worden ist. Dabei fährt die Kamera ganz nahe heran, um eine Großaufnahme zu machen.« Sie nahm das Gesicht zwischen die Hände und riss die Augen auf, um dann mit ihren

Lippen ein bestürztes »Oh« zu bilden. »Näher, näher, noch näher … und dann muss ich mit triumphierendem Gesichtsausdruck in die Ferne blicken. So verlangt es das Drehbuch.« Sie schloss ganz langsam die Augen und öffnete sie wieder. »So etwa.«

Bree und EB wechselten skeptische Blicke. EB applaudierte und sagte: »Ist das nicht toll? Haben Sie das gesehen, Ms. Beaufort?«

»Hab ich«, erwiderte Bree. »War großartig.«

»Einfach wunderbar«, fügte EB hinzu.

»Natürlich«, fuhr Justine fort, »ist *Bitter Tide* letzten Endes nur ein Fernsehfilm. Mit Theater im eigentlichen Sinne hat das nicht viel zu tun.«

»Ich sehe regelmäßig fern«, erklärte EB. »Und Ms. Beaufort ebenfalls. Wenn man eine berühmte Schauspielerin ist, geht es doch darum, dass das Publikum einen nicht vergisst, nicht wahr? Und unzählige Leute kennen Sie wegen dieser Fernsehrolle, ich meine, als Sie die Mutter dieses Cops gespielt haben.«

Justine seufzte theatralisch. »Die gute alte Serie *Bristol Blues*. Deshalb wird man mich in Erinnerung behalten. Nicht wegen meiner Lady Bracknell! Nicht wegen meiner Medea! Sondern bloß wegen dieser billigen Krimiserie.«

Bree hatte *Bristol Blues* sehr gemocht. Die Serie war mit Preisen und Auszeichnungen nur so überhäuft worden. »Craig Oliver, der auch darin mitgespielt hat, fand ich ganz toll. Als ich sechzehn war, hab ich heftig für ihn geschwärmt. Er ist zurzeit doch auch hier in der Stadt, nicht wahr?«

»Der gute Craig«, säuselte Justine. »Wir kennen uns schon seit ewigen Zeiten. Ein charmanter Mann. Er war auch derjenige, der Phillip darauf aufmerksam gemacht hat, wie gut ich für die Rolle der Consuelo geeignet bin. Er spielt den O'Malley. Den Polizeilieutenant, der den Fall Haydee Quinn geknackt hat. Natürlich ist er ein guter Schauspieler, ein sehr guter sogar, obwohl er es nie ganz geschafft hat, den Ruhm zu erringen, der ihm für *Bristol Blues* seiner Ansicht nach zukam.« Sie sah Bree von der Seite an, formte die Hand so, als halte sie ein Glas, und führte sie zum Mund. »Und dann ist da natürlich auch noch der Alkohol.«

»Das Trinken richtet viele gute Leute zugrunde«, stellte EB fest. »Sehr bedauerlich.«

»Drogen sind aber noch schlimmer«, entgegnete Justine. »Ich könnte Ihnen da Geschichten erzählen …«

Bree und EB schwiegen erwartungsvoll (wenn auch leicht schuldbewusst).

»Tyra Steele«, verkündete Justine. »Und natürlich Hatch Lewis.«

»Hu.« EB stieß den Atem aus. »Darüber kursieren ja zahlreiche Gerüchte. Hält sie die Dreharbeiten tatsächlich auf, wie in den Zeitungen behauptet wird? Und stimmt es, dass sie mit Hatch Lewis liiert ist? Hab lange niemanden gesehen, der so gut aussieht wie dieser junge Mann.«

»Die einzige Liebesaffäre, die Hatch Lewis hat, ist die mit sich selbst«, sagte Justine darauf. »Und was

Tyra angeht … tja! Marilyn hat sich mit Drogen zugrunde gerichtet, Judy ebenfalls, Liz beinahe.« Justine lehnte sich mit strenger Miene zurück. »Natürlich hat Tyra nicht deren Format. Ich habe Highschool-Cheerleaderinnen erlebt, die mehr Talent hatten als sie, und wenn Sie vielleicht meinen, ihr Körper sei ein Geschenk Gottes, dann kann ich Ihnen gerne die Namen ihrer Schönheitschirurgen nennen. Aber es lässt sich nicht leugnen, dass sie gut beim Publikum ankommt, ja.« Justine schwieg verdrossen und trank einen weiteren Schluck Tee. »Dass sie die Haydee spielt, ist eine absolute Fehlentscheidung von Phillip. Laut Drehbuch ist Haydee bezaubernd. Verführerisch. Tyra ist doch nur billig. Was ihr sonstiges Verhalten angeht …« Justine verstummte und machte ein grimmiges Gesicht.

»Aber sie ist sehr schön«, entgegnete Bree.

Justine schien sich innerlich zusammenzureißen. »Dieser Ansicht ist offenbar auch Vincent White.« Justine sah erst Bree, dann EB an. »Einer der Produzenten. Der Mann hat viel Geld und wenig Verstand. Hat darauf bestanden, dass Tyra die Rolle bekommt, wenn Sie verstehen, was ich meine.«

EB kicherte. »Die Welt bleibt sich doch ewig gleich, nicht wahr?«

Justine kniff die Augen zusammen. »Da haben Sie völlig recht, Mrs. Billingsley.« Ihre verkrümmte Hand zitterte, als sie die Teetasse auf Brees Schreibtisch stellte. Um das Zittern zu unterdrücken, packte sie ihr Handgelenk mit der anderen Hand, tat aber so, als blicke sie auf ihre Armbanduhr. »Du lieber Himmel!

Ist es schon so spät? Wenn ich nicht in zwei Minuten am Set bin, wird mir Phillip den Hals umdrehen. Ich fürchte, ich muss sofort gehen.«

»Natürlich.« Behutsam half Bree Justine beim Aufstehen. »Was Ihre rechtlichen Angelegenheiten betrifft, so werden wir die Änderungen in Ihrem Testament sofort vornehmen, Mrs. Coville.«

»Justine, wenn ich bitten darf.«

»Gern, Justine. Es dürfte nicht allzu lange dauern, Ihre Vermögenswerte auf den neuesten Stand zu bringen. Und was die neuen Nutznießer betrifft, da sind Sie sicher, ja?«

»Absolut sicher«, antwortete Justine voller Entschiedenheit. »Dixie Bulloch war einfach wunderbar zu mir. Jeder Regisseur kann Ihnen bestätigen, dass ich großen Wert auf Hintergrundrecherchen lege. Und als ich an die Familie schrieb und um Informationen über Consuelo bat, hat Dixie sofort geantwortet. Deshalb ist es doch nur recht und billig, dass ich ihr ein bisschen was hinterlasse. Sie hat mir eine Brosche geliehen, die früher Consuelo gehört hat. Wenn ich echte Personen darstelle, hab ich immer gern etwas bei mir, das mir hilft, mit dem Wesen dieser Person in Verbindung zu treten. Dixie hat mir erzählt, ihre Großmutter habe die Brosche hoch geschätzt und sie ständig getragen, auch als sie starb. Es wurde sogar erwogen, sie damit zu begraben. Aber glücklicherweise hat sich die Familie dann eines anderen besonnen! Wenn ich mich für die Aufnahmen ankleide, mache ich eine richtige Zeremonie daraus, die Brosche anzustecken.

Dann spüre ich ihren Geist genau hier.« Sie presste die Hand gegen das Revers ihrer dunkelblauen Leinenjacke.

EB reichte der Schauspielerin ihre marineblaue Handtasche, ihr spitzenbesetztes Taschentuch sowie einen sorgfältig zusammengerollten Regenschirm. »Fahren Sie jetzt direkt zum Set, Ms. Coville? Soll ich Ihnen ein Taxi rufen?«

»Unten müsste eigentlich der Mietwagen auf mich warten«, erwiderte Justine. »Und ich würde mich wirklich freuen, wenn Sie Justine zu mir sagen würden, Mrs. Billingsley. Bei vielen großen Schauspielerinnen bedient man sich ja bloß des Vornamens. Sarah. Cher. Liza. Marilyn.«

»Haydee«, fügte Bree lächelnd hinzu.

Bestürzt riss Justine die Augen auf. »Oje. Daran hatte ich gar nicht gedacht. Und wenn man bedenkt, was dem armen Ding widerfahren ist …« Sie tätschelte Bree den Arm. »Jedenfalls finde ich es sehr schön, dass Sie Richter Beauforts Kanzlei übernommen haben.« Sie bewegte ihre Lippen einmal kurz hin und her. »Befassen Sie sich eigentlich auch mit Immobilien, meine Liebe? Ich meine, sind Sie noch in anderen Rechtsbereichen tätig?«

»Wir sind in allen Rechtsbereichen tätig«, erklärte EB. »Wir können Ihnen bei jedem Problem, das Sie haben, helfen.« Sie ging zur Bürotür und öffnete sie. »Jetzt, da wir das Büro hier eröffnet haben, sind wir bereit, Fälle jeglicher Art zu übernehmen, Mrs. Coville. Bitte empfehlen Sie uns an Ihre Freunde weiter.«

»Das werde ich. Ich danke Ihnen beiden für Ihre Hilfe. Ach ja!« Sie reckte das Kinn hoch. »Ich wäre Ihnen sehr dankbar, wenn Sie mir die Unterlagen zum Set bringen könnten.«

»Ich werde sie Ihnen per Boten zustellen lassen«, sagte EB, »falls Ms. Beaufort gerade bei Gericht ist oder einen Termin mit einem anderen Klienten hat. Wir bekommen ja ständig neue Aufträge, sodass man nie weiß, was der Tag bringt.«

»Das trifft den Nagel auf den Kopf.« Justine geriet ein wenig ins Zittern und richtete den Blick auf den Fußboden. »Ich weiß auch nie, was der nächste Tag bringt.« Dann hob sie den Kopf. Offenbar hatte sie einen Entschluss gefasst. »Darf ich mich noch einmal setzen? Ich bin nicht ganz offen zu Ihnen gewesen.«

»Oje«, sagte EB. »Seinem Rechtsanwalt gegenüber muss man aber immer ehrlich sein.«

Bree wartete einen Moment, um dann mit sanfter Stimme zu fragen: »Gibt es noch etwas zu berichten?«

»Möglicherweise. Ich weiß es nicht.« Sie strich sich mit der Hand über die Stirn und nahm auf der Stuhlkante Platz. »Wahrscheinlich ist es ganz belanglos. Aber ich hatte großes Vertrauen zu Ihrem Onkel. Und aus irgendeinem Grund scheine ich dieses Vertrauen auf Sie übertragen zu haben, junge Dame. Diese Änderungen in meinem Testament sind in keiner Weise wichtig, wie Ihnen schon klar geworden sein dürfte. Die hätte ich Ihnen ebenso gut telefonisch durchgeben können. Und da ich sehr beschäftigt bin, hätte ich das vermutlich auch getan. Aber es kann sein, dass ich

Hilfe brauche. Nein. Ich brauche sogar ganz bestimmt Hilfe. Ich wollte Sie kennenlernen, um herauszufinden, wie verständnisvoll, wie einfühlsam Sie sind. Verstehen Sie, was ich meine?« Sie sah Bree mit unerwartet scharfem Blick an. »Hinter Ihrem Äußeren verbirgt sich ein harter Kern. Glauben Sie ja nicht, dass mir das entgangen ist. Sie hätten eine hervorragende Eleonore von Aquitanien abgegeben. Bloß dass Ihre Haarfarbe nicht stimmt. Sie hatte angeblich rotes Haar, kein silberblondes. Ich spreche natürlich vom *Löwen im Winter*. Eine meiner besten Darbietungen überhaupt.«

Justine schwatzte, wie Bree begriff, nicht wirr daher, sondern zögerte lediglich, ein unangenehmes Thema zur Sprache zu bringen. »Danke für Ihren Vertrauensbeweis.« Bree vermied es bewusst, auf die Armbanduhr zu blicken. Wenn diese Unterredung noch länger dauerte, würde Antonia wahrscheinlich Gift und Galle spucken. Aber schließlich gab es zu Hause jede Menge Dinge, mit denen sie sich beschäftigen konnte. Zum Beispiel konnte sie mit Brees Hund Sascha spazieren gehen. Außerdem war Antonia mit der Wäsche dran. »Vielleicht sollten wir uns alle wieder hinsetzen, damit Sie uns erzählen können, was Sie auf dem Herzen haben.«

Justine erhob sich. »Ich muss aufbrechen. Es ist nicht gut, wenn ich dem Set zu lange fernbleibe. Aber vorher will ich Ihnen noch Folgendes sagen: Jemand am Set versucht, mich zu töten. Ich will wissen, wer es ist. Und ich will wissen, warum.«

2

Vor Ghulen und Geistern, spinnbeinigen Monstern,
Die nächtens rumoren,
Beschütze uns, HERR.

»Jemand versucht, Sie umzubringen? Dann werde ich natürlich selbst zum Set kommen«, sagte Bree alarmiert. »Wenn Sie möchten, kann ich Sie auch jetzt gleich begleiten.«

»Setzen Sie sich erst einmal hin«, befahl EB, indem sie den Besucherstuhl neben ihren Schreibtisch stellte. »Brauche ich meinen Stenoblock, Ms. Beaufort? Um mir Notizen zu machen?«

»Lärm und Getümmel«, murmelte Justine vor sich hin, um dann laut hinzuzufügen: »Keine Notizen, Mrs. Billingsley. Im Augenblick möchte ich nicht mehr dazu sagen, Bree. Und um Ihrer Frage zuvorzukommen: Nein, die Polizei will ich nicht einschalten.« Plötzlich sah sie so alt aus, wie sie wirklich war, und wirkte überdies äußerst erschöpft. »Um ehrlich zu sein … ich brauche diese Rolle. Sie sind wie alt? Fünfundzwanzig? Dreißig?«

»Neunundzwanzig«, sagte Bree.

»Dann haben Sie keinen Schimmer, wie man von anderen behandelt wird, wenn man ein paar Jährchen auf dem Buckel hat. Die Leute sprechen mit erhobener Stimme, als sei man taub. Ihr Blick gleitet über einen hinweg, wenn man sich in einer Gruppe befindet. Man wird behandelt wie ein Kind oder wie ein Schwachkopf. Aber ich lasse mich nicht unterkriegen. Jedenfalls, stimmt am Set von *Bitter Tide* irgendetwas nicht.«

Bree schwieg und wartete ab.

Justine atmete tief durch, um sich zu beruhigen. »Verzeihen Sie. Aber ich habe Angst. In einer solchen Situation bin ich noch nie gewesen.«

»Was auch immer dahinterstecken mag …«, setzte Bree an.

Justine hob die Hand. »Bitte hören Sie mich erst mal an. Die Vorfälle, die mich beunruhigen, könnte man leicht als Einbildungen einer verschrobenen alten Dame abtun. Deshalb möchte ich, dass Sie zum Set kommen, um sich selbst einen Eindruck zu verschaffen.«

»In Ordnung«, erwiderte Bree.

»Sie scheinen mir geradeheraus und aufrichtig zu sein. Wenn Sie der Ansicht sind, dass ich mir *Ghule und Geister* einbilde, die gar nicht vorhanden sind, so werden Sie mir das nicht verschweigen.«

»Gewiss nicht.«

»Wenn Mrs. Billingsley also möglichst schnell die – zugegebenermaßen geringfügigen – Änderungen in meinem Testament vornehmen könnte, würde ich Sie heute Nachmittag am Set erwarten. Gegen drei Uhr.« Sie reckte das Kinn hoch, ließ den Blick langsam zwischen Bree und EB hin- und herwandern und verließ, die Tür energisch hinter sich schließend, das Büro.

»Hm«, sagte EB, nachdem beide eine Zeitlang bestürzt geschwiegen hatten.

»Eindrucksvoller Abgang …« Bree ließ sich auf den Besucherstuhl sinken. »Du liebe Zeit!«

EB nahm Bree den Block aus der Hand, auf dem diese die Änderungen notiert hatte, die in Justines Testament vorzunehmen waren, und setzte sich an ihren Schreibtisch.

»Finden Sie nicht, dass wir mit ihr nach unten fahren sollten?«, fragte Bree. »Um uns zu vergewissern, dass der Mietwagen wirklich da ist, meine ich.«

EB sah Bree über den Rand ihrer Lesebrille hinweg an. »Diese alte Dame kann sehr gut auf sich selbst aufpassen. Sie haben doch gehört, was sie gesagt hat. Sie will zwar Hilfe haben, aber zu ihren eigenen Bedingungen. Und die hat sie uns aufs Auge gedrückt, genauso wie Joe Stalin, der damals in Jalta Roosevelt untergebuttert hat.«

Bree sah EB erstaunt an.

»In meinem Abendschulkurs sind wir gerade beim Zweiten Weltkrieg«, erklärte EB. »Jetzt sollten Sie aber zum Lunch nach Hause gehen, während ich die Sache mit dem Testament erledige. Antonia hat schon zweimal gemailt und gefragt, wo Sie bleiben. Je früher ich damit fertig werde, desto früher können wir auch in

Augenschein nehmen, was da am Set los ist. Dieser Job ist wirklich interessant! Nun machen Sie schon, Bree. Gehen Sie was essen. Sonst werden Sie noch so dünn wie eine Zaunlatte.«

»Essen«, verkündete Payton McAllister, als er die Tür aufstieß und ins Büro trat. »Genau deshalb bin ich vorbeigekommen. Kann doch nicht zulassen, dass du die Proportionen einer Zaunlatte annimmst, Bree.«

Bree musterte ihn mit eisigem Blick. »Sieh da, sieh da. Payton die Ratte.«

Im dritten Stock des Gebäudes in der Bay Street befand sich eine Zweigstelle der Kanzlei Stubblefield, Marwick, für die Payton arbeitete. Bree war sich nicht sicher, wen sie mehr verachtete: Payton mit seinem durchtrainierten Körper und seiner unglaublichen Impertinenz – oder seinen schmierigen Boss John Stubblefield. Payton legte Wert auf gute Kleidung, war clever und sah sehr attraktiv aus. Sie bedauerte immer noch, dass sie früher einmal auf das Äußere dieses Mannes hereingefallen war, bevor sie begriffen hatte, wie mies es innerlich bei ihm aussah. Ihre Affäre war kurz und schmerzlich gewesen, die Erinnerung daran peinlich. »Gehe ich recht in der Annahme, dass du eben an der Tür gelauscht hast?«

»Kein Rechtsanwalt, der sein Geld wert ist, sollte sich ein gutes Stichwort für seinen Auftritt entgehen lassen. Timing ist alles.« Payton überquerte den Teppichboden, schob die Jalousie hoch und blickte zum Fenster hinaus. »Wie ich sehe, hat sie der Mietwagen bereits abgeholt. Ich wusste gar nicht, dass auch abgehalfterte Schauspielerinnen zu deinen Klienten gehören.«

Bree nahm ihre Aktentasche in die Hand und hängte sich die Tragetasche über die Schulter. »Mach's gut, Payton.«

»Ach, du gehst schon? Ich dachte, wir könnten bei Huey's rasch was essen.«

Da er keine Anstalten machte zu gehen, beschloss Bree, einfach so zu tun, als sei er gar nicht da. »Rufen Sie mich an, falls es etwas Wichtiges gibt, EB. Ich werde später am Nachmittag im Büro in der Angelus Street sein.«

Payton rasselte mit der Jalousie. »Ah, da kommt ja endlich der Streifenwagen! Ich hab denen doch gesagt, dass sie sie verpassen würden, wenn sie sich nicht beeilen, und genau das ist jetzt passiert. So sind sie nun mal, unsere Gesetzeshüter. Wenn's drauf ankommt, treffen sie immer zu spät ein.« Er ließ die Jalousie los, die klappernd gegen die Fensterscheibe schlug. »Nehme an, sie können sie auch am Set verhaften. Erregt natürlich mehr Aufsehen und könnte Phil einen Vorwand an die Hand geben, sie aus dem Film zu schmeißen. Er sucht schon seit Wochen nach einer Möglichkeit, aus dem Vertrag rauszukommen.«

Allmählich geriet Bree in Rage, was nicht gut war. Sie ließ ihre Aktentasche fallen, um der Versuchung zu widerstehen, Payton damit eins auf den Kopf zu geben. »Okay. Ich bin ganz Ohr. Worum geht's?«

»Um deine neue Klientin.«

Bree zuckte die Achseln. »Und?«

Payton verschränkte die Hände hinter dem Rücken, schlenderte zu EBs Schreibtisch und spähte ihr über die Schulter. Sofort deckte sie den Bildschirm mit der Hand ab und fuhr ihn an: »Unterstehen Sie sich!«

»Huch!«, erwiderte Payton. »Sie jagen mir ja richtig Angst ein!«

»Diese Klientendaten sind vertraulich.«

»Was Sie nicht sagen!«

EB starrte ihn finster an.

Bree bildete sich einiges darauf ein, dass sie ruhig blieb. »Du hast zwei Optionen, Payton«, sagte sie. »Option A: zu verschwinden. Option B: schnellstens zu verschwinden.«

»Und Option C wäre dann, dir mitzuteilen, was mit der alten Schraube, die gerade dein Büro verlassen hat, los ist, ja?«

Er grinste süffisant.

Bree dachte nach. Payton war zwar arrogant und eingebildet und betrachtete Anstand lediglich als etwas für Loser. Aber er war nicht dumm und verstand sich sehr gut darauf, andere zu manipulieren. »Du willst mich also aus einem ganz bestimmten Grund ärgern«, sagte sie. »Hm. Mein erster Gedanke dazu wäre: weil du Angst hast. Mein zweiter Gedanke übrigens auch. Was meinen Sie, EB? Was würde Payton McAllister wohl Angst einjagen?«

»Mein Cousin Titus«, erwiderte EB. »Mit ziemlicher Sicherheit sogar.« Sie spitzte die Lippen und musterte Payton von oben bis unten. »Dass er noch kahler wird, könnte ihm ebenfalls Angst einjagen.«

»Kahler?«, wiederholte Payton und strich sich automatisch mit der Hand über den Hinterkopf.

»Selbstverständlich. Wie steht es also mit unserer Klientin? Glauben Sie, Justine Coville jagt ihm Angst ein, EB?«

EB kicherte in sich hinein. »Diese nette alte Dame? Ach was. Aber *wir* jagen ihm Angst ein.«

Payton zuckte die Achseln. »Na schön. Wie du willst. Ich bin hergekommen, um dir in der Sache Waterman gegen Coville eine kollegiale Gefälligkeit zu erweisen. Aber was soll's. Wenn du möchtest, dass deine Klientin im Gefängnis landet, bitte sehr. Hab nichts dagegen. Und meine Klientin – Mrs. Waterman – dürfte noch weniger dagegen haben.«

»Waterman?«

»Mrs. Henry Newton Waterman, ja genau. Geborene Samantha-Rose Bulloch.«

»Sammi-Rose Waterman«, erklärte EB, nachdem sie einen Blick auf ihren Stenoblock geworfen hatte. »Eine von Alexander Bullochs Töchtern.«

Payton grinste spöttisch, was er ausgesprochen gut konnte. »Und was noch wichtiger ist: eine von Consuelo Bullochs Enkelinnen. Vor allem aber ist sie die Besitzerin eines wertvollen Schmuckstücks, das sich gegenwärtig in den Händen deiner Klientin befindet. Und zwar unrechtmäßig. Mrs. Waterman hätte nicht das Geringste dagegen, wenn diese chirurgisch aufgemotzte Justine ins Kittchen käme.« Nachdenklich trommelte er sich mit den Fingern gegen die Lippen. »Hmmm. Darf man eigentlich von *chirurgisch auf-*

gemotzt reden, wenn das Ergebnis so katastrophal ist? Vermutlich nicht.«

Bree stieß ein Schnauben aus. »Weshalb soll sie denn ins Gefängnis kommen?«

»Zum Beispiel wegen schweren Diebstahls. Einer Brosche aus Saphiren und Diamanten in Gestalt eines Pfaus, entworfen von keinem Geringeren als Louis Comfort Tiffany und Eigentum …«

EB klappte ihren Stenoblock zu. »Der Matriarchin. Ist uns schon klar. Aber Consuelo ist tot. Wie kann denn einer Toten ein Schmuckstück gehören?«

»Na gut«, sagte Payton mit einer Miene, als habe er es mit geistig behinderten Kindern zu tun. »Dann will ich mal ganz genau sein. Diese Brosche gehört zum Nachlass der verstorbenen Mrs. Consuelo Bulloch.«

EB schüttelte den Kopf. »Nichts da. Justine zufolge hat Mrs. Bulloch ihren Besitz ihren drei Enkelinnen hinterlassen, und zwar zu gleichen Teilen …«

Bree strahlte Payton an. »Die Notizen, die sich Mrs. Billingsley macht, sind einmalig.«

»… wie kommt es dann aber, dass nur eine von ihnen Ms. Coville verklagen will? Denn falls diese Brosche«, fuhr EB unerbittlich fort, »nicht Sammi-Rose vermacht worden ist, in einem zusätzlichen …« Sie warf Bree einen fragenden Blick zu.

»Kodizill«, ergänzte Bree. »Das müsste vorhanden sein.«

»Kodizill. Genau.« EB notierte sich den Ausdruck. »Müssten dann nicht alle drei Enkelkinder eine Klage einreichen? Und nicht nur diese Mrs. Waterman?«

Bree nickte. »Selbstverständlich. Die Kläger müssten Bulloch, Waterman und … Wie heißt die dritte Enkelin noch mal? Also diejenige, die Mrs. Coville die Brosche geliehen hat. Cicerone. Nein, Moment mal. Es war Dixie Bulloch, die unserer Klientin das Schmuckstück geliehen hat. Offenbar setzt Payton eher auf Einschüchterung als auf Tatsachen, Mrs. Billingsley.«

»Weil sie eine alte Dame ohne jeden verwandtschaftlichen Beistand ist. Verstehe.« EB fixierte Payton mit einem Blick, der ebenfalls recht einschüchternd war. »Wissen Sie, Ms. Beaufort, ich glaube nicht, dass der Streifenwagen da draußen wegen Ms. Coville hier war. Er versucht nämlich nicht nur, alte Damen einzuschüchtern, sondern auch uns. Sie sollten sich was schämen, Mr. McAllister.«

»Vermutlich haben Sie recht, EB. Der lügt wie gedruckt. Typisch. Womit wir wieder bei Option A oder B wären«, fügte Bree fröhlich hinzu. »Also zieh Leine. Je früher, desto besser.«

»Du hast überhaupt keine Ahnung, auf was du dich da einlässt.« Paytons Gesicht war bleich vor Wut. Nur auf den Wangen glühten zwei rote Flecken. »Ihr werdet noch von uns hören, ihr beiden Miststücke.«

EB sah ihn stirnrunzelnd an. »Hüten Sie Ihre Zunge, Mr. McAllister. Was würde Ihre Mama wohl sagen, wenn Sie solche Wörter benutzen?«

War *Miststück* schon schlimm genug, so schlug der Ausdruck, den Payton als nächsten von sich gab, dem Fass endgültig den Boden aus.

Entrüstet schnappte EB nach Luft.

Payton grinste breit.

Bree geriet in Wut.

In der hintersten Ecke des Büros entstand ein Luftstrom, der die Papiere auf EBs Schreibtisch aufwirbelte. Bree spürte, wie der Wind zunahm, und nahm ein intensives silbernes Licht wahr. Die Zeit schien einen Moment lang stillzustehen, und Bree nutzte diese kurze Zeitspanne, um Payton von oben bis unten zu mustern.

Die Kanzlei Stubblefield, Marwick bestand darauf, dass ihre Mitarbeiter einer Kleiderordnung huldigten, wie sie nur noch bei den konservativsten Angehörigen der guten Gesellschaft von Savannah üblich war. Was hieß, dass Payton einen sehr gut geschnittenen grauen Nadelstreifenanzug trug und dazu eine Krawatte. Eine Krawatte in ziemlich knalligen Farben.

Bree sprang auf Payton zu und packte ihn mit der rechten Hand bei der Krawatte. Um ihren Kopf und ihre Schultern brauste Wind. Sie riss Payton hoch, wirbelte ihn herum und öffnete mit der linken Hand die Bürotür. Dann schleuderte sie ihn wie ein Frisbee in den Gang.

Er landete auf dem rechten Knie und fing sich mit den Händen ab. Was ihm vermutlich eine gebrochene Nase ersparte. Nicht dass es Bree irgendwie interessiert hätte.

Sie knallte die Tür zu, sodass seine Schmerzensschreie nur noch gedämpft zu hören waren.

Der Wind legte sich.

Das silberne Licht verblasste.

EB starrte Bree sprachlos an.

»Meine Güte«, sagte sie schließlich, um dann hinzuzufügen: »Ist ihm was passiert?«

Bree zuckte die Achseln, holte tief Luft und schob sich die Haare hinter die Ohren. Dann öffnete sie die Bürotür einen Spaltbreit, um nach draußen zu spähen. »Er geht gerade den Gang runter«, berichtete sie. »Und er humpelt nur ein wenig.«

»Ich glaube, Sie haben ein bisschen überreagiert«, meinte EB, während sie sich mit verwundertem Gesichtsausdruck im Zimmer umsah. »Möchte bloß wissen, wo dieser Wind herkam. Und das Licht.« Sie rieb sich die Stirn, als habe sie Kopfschmerzen, und blickte zur Deckenlampe hoch. »Vielleicht sollten wir das Neonlicht gegen was anderes austauschen. Sehen Sie mal! Das Fenster steht ja auf. Diese Brise hat meine Akten ganz schön durcheinandergewirbelt.« Sie erhob sich, um die über den Fußboden verstreuten Papiere einzusammeln.

Bree wusste nicht genau, wo ihre übernatürlichen Kraftanfälle eigentlich herkamen. Sie traten nicht oft auf, und dies auch erst, seitdem sie Fälle übernommen hatte, bei denen es um die Seelen von Verdammten ging. Immerhin war sie sich sicher, dass EB nach einiger Zeit vergessen würde, dass ihr Angriff auf Payton die Ratte in irgendeiner Weise ungewöhnlich gewesen war.

Dann setzte die übliche körperliche Reaktion ein. Bevor ihr die Beine wegsackten, nahm Bree auf dem

Besucherstuhl Platz. »Das hätte ich wirklich nicht tun sollen.«

»Wieso denn nicht? War doch ganz richtig, dass Sie diesen kleinen Armleuchter rausgeschmissen haben. Der hat vielleicht eine Ausdrucksweise!« EB ordnete die Papiere zu einem Stapel und sah ihre Arbeitgeberin an. »Vielleicht sollten Sie jetzt lieber nach Hause gehen, um etwas zu essen. Wissen Sie was? Ich könnte wetten, dass Ihr Zuckerspiegel plötzlich abgesackt ist. Das macht die meisten Leute ziemlich reizbar. Also trinken Sie eine Tasse gesüßten Tee. Und legen Sie die Füße hoch.«

»Machen Sie sich keine Sorgen um mich.« Auf einmal war Bree den Tränen nah. Auch das gehörte nach einem ihrer Anfälle dazu. Um sich abzulenken, kniff sie sich fest ins Bein. »Ich glaube, ich sollte lieber zum Set von *Bitter Tide* fahren. Einfach um nach Justine zu sehen. Meinen Sie, diese Mrs. Waterman hat tatsächlich einen Haftbefehl gegen sie erwirkt?«

»Ich würde mich nicht darauf verlassen, dass Ihnen dieser Typ die Wahrheit gesagt hat. Andererseits dürfte es eine gute Idee sein, sie zu besuchen. Ich gebe schnell die Änderungen im Testament ein und drucke das Ganze aus. Dann haben Sie einen triftigen Grund, um dort ein bisschen rumzuschnüffeln. Dauert etwa eine halbe Stunde. Ist das okay?«

»Natürlich«, sagte Bree.

»In der Zwischenzeit können Sie ja nach Hause gehen und mit Ihrer Schwester Tee trinken. Gesüßten Tee.«

Bree schlug die Hand vor den Mund. »O mein Gott! Antonia hab ich ja völlig vergessen.«

In diesem Augenblick flog die Bürotür auf, und Antonia stürmte mit zornrotem Gesicht herein. »Hier bist du also!« Sie stemmte die Hände in die Hüften und klopfte mit dem Fuß auf den Boden. »Ich dachte, du wolltest zum Lunch nach Hause kommen. Ich bin extra zum Park-Avenue-Markt gegangen, um von meinem letzten Geld den Krabbensalat zu kaufen, den du so magst. Und dann musste ich praktisch alles alleine essen.« Sie holte eine Papiertüte aus ihrer Tragetasche und warf sie Bree zu. »Hier ist der Rest. Ich habe ein Sandwich damit gemacht. Zwei klitzekleine Sandwiches, um genau zu sein. Eins für dich und eins für Mrs. Billingsley. Hi, Mrs. Billingsley! Haben Sie sich schon entschlossen, den Job bei meiner schusseligen Schwester aufzugeben und sich eine Stelle bei jemandem zu suchen, der zuverlässiger und pünktlicher ist?«

»Noch nicht«, erwiderte EB gelassen. »Wie geht es Ihnen, mein Kind?«

»Bestens. Hab Sie ja seit vor den Feiertagen nicht mehr gesehen.« Antonia suchte nach einem freien Stuhl, fand aber keinen und pflanzte sich deshalb auf den Fußboden. »Ich arbeite jetzt wieder als Inspizientin am Savannah Rep Theater, wissen Sie. Deshalb reicht mein Geld auch nur aus, um eine Portion Krabbensalat für Magersüchtige zu kaufen.« Sie wühlte in ihrer Tasche herum. »Hab ich ganz vergessen. Kartoffelchips.« Sie warf Bree den Beutel zu, die ihn skeptisch betrachtete und an EB weiterreichte.

EB sah die beiden nacheinander an. »Wenn ich es nicht besser wüsste, würde ich nie darauf kommen, dass Sie zwei Schwestern sind. Nicht so sehr wegen des Aussehens, sondern aufgrund des unterschiedlichen Temperaments.«

In Wirklichkeit waren sie Cousinen, was aber weder EB noch Antonia wussten. Royal und Francesca Winston-Beaufort hatten Bree adoptiert, nachdem ihre Mutter Leah gestorben war. Royals Onkel Franklin Winston-Beaufort war ihr leiblicher Vater. Über ihn wusste Bree eine ganze Menge, über Leah aber fast nichts.

»Wir haben die gleiche Nase«, meinte Antonia. »Und mein Haar hat die gleiche Farbe wie das von Mama.«

»Mamas Haar ist heller«, sagte Bree. »Eher rötlich golden. Während deins eindeutig rotbraun ist.«

»Und Mamas Augen sind blau. So wie meine. Außerdem ist sie – wie ich – ziemlich klein. Du hingegen bist so groß wie Daddy und Onkel Franklin. Was deine tangfarbenen Augen angeht ...«

»Meine Augen sind nicht tangfarben«, gab Bree entrüstet zurück, »sondern grün.«

»Dann eben algenfarben. Oder schimmelfarben. Ich habe keine Ahnung, wo Brees schimmelfarbene Augen herkommen, Mrs. Billingsley. Von den Beauforts oder den Carmichaels hat außer ihr nämlich niemand diese Augenfarbe.«

Verärgert biss Bree in ihr Sandwich. »Tut mir leid, dass ich nicht zum Lunch nach Hause gekommen bin.«

»Ich werd's überleben.«

»Bist du mit Sascha rausgegangen?«

»Bin ich. Obwohl ich fest davon überzeugt bin, dass dieser Hund in der Lage wäre, so was auch selbst zu erledigen. Gäbe es keinen Leinenzwang, könnte man ihn allein rausschicken. Würde bestens klappen. Er ist ein wahrer Engel.«

Das war zutreffender, als Antonia und EB ahnten. Wie bei Brees Angestellten in der Angelus Street war auch Saschas Vorleben in anderen zeitlichen und räumlichen Dimensionen verankert. Sascha, Petru Lucheta, ihre juristische Hilfskraft, sowie ihr Sekretär Ron Parchese – sie alle waren Engel und Angehörige von Beaufort & Compagnie.

Bree steckte den Rest ihres Sandwichs in die Tüte. »Danke für das Essen. Ich weiß nicht genau, wann ich heute Abend nach Hause komme. Ich wär dir also sehr dankbar, wenn du Sascha nach dem Abendessen noch mal ausführen könntest.«

»Ich dachte, heute Abend wollten wir ins Kino gehen«, erwiderte Antonia. »Heute ist doch Montag.«

»Montags ist Antonias Theater geschlossen«, erklärte Bree EB. »Deshalb hat sie frei.«

»Der einzige Tag in der Woche, an dem ich frei habe«, sagte Antonia. »Und ausgerechnet heute musst du arbeiten?«

»Auf meinem Schreibtisch in der Angelus Street stapeln sich die Akten.«

»Außerdem muss sie zum Set von *Bitter Tide*«, fügte EB hinzu. »Wir haben nämlich eine nette neue Klientin, Antonia. Ms. Justine Coville, die berühmte Schauspielerin. Ich arbeite gerade etwas für sie aus. Danach bringen wir die Unterlagen dann zum Set. Vermutlich werden wir dort allen möglichen berühmten Leuten begegnen. Hatch Lewis. Tyra Steele. Craig Oliver.«

Antonia klappte der Unterkiefer herunter. »Hatch Lewis!«

Bree zuckte innerlich zusammen. Sie hatte vergessen, EB darauf hinzuweisen, dass Antonia nur so darauf brannte, bei diesem Film mitzumachen.

»Wann«, fragte Antonia nach längerem, Unheil verkündendem Schweigen, »gedachtest du, mir diese Neuigkeit denn mitzuteilen?«

»Tja«, sagte Bree ausweichend.

»Du bist aufs Set eingeladen?! Nein! Noch besser! Ein Mitglied des Schauspielerteams ist deine Klientin!« Sie beugte sich vor. »Und du hattest tatsächlich vor, ohne mich dort hinzufahren?«, zischte sie.

»Sicher hätte Justine nichts dagegen, wenn Sie Ihre kleine Schwester mitbringen würden«, meinte EB.

Antonia sprang auf und tigerte im Zimmer hin und her – das für diese Art von Aktivität eigentlich viel zu klein war. »Jahrelang habe ich mich im Theater abgerackert!«

Bree hielt es für aussichtslos, Antonia darauf hinzuweisen, dass sie ja erst zweiundzwanzig war.

»Jahrelang! Und auf den Durchbruch gewartet. Darauf gehofft. Mich danach gesehnt. Und dann kommt eine der heißesten TV-Produktionen seit Jahren nach Savannah! Da hättest du sofort an mich denken müssen!«

»Vielleicht hätte Justine doch was dagegen, wenn Sie Ihre kleine Schwester mitbringen würden«, murmelte EB.

»Mit Sicherheit«, sagte Bree.

»Also, Schwesterherz, wie steht's? Ich könnte deine Aktentasche oder so was tragen. Oder dich chauffieren. Ich hab's! Ich trete einfach als deine Beraterin auf! Ich meine, du hast die meisten produktiven Jahre deines Lebens damit verbracht, deine Nase in juristische Lehrbücher zu stecken. Und eine Rechtsanwältin versteht doch ohnehin nichts vom Film!«

EB schlug mit der flachen Hand auf den Tisch. »Jetzt reicht's aber.«

Antonia blieb abrupt stehen.

»Jetzt setzen Sie sich sofort hin und denken über Ihr Verhalten nach, junge Dame. Ihre Schwester und ich sind gerade dabei, eine der besten Kanzleien der Stadt aufzubauen.«

»Tatsächlich?«

»Tatsächlich. Es dreht sich nämlich nicht immer alles nur um Sie, Miss Schauspielerin des Jahres.«

»Stimmt«, gab Antonia kleinlaut zu.

»Für uns geht es um eine wichtige Klientin, die ein schwerwiegendes Problem hat.«

»Was denn für ein Problem?«

»Das ist vertraulich«, erwiderte EB in strengem Ton.

»Entschuldigung. Natürlich.«

»Aber es hat etwas damit zu tun, dass das Leben der armen Frau bedroht ist.«

»Oje.« Antonia dachte kurz nach. »Was für eine Rolle spielt sie denn? Sicher könnte ich die übernehmen. Falls ihr etwas zustoßen sollte, was Gott verhüten möge.«

»Mrs. Coville ist achtzig Jahre alt. Und was Sie da gerade gesagt haben, finde ich einfach unglaublich!«

»Sie wissen eben nicht, wie Schauspieler sind«, murmelte Bree.

Antonia machte ein langes Gesicht. »Sorry, sorry, sorry. Ich will ja überhaupt nicht, dass ihr etwas zustößt. Achtzig Jahre ist sie? Mannomann!«

»Also reißen Sie sich bitte zusammen. Außerdem finde ich, Sie sollten sich entschuldigen.« EB stieß ein Schnauben aus. »Wenn ich mir vorstelle, dass Sie über diese arme alte Dame herfallen wollten …«

Antonia zupfte an ihrer Unterlippe herum. »Mrs. Billingsley hat recht. Ich bin unmöglich«, sagte sie zu Bree. »Aber es ist alles so frustrierend. Dauernd geh ich zum Vorsprechen, erreiche aber nie etwas.«

»Ich weiß ja, wie schwer ihr Schauspieler es habt«, sagte Bree. »Tut mir wirklich leid.« Und da sie den verzweifelten Gesichtsausdruck ihrer Schwester nicht ertragen konnte, fügte sie hinzu: »Okay. Wahrscheinlich brauche ich tatsächlich eine Beraterin. Aber eine, die sich gut benimmt.«

»Ja?«

»Und eine Assistentin, die sich gut benimmt«, stellte EB fest. »Wir sollten alle hinfahren. So was nennt man *mit Gefolge auftreten*. Und Sie …« Sie drohte Antonia mit dem Finger. »Keine Fisimatenten!«

»Mit Gefolge?«, wiederholte Bree. »Sie wollen, dass ich mit Gefolge auf dem Set aufkreuze?«

»Ach, nun komm schon«, sagte Antonia ganz aufgeregt. »Mrs. Billingsley hat völlig recht. Jeder, der was darstellt, hat auch ein Gefolge. Wir werden dein Gefolge sein. Allerdings sollten wir dafür besser gekleidet sein.«

»Wir sehen doch ganz akzeptabel aus«, entgegnete Bree.

»Das Geld, das ich habe, gebe ich für Abendschulkurse aus«, sagte EB. »Ich werd jedenfalls nicht losrennen, um mir was Neues zum Anziehen zu kaufen.«

»Okay, ihr seht also akzeptabel aus, wenn auch langweilig.« Antonia machte eine wegwerfende Handbewegung. »Aber von mir werdet ihr doch wohl nicht erwarten, dass ich dort im Trainingsanzug aufkreuze, oder?« Sie stürmte zur Tür. »Gebt mir zwanzig Minuten. So lange brauchst du ohnehin, um das Auto zu holen.«

»Sagen wir dreißig Minuten. Dann kann ich Justines Testament noch zur Unterschrift fertig machen«, erwiderte EB. »Wenn niemand glaubt, dass Bree ein Gefolge verdient, kommen wir eben als Zeugen mit, damit Justine ihr Testament vorschriftsgemäß unterschreiben kann. In Georgia sind ohnehin zwei Zeugen erforderlich.«

»Hey!«, entrüstete sich Bree. »Ich verdiene also kein Gefolge? Was soll das denn heißen?«

»Ach du meine Güte«, erwiderte EB bekümmert.

»So habe ich das überhaupt nicht gemeint. Ich fürchte, ich bin ein bisschen durcheinander.«

Antonia klatschte begeistert in die Hände. »Wer wäre das nicht, Mrs. Billingsley? Ich bin schon weg. Wir treffen uns dann alle vor dem Haus am Factor's Walk, okay?«

»Stopp!«, befahl Bree etwas lauter als beabsichtigt.

Antonia schrumpfte wie ein Ballon zusammen, in den man eine Nadel gestochen hatte. »Du meinst also, es geht nicht?«

»Würdet ihr zwei euch bitte beruhigen? Ihr benehmt euch ja, als wärt ihr völlig ausgeflippt. Erstens finde ich, dass wir nicht so überstürzt aufbrechen sollten.« Ihr Handy klingelte. »Herrgott noch mal. Moment. Ich bekomm grad eine SMS.« Brees Berufskleidung war nicht sonderlich abwechslungsreich und bestand aus drei elegant geschnittenen Hosenanzügen sowie einer Reihe von seidenen T-Shirts. Jede der Jacken war mit Innentaschen versehen, in denen sie ihr Handy, eine Kreditkarte und einen Fünfzigdollarschein aufbewahren konnte. Sie holte ihr Handy heraus.

WAGEN WARTET UNTEN

Die SMS kam von Armand Cianquino, ihrem früheren Juraprofessor und Vorsitzenden von Beaufort & Compagnie, der auf himmlisches Recht spezialisierten Kanzlei. *Ihrer* Kanzlei, da sie die einzige Advokatin dieser Gruppe war.

»Herrgott noch mal«, sagte Bree noch einmal und gab als Antwort ein Fragezeichen ein.

Sofort zum Set, simste Cianquino zurück.

»Okay«, sagte Bree. »Wir brechen auf.« Sie sah Antonia mit dem strengen Blick einer älteren Schwester an. »Versprichst du mir, dich zusammenzureißen?«

»Klar.«

3

Die ganze Welt ist Bühne,
Und alle Frau'n und Männer bloße Spieler.
William Shakespeare, *Wie es euch gefällt*

Der Mietwagen war ein schwarzer Lincoln Continental und hatte einen unauffälligen Aufkleber, auf dem stand: Savannah Drives.

Savannah Drives gab es schon seit vielen Jahren. Bree erinnerte sich, dass ihre Mutter und ihr Vater diese Firma früher, als die Familie noch regelmäßig einen Teil des Sommers im Haus am Factor's Walk verbrachte, öfter in Anspruch genommen hatte, um den einen oder anderen Dinnergast, der zu viel getrunken hatte, nach Hause bringen zu lassen. Der Fahrer war ein Weißer mittleren Alters, der auf eine Weise erschöpft wirkte, wie Bree es noch nie erlebt hatte.

Außerdem behauptete er, noch nie zuvor von Professor Cianquino gehört zu haben.

»Kenne keinen Cee-anquo, Miss«, sagte er und

rückte sich seine Mütze zurecht. Seine Haare, soweit überhaupt noch vorhanden, waren dunkelblond. Er wirkte füllig, ohne fett zu sein, obwohl Bree bei genauerem Hinsehen feststellte, dass ihm sein Bauch über den Gürtel quoll, dessen Schnalle im letzten Loch befestigt war. Möglicherweise war er in jüngeren Jahren sehr athletisch gewesen. Seine Augen waren grau, das Weiße durchzogen zahlreiche geplatzte Äderchen. Er hatte ein ausgesprochen blasses Gesicht, was in einem Südstaat wie Georgia ungewöhnlich war. Außerdem stank er nach Zigarettenrauch.

»Cianquino«, wiederholte Bree, durch das offene Fahrerfenster spähend. »Professor Cianquino.«

»Sagt mir nix.«

»Wer hat Sie denn dann beauftragt, mich abzuholen? Wie ich schon sagte, habe ich eine SMS bekommen.«

»Eine SMS!«

Dieser Mann hielt nichts von moderner Technologie. Das merkte Bree sofort.

Er lehnte sich auf dem Fahrersitz zurück. Der Lincoln war in zweiter Reihe geparkt, und obwohl es im Januar in der Bay Street kaum Touristen gab, wollte Bree auf keinen Fall, dass der Verkehr aufgehalten wurde. Antonia und EB standen nebeneinander auf dem Bürgersteig. Antonia trat ungeduldig von einem Fuß auf den anderen. EB umklammerte eine Mappe, die Justine Covilles Testament enthielt.

»Unsere Firma stellt den Sunward Productions auf Abruf Beförderungsmittel zur Verfügung. Meine

Schicht fängt mittags an. Ich mach nichts anderes, als da hinzufahren, wo man mich hinschickt, Lady.«

»Mr. …« Bree warf rasch einen Blick auf das Namensschildchen, das an der schwarzen Wolljacke des Fahrers steckte. »Mr. Dent. William. Jemand hat Sie beauftragt, hierherzukommen. Bevor ich einsteige, möchte ich das irgendwie bestätigt haben.« Um sich selbst war Bree nicht sonderlich besorgt. Im Allgemeinen begab sie sich ohne Bedenken überall dorthin, wohin ihr Job als himmlische Advokatin sie führte, wobei sie von einem großartigen Team unterstützt wurde. Doch da diesmal ihre Schwester und auch ihre Assistentin mit dabei waren, sah die Situation völlig anders aus. Zumal Mr. Dent noch nie von Professor Cianquino gehört haben wollte.

William Dent seufzte genervt. »Okay, es ist folgendermaßen. Mich hat niemand geschickt. Ich bin aus eigenem Antrieb gekommen. Ich wollte gerade hochgehen und Sie holen, als Sie drei hier unten aufgetaucht sind. Die Sache ist die, dass diese Arschlöcher vom Film Mrs. Coville nicht fair behandeln. Ich dachte, Sie könnten ihr vielleicht helfen.«

»Justine?«, sagte Bree besorgt. »Ist denn etwas passiert? Geht es ihr gut?«

»*Mrs. Coville*«, betonte Dent in tadelndem Ton, »könnte einfach etwas Hilfe gebrauchen, das ist alles. Sie hat hier in Savannah keine Familienangehörigen mehr, und am Set hat sie weiß Gott keine Freunde. Ich habe sie vorhin abgeholt, nach dem Gespräch mit

Ihnen. Sie scheint der Ansicht zu sein, dass Sie was auf dem Kasten haben.«

»Auf dem Kasten«, wiederholte Bree. »Danke, danke. Und was hat Sie veranlasst, gerade jetzt hierherzukommen?«

»Sie ist gestürzt. Auf dem Set. Nein, nein, sie ist schon okay. Ein paar Prellungen, die Alte ist ziemlich zäh. Die Sache ist bloß die, dass ich glaube, sie wurde geschubst. Mit mir will sie nicht darüber reden. Dachte, dass sie ihrem Rechtsanwalt eher was erzählt.« Er musterte sie auf merkwürdig unpersönliche Weise. »Wusste allerdings nicht, dass Sie ein Weibsbild sind.«

»Ein was?«

»Ein Weibsbild«, gab er ungehalten zurück. »Eine Frau, okay. Neuerdings gibt's also auch Rechtsanwäl*tinnen*, ja?«

»So ist es«, entgegnete Bree. »Sogar schon seit einer ganzen Weile.«

»Zumindest sehen Sie so aus, als seien Sie ein ganzer Kerl. Vielleicht sind Sie also tatsächlich in der Lage, ihr zu helfen. Steigen Sie mal ein. Was ist denn los? Haben Sie was im Hals oder so?«

»Ich versuche lediglich, mich zu beherrschen«, erwiderte Bree. »Und es funktioniert«, murmelte sie vor sich hin. »Es funktioniert tatsächlich.« Ganz langsam zählte sie von zehn rückwärts, bis sie sich wieder voll im Griff hatte. »Okay, Mr. Dent. Ich werde Ihnen nicht die Ohren langziehen. Ich werde einfach einsteigen. Zunächst aber würde ich gern noch ein Wörtchen über Ihr Benehmen sagen.«

»Was soll das heißen? Was gibt es denn an meinem Benehmen auszusetzen?«

Bree gab EB und Antonia mit einer Geste zu verstehen, dass sie mitkommen konnten. Dann nahm sie auf dem Rücksitz des Lincoln Platz und hielt William Dent eine Standpauke. »Eine ganze Menge. Da ist zum Beispiel Ihr Sexismus. Und Ihre diskriminierende Ausdrucksweise. Ihr absoluter Mangel an Respekt vor anderen.« Nachdem sie ihre Aktentasche auf dem Boden abgestellt hatte, fixierte sie herausfordernd seinen Hinterkopf. Seine Augen konnte sie im Rückspiegel sehen.

Er wirkte gekränkt.

»Kurzum ... ich wäre Ihnen dankbar, wenn Sie sich etwas höflicher ausdrücken könnten«, fuhr sie etwas milder fort. »Es gibt keinen Grund, beleidigend zu werden.« Dann fügte sie noch ein »Danke« hinzu, was den Effekt dieser Gardinenpredigt ein wenig beeinträchtigte.

Antonia stieg von der anderen Seite ein und verkündete, dass sie in der Mitte zu sitzen beabsichtige. »Mit den Füßen auf der Mittelkonsole.«

»Wie edel und aufopferungsvoll von dir«, lobte Bree. »Okay, William, wir sind so weit.« Da sie ihn ziemlich angefahren hatte, setzte sie jetzt in freundlichem Ton hinzu: »Oder wollen Sie lieber mit Bill angeredet werden?«

»Mit Dent«, sagte er kurz angebunden. »William bin ich nur für meine Freunde und meine Familie.«

»Okay«, sagte Bree.

»Was soll denn das alles?« Antonia schüttelte den Kopf und sah EB achselzuckend an, die »keine Ahnung« vor sich hinmurmelte, während Antonia in ihrer Tragetasche kramte, um ihr Make-up herauszuholen. »Wo wird denn heute gedreht, Dent? Wie viel Zeit bleibt mir noch?«

»Mercury macht die ganze Woche Innenaufnahmen. Die haben fast das gesamte Innere des Herrenhauses der alten Rattigan-Plantage rausgerissen. Die liegt circa fünfzehn Kilometer flussaufwärts. Dauert etwa vierzig Minuten.«

»Nicht ganz so lange«, stellte Bree richtig. »Am Highway 153 gibt es eine Ausfahrt, die zur Toller Road führt. Du hast also etwa eine halbe Stunde, um Make-up aufzulegen, Schwesterherz.«

»Dieser Highway ist aber neu«, sagte Dent.

»So neu nun auch wieder nicht«, erwiderte Bree. »Fahren Sie los, Dent.«

»Völlig unnötig, auf so ein hübsches Gesicht was raufzuklatschen«, bemerkte Dent tadelnd. Er blinkte und bog in östlicher Richtung in die Bay Street ein. »Wie die meisten Männer ziehe ich es vor, wenn eine Frau natürlich aussieht.«

Antonia warf Bree einen Seitenblick zu. »Diese Bemerkung verdient keine Antwort, Dent«, sagte sie. »Deshalb werde ich sie ignorieren.«

Dents Nacken färbte sich rot. In diesem Augenblick fiel Bree ein möglicher Grund dafür ein, dass Dent so blass und ungehobelt war und sich Frauen gegenüber nicht zu benehmen wusste.

War er vielleicht ein ehemaliger Häftling?

Oder bildete sie sich da etwas ein?

Würde Professor Cianquino sie mit einem ehemaligen Häftling zusammenbringen? Natürlich würde er das tun, sofern er meinte, dass es irgendwie zweckdienlich war. Doch diesmal waren ihre Schwester und ihre Sekretärin bei ihr, und falls Cianquino sie tatsächlich irgendeiner Gefahr aussetzte, würde er einiges von ihr zu hören bekommen.

Bree hatte ein hervorragendes Gedächtnis. Als sie vorhin einen kurzen Blick auf Dents Arme und Hände geworfen hatte, hatte sie keinerlei Tätowierungen bemerkt, was aber nicht viel zu besagen hatte. Sie würde sich bei der Polizei von Chatham County erkundigen, ob man dort etwas über einen gewissen William Dent wusste, der Rechtsanwältinnen misstraute und Frauen als Weibsbilder bezeichnete.

So unangenehm und machohaft Dent auch sein mochte, fahren konnte er jedenfalls gut. Während der Fahrt ging Bree Justines neues Testament durch. Den größten Teil ihres Vermögens wollte sie einem New Yorker Heim für ehemalige Schauspieler vermachen. Die einzige namentlich im Testament erwähnte Person war Dixie Bulloch, die die Summe von einhundert Dollar erhalten sollte *als Dank für ihre Hilfe bei meinen künstlerischen Bemühungen*. Das für die Aufführung ihrer Vermögenswerte vorgesehene Zusatzblatt war leer. Als Testamentsvollstrecker waren Franklin Winston-Beaufort beziehungsweise seine Rechtsnachfolger angegeben.

Sie habe in Savannah keine Familienangehörigen mehr, hatte Dent gesagt, und bei der Crew von *Bitter Tide* gebe es niemanden, der ihr Freund sei – außer Dent selbst. Hatte Payton vorhin nicht irgendeine Bemerkung über Phillip Mercurys Einstellung zu Justine fallen lassen? Sie beugte sich vor. »Erzählen Sie mir mal was über die Sunward Productions, Dent. Warum sollte es dort eigentlich jemand auf Justine abgesehen haben?«

»Wenn Sie Hintergrundinformationen haben wollen, müssen Sie mit Mrs. Coville reden.«

»Ich rede aber mit Ihnen«, erwiderte Bree.

Entweder hatte Dent nicht die Absicht zu antworten, oder er ließ sich Zeit damit. Elegant bog er zum Highway 153 ab, eine einspurige, von Bäumen und Büschen gesäumte Schnellstraße, die den zu ihrer Linken verlaufenden Fluss dem Blick entzog. Hier in der Flussniederung schimmerten überall Teiche mit Brackwasser zwischen den Bäumen.

»Dent?«, fragte Bree in energischem Ton. »Wenn ich nicht weiß, was los ist, kann ich Justine auch nicht helfen. Als ich heute Vormittag mit ihr gesprochen habe, sagte sie, Phillip Mercury wisse ihre schauspielerischen Fähigkeiten sehr zu schätzen.«

»Mercury«, gab Dent angewidert zurück. »Dieses kleine Arschloch. Der würde seine Mutter anmalen und sie an die Araber verkaufen, wenn er sich was davon verspräche.«

EB kommentierte Dents Ausdrucksweise mit einem missbilligenden Laut.

Der Verkehr in beide Richtungen war nicht sonderlich stark. Dent verlangsamte das Tempo, als sie sich der Abzweigung zur Rattigan-Plantage näherten. Er bog nach links ab, bis er auf eine Schotterstraße gelangte, fuhr an die Seite und machte halt. »Okay«, sagte er barsch. »Ich werde Sie ins Bild setzen. Und dabei versuchen, Ihre Gefühle nicht zu verletzen, obwohl ich noch nie davon gehört habe, dass eine Rechtsanwältin in Hosen ein paar freimütige Äußerungen übel nimmt.« Er stieß ein Schnauben aus. »Folgendes sollten Sie wissen. Erstens: dass Sie es mit einer Horde von Kotzbrocken zu tun haben. Von denen niemand was taugt. Die alle auf sich selbst fixiert sind. Wie nennt man das noch mal? Egomanie. Mrs. Coville stellt da keine Ausnahme dar. Sie ist eine anspruchsvolle alte Schraube mit allerlei Allüren. Trotzdem ist sie noch die Beste von denen.«

Dent hielt also nicht viel von den Filmleuten, nicht einmal von der armen alten Dame, der er zu helfen versuchte. Was keine allzu große Überraschung war. Er schien von niemandem viel zu halten. »Meines Wissens versucht jemand, sie auf die eine oder andere Weise vom Set zu vertreiben«, warf Bree ein.

»Das tut jeder. Mercury, die Drehbuchautoren, selbst die anderen Schauspieler. Sie halten sie alle für einen Witz. Na ja, wahrscheinlich hat sie es mit den Schönheitsoperationen tatsächlich ein bisschen übertrieben.« Er warf einen Blick in Antonias Richtung. »Lippenstift trägt sie auch reichlich auf, ohne Frage. Aber sie ist nun mal ein Filmstar. Einer der ganz großen. Und ihr Darstellungsstil ist der grandiose Stil von früher, wissen Sie? So was passt überhaupt nicht zu dieser Art Film mit all den Nahaufnahmen, Zweier-Einstellungen und so weiter. Meiner Ansicht nach ist Hollywood ziemlich im Arsch.« Er fletschte die Zähne, was er offenbar für ein Lächeln hielt. »Entschuldigen Sie die Ausdrucksweise, meine Damen.«

»Ich vermute, die anderen halten sie für eine Schmierenkomödiantin«, sagte Antonia. »Und wahrscheinlich denken sie auch, dass sie zu verschrumpelt ist.«

»Antonia!«, protestierte Bree.

»Ich sag nur, wie's ist«, erwiderte Antonia. »Beim Film geht es anders zu als auf der Bühne. All diese Großaufnahmen bedeuten, dass man perfekt sein muss. Und dass man eine perfekte Haut, perfekte Zähne, insgesamt einen perfekten Körper haben muss.«

»Das ist doch unnatürlich«, bemerkte EB.

Dent blickte in den Rückspiegel und sah Antonia finster an.

»Das soll keine Kritik sein, Dent. Im Laufe der Jahre ändert sich der Darstellungsstil nun mal. Ich meine, nehmen Sie zum Beispiel Sir Laurence Olivier. Der größte Schauspieler seiner Generation, wie ich in einem Filmkurs an der Schule gelernt habe. Und wie nehmen wir ihn heute wahr? Als Schmierenkomödianten. Als jemanden, der überagiert. Trotzdem ist in England ein Theater nach ihm benannt.«

»Tja, das sagen Sie.«

»In der Tat«, entgegnete Antonia. »Die arme alte Justine.«

»Es gibt aber noch einen Grund, warum sie versuchen, sie loszuwerden. Wahrscheinlich wegen dieser Klage.«

Das Gespräch über unterschiedliche Darstellungsstile hatte Bree nicht sonderlich interessiert, doch beim Stichwort *Klage* spitzte sie die Ohren. Vielleicht hatte Payton also doch nicht gelogen – oder zumindest nicht so sehr wie gewöhnlich. »Was für eine Klage?«

»Die Bullochs haben was dagegen, dass dieser Film gedreht wird. Sie haben versucht, eine einstweilige Verfügung zu erwirken, aber das hat nicht geklappt. Jetzt gehen sie gegen dieses Arschloch … sorry, meine Damen … also gegen diesen miesen Mercury persönlich vor. Gegen Mercury und seinen Sponsor Vince White. Wegen Rufmord, blablabla.« Er blickte in den Rückspiegel. »Die Sache ist die, dass Mrs. Coville mit einer der Bulloch-Schwestern eng befreundet ist.«

»Mit Dixie«, sagte EB. »Dixie Bulloch, Tochter von Alexander junior und Enkelin von Consuelo.«

»Genau. Und Mercury glaubt, dass Mrs. Coville der Tusse Insiderinformationen gibt.«

Antonias Lippen formten das Wort *Tusse*. Sie verdrehte die Augen.

»Was für Insiderinformationen denn?«, fragte Bree.

Dent zuckte die Achseln. »Wer was raucht. Wer mit wem schläft. Kostenüberschreitungen. Budgetprobleme. Sachen von der Art.« Er ließ den Motor wieder an und fuhr weiter. »Es geht das Gerücht, dass es bei den Dreharbeiten für diesen Film ungewöhnlich viel Trouble gibt.«

»Diese Filmstars sind doch alle nicht ganz astrein«, erklärte EB. »Warum sollte das bei einer Klage ins Gewicht fallen?«

»Kommt vermutlich auf den Klagegrund an«, gab Bree zerstreut zurück. »Man weiß nie, welche Informationen einem Kläger nützlich sein können. Dent, Mrs. Coville hat doch einen Vertrag, nicht wahr? Hat Phillip Mercury eigentlich irgendwelche Versuche unternommen, sie mit Geld abzufinden?«

»Blöde Frage. Na klar hat er das. Ich weiß zwar nicht viel über Schauspielerinnen und Schauspieler, aber ich hab noch nie einen erlebt, der seine Rolle für einen Scheck aufgeben würde.«

»Wie wahr«, murmelte Antonia. »Wenn ich auf Geld aus wäre, wäre ich Bankerin geworden.«

»Red nicht solchen Unsinn, Tonia«, sagte Bree.

Antonia kniff Bree. »Sei jetzt still. Wir sind gleich da.«

»Kneif mich gefälligst nicht, Tonia.«

»Dann hör auch auf, mich zu kritisieren, Bree.«

Die schmale Straße machte eine Biegung nach rechts, dann nach links, um schließlich in eine weitläufige Rasenfläche zu münden, die voller Autos, Trucks, Vans, Generatoren und Wohnwagen stand. Im hinteren Teil stieg die Rasenfläche zu einem Hügel an, auf dem sich das zweistöckige, mit umlaufenden Veranden versehene Herrenhaus erhob. Die Fassade des Hauses sah prächtig aus. Die schwarzen Fensterläden waren frisch gestrichen; über die weiße Holzverschalung rankten sich Efeu und Glyzinien; unter der Steinbalustrade des Eingangsbereichs blühten der Jahreszeit zum Trotz Rosen. Die Stufen aus Ziegelsteinen, die zur Haustür führten, waren erst vor Kurzem neu verfugt worden. Von da, wo Bree sich befand, konnte sie auch die Nordseite des Hauses sehen, die einen krassen Kontrast zur Fassade darstellte. Die ramponierten Fensterläden hingen schief in den Angeln, mindestens eine der Fensterscheiben war zerbrochen. Der schmutzigweiße Anstrich war an vielen Stellen abgeblättert.

»Willkommen im Ameisenhügel«, sagte Dent.

»Hier geht es ja wirklich sehr betriebsam zu.« EB drückte auf den Knopf, um das Fenster herunterzulassen, und lugte mit großen Augen nach draußen. Auf dem ganzen Gelände wimmelte es von Leuten, die meisten in Jeans, T-Shirts und Flipflops, obwohl es ziemlich kühl war.

EB ließ ihren Blick über das Durcheinander schweifen. »Wie sollen wir Justine denn in diesem ganzen Gewusel finden?«

Dent steuerte den Lincoln unter eine große, mit Bartflechten bewachsene Eiche, stellte den Motor ab und holte ein kleines Klemmbrett aus dem Handschuhfach. »Ich habe eine ungefähre Vorstellung, wo sie sein könnte. Die geben nämlich jeden Morgen einen Drehplan aus, halten sich dann allerdings nie daran. Wie spät ist es jetzt? Halb zwei?«

»Fünf nach halb, um genau zu sein.« Antonia sprang mit leuchtenden Augen aus dem Wagen. Ihre Wangen waren vor Aufregung gerötet. Sie atmete tief durch. »Riechen Sie doch mal, Mrs. Billingsley!«

Gehorsam schnupperte EB. »Rosen. Im Januar«, sagte sie. »Und irgendwo kocht jemand Chili.«

»So ist das beim Film!«

»Haydee wurde an einem zweiten Juli ermordet«, erklärte Dent. »Deshalb versuchen sie, die Jahreszeit nachzustellen. Wäre vernünftiger gewesen, wenn sie bis zum Sommer gewartet und die Kosten für die Rosenbüsche gespart hätten. Aber Vernunft ist hier ohnehin ein Fremdwort.« Er warf das Klemmbrett in das Handschuhfach zurück. »Werd einfach nicht schlau aus diesem Plan.« Er legte Bree die Hand auf die Schulter. »Sehen Sie die Farbige da drüben?«

»Ich persönlich sehe zwei Afroamerikanerinnen, aber keine *Farbigen*«, mischte sich Antonia ein.

»Klar. Sorry. Das bring ich dauernd durcheinander. Also die Hübsche in der grauen Strickjacke, das ist Florida Smith, die Hauptdrehbuchautorin. Sie weiß meistens, was los ist.« Er steckte zwei Finger in den Mund und stieß einen durchdringenden Pfiff aus. »Hey! Flurry!«

Eine schlanke Frau in grauer Kapuzenjacke und abgerissenen Jeans blickte in ihre Richtung. Dent winkte ihr zu, zeigte auf Bree und schob sie ein Stück nach vorn. »Los, gehen Sie sie fragen, wo Mrs. Coville zu finden ist.«

Flurry Smith kam ihnen auf halbem Wege entgegen. »Wo bist du denn gewesen, Willy? Hast du dein Handy wieder abgestellt? Phil sucht schon die ganze Zeit nach dir.«

»Musste nach Savannah, um diese Leutchen hier zu holen.«

»Ich fürchte, da musst du gleich wieder hin. Phil möchte nämlich ein paar Beignets von Huey's.«

Dent gab einen Laut von sich, der zwischen einem Grunzen und einem Hüsteln lag.

»Ja, ja, ich weiß, dass so was unter deiner Würde ist. Trotzdem solltest du dich beeilen.« Als er sich zum Gehen wandte, hielt sie ihn am Ärmel fest. »Moment mal. Wer sind denn diese Leute?«

»Sie haben etwas mit Mrs. Coville zu besprechen.« Er zeigte mit dem Daumen über die Schulter auf Bree. »Sie ist Rechtsanwältin.«

»Ach was!« Flurry legte den Kopf schief. Obwohl sie ihr Lächeln beibehielt, war deutlich, dass sie misstrauisch geworden war. »Na gut, ich werde mich um sie kümmern. Und jetzt solltest du lieber aufbrechen, Willy. Versuch, bis drei wieder hier zu sein, okay? Im Moment dreht er gerade, aber um drei habe ich eine Drehbuchbesprechung anberaumt. Und er hat mir hoch und heilig versprochen, dabei zu sein. Hoffen wir das Beste.«

Dent drehte sich um und ging zum Auto zurück.

»Und schalt dein Handy ein!«

»Steig mir doch in den Frack!«

»Steig mir doch in den Frack?«, wiederholte Flurry. »Einfach unglaublich, der Typ!« Sie kicherte.

»Dieser Mann hat einen so großen Rand wie ein Teller«, stellte EB entrüstet fest.

Flurry sah sie begeistert an. »Was war das eben? Einen so großen Rand … Moment mal.« Sie zog einen kleinen Spiralblock aus der Hosentasche und notierte sich den Ausdruck. »Wunderbar. Das klau ich Ihnen. Aber erwarten Sie nicht, dass Sie im Abspann erwähnt werden.« Sie steckte den Block wieder in die Tasche. »Willy ist gar nicht so übel. Wenn man über sein Benehmen hinwegsieht. Aber da arbeitet er dran. Also, was führt Sie drei denn hierher?«

Bree trat vor. »Ich bin Rechtsanwältin aus Savannah …«

Flurrys glattes Gesicht erstarrte, ohne sein Lächeln zu verlieren. »Hören Sie, wenn es um diese beknackte Klage der Bullochs geht …«

»Es geht um Justine Coville. Sie hat mich engagiert, um ihr Testament auf den neuesten Stand zu bringen. Und sie hat uns gebeten, ihr die revidierte Fassung zum Set zu bringen. Sie braucht nur noch zu unterschreiben.« Bree hielt die Mappe mit dem Testament hoch.

Flurry entspannte sich ein wenig. »Oh, das ist, denke ich, okay. Phil macht gerade eine Innenaufnahme, aber sie wird Ihnen bald zur Verfügung stehen. Kommen Sie doch mit zum Cateringwagen. Für eine Rechtsanwältin, die uns *nicht* verklagen will, haben wir sicher eine Tasse Kaffee übrig. Ich heiße übrigens Florida Smith, aber Sie können ruhig Flurry zu mir sagen.«

»Brianna Winston-Beaufort. Das ist meine Mitarbeiterin Emerald Bil…«

Flurry blieb stehen und grinste Bree entzückt an. »Was Sie nicht sagen! Sind Sie irgendwie mit Franklin Winston-Beaufort verwandt? Diesem Rechtsanwalt, der damals Alex bei der Vorverhandlung vertreten hat? Ist ja cool! Über den hab ich nämlich nicht viel herausfinden können!«

»Wir sind seine Nichten«, sagte Antonia, indem sie sich vor Bree drängte, damit die Drehbuchautorin sie besser sehen konnte. »Wir beide. Bree ist seine ältere Nichte, und ich bin die jüngere. Antonia Winston-Beaufort.« Sie griff nach Flurrys Hand und schüttelte sie. »Ich arbeite vorübergehend am Savannah Rep. Zurzeit führen wir gerade *Der Fall Winslow* auf. Ich kann Ihnen gern eine Freikarte besorgen, wenn Sie diese Woche einen Abend Zeit haben.«

Flurrys Lächeln verflüchtigte sich. »*Sie* sind also keine Rechtsanwältin, sondern Schauspielerin. Und Sie sind hier, weil …«

»Weil *Sie* Hintergrundinformationen über meinen Onkel Franklin brauchen«, fiel ihr Antonia ins Wort.

»Und nicht etwa, weil Sie als ehrgeizige Schauspielerin bereit sind, für eine Rolle in einem Fernsehfilm alles zu tun?« Die Botschaft war unmissverständlich, auch wenn Flurry das alles in ungezwungenem Ton sagte. »Tja, ich werde Justine ganz sicher nicht daran hindern, mit ihrer Rechtsanwältin zu sprechen. Es ist also völlig okay, dass Ihre Schwester auch hier ist. Aber

Sie sollten vielleicht lieber mit Willy in die Stadt zurückfahren.«

Bree kam zu dem Schluss, dass es Zeit war einzugreifen. »Meine Schwester interessiert sich brennend für die Dreharbeiten, Flurry. Aber sie ist ganz harmlos. Sie wird niemanden belästigen.«

Antonia setzte eine unschuldsvolle Miene auf.

»Wir werden unseren professionellen Ruf nicht aufs Spiel setzen«, erklärte EB mit einem mahnenden Blick in Antonias Richtung. »Ich garantiere Ihnen, dass niemand irgendwelche Sperenzchen machen wird.«

»Tatsächlich? Nehmen Sie's mir nicht übel, aber da bin ich skeptisch. Es gibt nämlich nichts Lästigeres als einen Schauspieler, der einen Job sucht. Nichts für ungut, Antonia.«

»Ist schon okay, Flurry.«

EB packte Antonia beim Oberarm. »Solange wir hier sind, werde ich sie nicht aus den Augen lassen.«

Flurry grinste. »Sie sehen ganz so aus, als könnten Sie mit ihr fertigwerden, Schwester.«

EB lächelte freundlich. »Ich bin Emerald Billingsley, Ms. Smith. Sehr erfreut, Sie kennenzulernen. Und Sie haben meine Erlaubnis, den Ausdruck mit dem großen Rand zu benutzen.«

»Und *ich* erlaube Ihnen, mich zu Onkel Franklin auszuquetschen«, sagte Antonia, schamlos die Gelegenheit nutzend. »Bree können Sie natürlich ebenfalls ausquetschen.«

Zu ihrem großen Kummer wusste Bree allerdings nicht viel mehr über Franklin als Antonia. Er war ihnen beiden immer ein liebevoller, wenn auch etwas unnahbarer Großonkel gewesen. Als sie heranwuchs, hatte sie ihn vier oder fünf Mal im Jahr gesehen, meistens bei Familienfesten. Als kleineres Kind war sie immer in Begleitung ihrer Adoptivmutter Francesca gewesen. Nach Abschluss ihres Jurastudiums hatte sie in der Kanzlei ihres Vaters in Raleigh eine Stelle auf Probe angetreten, und in diesem beruflichen Zusammenhang war sie dann auch öfter mit Franklin zusammengekommen. Doch wenn sie es recht bedachte, war Royal bei solchen Treffen immer mit dabei gewesen. Nein, sie wusste nicht mehr als andere über Franklin Winston-Beaufort. Ihre wahre Herkunft hatte sie erst erfahren, nachdem Franklin gestorben war und ihr seine Kanzlei hinterlassen hatte.

»Darf ich dann hier bei Bree bleiben, Flurry? Oder wollen wir uns gleich zusammensetzen, um Daten über Onkel Franklin zu sammeln?«

Bree schob ihre Schwester sanft beiseite. »Was genau wollen Sie denn eigentlich wissen? In *Bitter Tide* geht es doch um den Mord an Haydee Quinn, nicht wahr? Und das Drehbuch ist fertig, sonst würden Sie ja nicht drehen.«

Flurry lachte zynisch. »Kein Drehbuch ist jemals wirklich fertig. Selbst bei einem Film von Phillip Mercury nicht.«

Offenbar führte Phillip Mercury ein strenges Regiment. »Okay, dann ändern Sie also während der Dreharbeiten hier und da noch etwas. Aber Franklin hatte mit dem Fall ja nur am Rande zu tun. Er vertrat Alexander Bulloch bei der Vorverhandlung, davor war er jedoch gar nicht in die Sache involviert.«

»Ich schreibe ein Buch.«

Antonia stieß ein erfreutes »Ach« aus. »Über die Winston-Beauforts?«

»Warum sollte ich denn über die schreiben? Ich schreibe ein Buch darüber, wer Haydee Quinn wirklich umgebracht hat. Das wird eine große Sache. So groß wie …«

»Weiß schon, weiß schon«, murmelte Bree.

»… wie *Mitternacht im Garten von Gut und Böse*. Das wird Savannah bekannt machen.«

So ganz unbekannt war Savannah ja nun auch wieder nicht, aber diesen Hinweis verkniff sich Bree. Also ein weiteres Buch über einen spektakulären Mord in Savannah … na ja.

Flurry breitete die Arme aus. »Der Arbeitstitel lautet: *Tod einer unmoralischen Frau: Wer tötete Haydee Quinn?*«

Bree zog die Augenbrauen hoch. »Ich dachte, ihr Zuhälter sei für das Verbrechen hingerichtet worden.«

»Bagger Bill Norris war es«, sagte EB. »Hat man uns jedenfalls erzählt.«

»Man hat damals tatsächlich einen Unschuldigen auf den Stuhl geschickt«, erwiderte Flurry voller Überzeugung. »Das alles werde ich in meinem Buch darlegen.«

Antonia strahlte. »Ein authentischer Kriminalroman. Die Wiedergutmachung eines Unrechts! Einfach fabelhaft. Wenn Sie Informationen brauchen, können Sie jederzeit auf mich zählen.«

»Gut«, sagte Flurry zu Antonia, obwohl ihr Blick auf Bree gerichtet war. »Moment mal, Leute. Bei mir vibriert's gerade.« Flurry holte ihr Handy heraus. »Ja, Phillip. Willst du mich verarschen? Scheiße, Scheiße, Scheiße. Okay. Alles klar. Ihre Rechtsanwältin ist gerade bei mir.« Sie warf Bree einen Blick zu. »Möchte ich bezweifeln, aber ich kann sie gern fragen. Wir sind doch sowieso nicht haftbar, oder? Wir werden gleich mal rüberkommen.« Sie klappte ihr Handy zu und steckte es in die Hosentasche. »Das war Phil. Ich hab ihm erzählt, dass Sie hier sind. Er ist natürlich überglücklich. Kann es gar nicht erwarten, mit Ihnen zu sprechen.«

Obwohl Bree Flurry Smith noch nicht sehr lange kannte, misstraute sie ihrer unverwüstlich guten Laune schon jetzt.

»Deshalb möchte er Sie auch sofort sehen.« Ihr unaufrichtiges Lächeln wurde noch breiter und bezog auch Antonia und EB mit ein. »Und Sie zwei werden die Möglichkeit haben, bei richtigen Filmaufnahmen dabei zu sein. Ziemlich cool, was?«

»Also, eigentlich sind wir ja wegen Justine hier, nicht wegen Mr. Mercury«, sagte Bree. »Ich habe gehört, dass sie heute auf dem Set gestürzt ist. Ich würde mich gern vergewissern, dass es ihr gut geht.«

»Von wem haben Sie das gehört? Ach, weiß schon. Von Willy. Willy hat einen Narren an Justine gefressen. Ja, stimmt schon, sie ist gestürzt. Eigentlich eher hingepurzelt. Aber das ist noch eine unserer geringsten Sorgen. Wenn Sie lange genug hierbleiben, werden

Sie schon verstehen, was ich meine. Es gibt da noch wesentlich seltsamere …« Sie verstummte abrupt. »Aber lassen wir das. Kommen Sie. Die anderen sind gerade im Haus, wo die Szene gedreht werden soll, in der Consuelo Haydee zur Rede stellt und ihr befiehlt, ihren Sohn in Ruhe zu lassen. Authentisch ist diese Begegnung zwar nicht, aber was soll's? Das Ganze ist jedenfalls sehr wirkungsvoll. Folgen Sie mir einfach.« Sie machte kehrt, um sich durch die Gerätschaften und Fahrzeuge zu schlängeln, die auf dem Rasen standen. »Sind Sie alle hinter mir?«, rief sie, einen Blick über die Schulter werfend. »Sehr schön. Die Szene ist wirklich verdammt gut. Hat mich viel Zeit gekostet, sie auszuarbeiten, und sie hätte schon vor einer Stunde im Kasten sein müssen.«

»Gab es denn Probleme?«, fragte Bree.

Sie waren am Haus angekommen. Flurry blieb kurz auf dem oberen Treppenabsatz stehen, bis die anderen zu ihr aufgeschlossen hatten. Dann ging sie durch die offene Haustür. »Wann gibt's die mal nicht? Die ganzen Dreharbeiten sind ein einziges Problem. Dauernd verschwinden Requisiten, mehr Leute als üblich verletzen sich, dazu kommen noch finanzielle Schwierigkeiten. Das heutige Problem scheint zu sein, dass *Consuelo* den Text nicht so sprechen möchte, wie ich ihn geschrieben habe. Das *Dauer*problem – gestern, heute und mit absoluter Sicherheit auch morgen – ist jedoch die Obernervensäge …« Sie blieb am Eingang zu einem großen Raum stehen und senkte die Stimme. »… Tyra Steele.«

Das Erste, was Bree wahrnahm, war ein gleichmäßiges Krachen und Splittern, als schmeiße gerade jemand Porzellan gegen die Wand.

Als Zweites fiel ihr auf, was für ein Durcheinander das Zimmer darbot.

Bree konnte zunächst nicht feststellen, woher die Geräusche kamen, weil zu viele Eindrücke auf einmal auf sie einstürzten. Der Raum, der sich über die gesamte Länge des Gebäudes erstreckte, war früher zweifellos der Ballsaal des Herrenhauses gewesen. In die hintere, nach Süden gehende Wand waren große Glastüren eingelassen, durch die man den Savannah sehen konnte. An der linken Wand befand sich ein riesiger Kamin, dessen marmorner Sims von Marmorputten mit vergoldeten Flügeln getragen wurde. Über dem Kamin hing ein großes Ölgemälde, das eine ausdruckslos lächelnde Frau in Ballrobe zeigte, die von zwei fade wirkenden blonden Kindern flankiert wurde. Diese Hälfte des Raums war mit damastüberzogenen Sofas, kunstvoll geschnitzten Tischen und Unmengen frischer Blumen – Lilien, Rosen, Lavendel und Freesien – ausgestattet. Auf den alten Eichenholzdielen lag ein Orientteppich in leuchtenden Farben.

Die andere Hälfte des Ballsaals war ein Durcheinander von Scheinwerfern, Monitoren, großen fahrbaren Kameras, Sackkarren, Abfalltonnen auf Rädern, Klapptischen und Klappstühlen mit Segeltuchlehnen.

Nach dem Ameisenhaufen draußen hatte Bree hier zahlreiche Leute erwartet.

Es waren aber nur vier da.

Justine thronte majestätisch auf einem Diwan links vom Kamin. Sie trug ein erlesenes Kostüm von Chanel, eine große Perlenkette sowie Schuhe, die zum Kostüm passten und von der Art waren, die Francesca Beaufort immer als Pumps bezeichnete. Am Revers der Kostümjacke steckte ein Pfau aus Edelsteinen.

An der rechten Wand lehnte ein muskulöser Mann mit orangefarbenem Haar. Bree brauchte einen Moment, um zu registrieren, dass dies der Regisseur Phillip Mercury war, dessen seltsame Haarfarbe dank Facebook und YouTube auf der ganzen Welt bekannt war, ebenso wie seine eindrucksvolle Oberarmmuskulatur und der mürrische Gesichtsausdruck. Weniger bekannt war seine geringe Körpergröße. Er war nicht viel größer als Antonia, die einen Meter vierundsechzig maß.

Als Bree die dritte Person im Raum erkannte, wurde ihr leicht flau im Magen. Craig Oliver. Als er damals die Hauptrolle in *Bristol Blues* gespielt hatte, waren Bree und Antonia total auf ihn abgefahren. Seine Augen waren von einem blassen, fast durchsichtigen Blau. Sein Blick wirkte ruhig und direkt. Bree erwartete fast, dass er seinen berühmten Spruch – *Dann mal los!* – von sich gab.

»Seine Haare sind grau geworden«, zischte Antonia. »Trotzdem sieht er immer noch umwerfend aus.«

Bei der vierten Person handelte es sich um Tyra Steele, die damit beschäftigt war, sich Kaffeebecher aus Keramik von einem Tablett zu grapschen und sie mit anmutigen Bewegungen nacheinander auf den Boden zu schmettern. Selbst mitten in einem Wutanfall wirkte sie unglaublich schön. Sie hatte dichtes glänzendes Haar von der Farbe dunklen Eichenholzes, eine makellose, olivfarbene Haut und Augen, die genau dem Ton des Karibischen Meers entsprachen.

»Nur noch ein paar Becher«, sagte Flurry. »Dann können wir rein.«

Der letzte Becher knallte zersplitternd gegen die Wand. Tyra riss die Arme hoch und ballte die Fäuste. Dann schlug sie die Hände vors Gesicht und krümmte sich nach vorn, sodass ihre Haare den Fußboden berührten. Anschließend stieß sie ein Jammern aus, dessen Lautstärke derart zunahm, dass Bree sich am liebsten die Ohren zugehalten hätte. Doch dann brach das Jammern ganz plötzlich ab.

Tyra sackte dramatisch zusammen und sank völlig gebrochen zu Boden.

Niemand rührte sich. Phillip Mercury kratzte sich am Kinn. Justine starrte mit finsterem Blick auf den reglosen Körper der jungen Frau. Nach einer Weile ging Craig Oliver zu ihr hinüber. »Soll ich dir hochhelfen?«

»Sie ist … sie ist … wieder weg.« Obwohl Tyra im Flüsterton sprach, war sie deutlich zu hören. »Jedenfalls im Augenblick. Das war natürlich Haydee. Sie lässt mich einfach nicht in Ruhe.«

»Glaubt sie denn, sie sei besessen?«, fragte Bree Flurry leise.

Flurry nickte mit ausdruckslosem Gesicht.

»Besessen! Du liebe Zeit! Das war einfach miserabel gespielt«, murmelte Antonia.

»Ist doch unsere Diva«, erwiderte Flurry. Die beiden grinsten sich an.

Tyra nahm die Hand, die Oliver ihr entgegenstreckte, und stand graziös auf. Obwohl sie Bree und die anderen drei Frauen keines Blickes würdigte, wusste Bree, dass sich die Schauspielerin ihrer Anwesenheit durchaus bewusst war.

»Alles wieder in Ordnung, Schätzchen?« Phillip Mercury drückte sich von der Wand weg und schlenderte zu einem Segeltuchstuhl, auf dessen Rückenlehne sein Name prangte.

Tyra strich sich mit dem Handrücken über die vollendet geformte Stirn. »Ja, Phillip. Aber … könnte ich vielleicht ein Glas Wasser bekommen?«

»Klar. Sofern Haydee nicht alle Gläser zerschmettert hat. Craig? Würdest du so freundlich sein? Wenn ich's mir recht überlege, könntest du Tyra eigentlich in ihren Wohnwagen bringen. Dein Kühlschrank ist voll mit Evian, Tyra, und ich weiß ja, wie du zu Leitungswasser stehst. Als sich Haydee manifestierte, habe ich die Crew sofort rausgeschickt. Sobald ich mit Flurry konferiert habe, machen wir weiter. Also mach eine Stunde Pause, aber nicht länger. Okay?«

Tyra nickte und sagte mit kindlich klingender Stimme: »Okay.«

Craig geleitete sie aus dem Zimmer. Phillip Mercury schnippte mit den Fingern und rief Flurry zu: »Komm her! Und bring die Rechtsanwältin mit. Die anderen zwei schmeiß raus.«

»Mrs. Billingsley und ich werden draußen warten«, sagte Antonia nervös.

»Gute Idee.« Bree tätschelte ihrer Schwester den Rücken. »Aber geh nicht zu weit weg.«

»Ich warte!«, drängelte Phillip Mercury.

Bree nickte in seine Richtung. »Ich möchte aber erst mit meiner Klientin sprechen, Mr. Mercury«, sagte sie mit erhobener Stimme.

»Ach?« Er musterte sie einen Moment lang. »Okay. Das können Sie auch in meiner Gegenwart tun. Justine, komm mal rüber.«

Die alte Schauspielerin stand mühselig vom Sofa auf. Bree eilte zu ihr, um ihr zu helfen.

»Danke, nicht nötig. Sie brauchen mich nicht zu stützen.« Justine hielt sich mit einer Hand am Sofa fest. »Ich habe so lange gesessen, dass meine Muskeln schon ganz verkrampft sind.«

Bree schob ihre Hand freundschaftlich unter Justines Ellbogen. »Sie hatten heute einen Unfall auf dem Set?«

Justine stieß ein Schnauben aus. »Von dieser Verrückten gewürgt zu werden würde ich nicht als Unfall bezeichnen.« Damit ließ sie sich wieder auf die Couch sinken.

»Ich dachte, Sie seien gestürzt«, erwiderte Bree.

»Das war heute Vormittag, bevor ich zu Ihnen gekommen bin. Aber vor ein paar Minuten hat dieser Satansbraten versucht, mich zu erdrosseln.«

Obwohl Bree Mercury den Rücken zukehrte, wusste sie, dass er von seinem Stuhl aufgestanden war und sich lautlos hinter ihr aufgebaut hatte.

»Ein kleines Missgeschick mit dem Teppich«, sagte Phillip Mercury Bree ins Ohr.

Bree drehte sich um und tat so, als sei sie überrascht. »Mr. Mercury? Wie schön, Sie endlich kennenzulernen.« Da er zu dicht bei ihr stand, gab sie ihm einen leichten Klaps gegen die Brust, worauf er automatisch einen Schritt zurückwich. »Brianna Winston-Beaufort, Rechtsanwältin. Ich vertrete Mrs. Covilles Interessen. Sie sagen, es habe ein Missgeschick gegeben?«

»Ich wurde geschubst«, erklärte Justine. »Und zwar nicht von irgendeinem Geist, sondern von Tyra.«

Bree setzte sich neben Justine. »Heute Vormittag hat Tyra Sie also geschubst, und vorhin hat sie dann versucht, Sie zu erwürgen?«

»Ja!«

Mercury steckte die Hände in die Taschen seiner Jeans und wiegte sich auf den Sohlen hin und her. »Tyra hat dich nicht geschubst, Justine. Du bist über deine eigenen Füße gestolpert und hingefallen.«

»Ach, meinst du, Phillip? Und hiermit hat Tyra dann wohl auch nichts zu tun, wie?« Sie schob ihre Perlenkette, die den Hals umschloss, nach oben, um Bree und Mercury einige leichte Quetschungen zu zeigen. »Das Ganze ist doch sogar gefilmt worden, Herrgott noch mal!«

»Nun ja, sie hat sich eben ein bisschen zu sehr in die Rolle hineingesteigert. Wenn Haydee das Kommando übernimmt, ist das arme Mädchen ziemlich wehrlos. Außerdem bekommen Leute in deinem Alter im

Handumdrehen Quetschungen, Justine. Das ist eine altbekannte Tatsache. Was dich zu einer Belastung für uns macht.«

»Bezwecken Sie eigentlich etwas Bestimmtes mit diesen Schikanen, Mr. Mercury? Oder sind Sie immer so unhöflich?«

Mercury zog die Augenbrauen hoch. »Schikanen? Wovon reden Sie eigentlich?«

»Von Ihrer Ausdrucksweise zum Beispiel. Und von diesen Unfällen, falls es tatsächlich welche waren.«

Er schwieg einen Moment und sah Bree mit schief gelegtem Kopf an. Er hatte kleine dunkelbraune Augen, die entschieden unfreundlich dreinblickten. Dann schnippte er erneut mit den Fingern. »Flurry! Hol mir einen Stuhl. Und bring auch einen für dich mit.«

Flurry schnappte sich zwei Segeltuchstühle und schleppte sie zum Sofa. Mercury stellte seinen Stuhl direkt vor Bree ab, setzte sich und beugte sich vor. »Ich würde gern wissen«, sagte er mit leiser Stimme, »wie zum Teufel Sie das anstellen.«

Bree erwiderte kein Wort.

»Ich meine diesen Ausdruck in Ihren Augen, der besagt: *Ich trete Ihnen gleich in den Arsch.* Soweit ich bemerkt habe, haben Sie keine Miene verzogen. Sie sind die furchterregendste schöne Frau, die mir je begegnet ist, obwohl ich mich auch schon mal mit Angelina angelegt habe. Und dann noch dieses silberne Haar!« Er streckte die Hand aus, doch Bree packte ihn beim Handgelenk, bevor er ihr Haar berühren konnte. »Aua!

Lassen Sie mich los! Ich mach ja gar nichts.« Er grinste sie an und rieb sich das Handgelenk. »Sie haben ganz schön Kraft, Schätzchen. Warum sagen Sie mir nicht einfach, was ich für Sie tun kann?«

Bree grinste zurück. »Ich möchte lediglich einen Moment mit meiner Klientin allein sein.«

»Das ist alles?«

»Das ist alles.«

»Kein Problem.« Er erhob sich.

»Ich hätte da allerdings noch eine Frage«, sagte Bree.

»Ich bin zu jung, um bei *Columbo* mitgearbeitet zu haben, aber bitte sehr. Was wollen Sie denn wissen?«

»Ihr Star Tyra Steele. Sie glaubt, sie sei vom Geist Haydee Quinns besessen?«

»Sie *ist* davon besessen. Sie haben Ihr Abo vom *National Enquirer* nicht verlängert, sonst wüssten Sie das.«

Bree musterte sein Gesicht. Obwohl er in scherzhaftem Ton gesprochen hatte, deutete sich in seinen Augen ein Ausdruck des Unbehagens an. »Und Sie glauben daran?«

»Sie haben es doch selbst miterlebt.«

»Ich habe einen Wutanfall miterlebt. Dass es ein Fall von Besessenheit war, möchte ich bezweifeln.«

»Hey, Sie müssen aber schon an meinen Star glauben.«

»Ein Fall von Besessenheit wäre gute Werbung für Ihren Film.«

Flurry machte ein empörtes Geräusch.

Mercury lachte. »Schon möglich. Aber nur, wenn wir eine andere Art Film drehen würden. Um die Wahrheit zu sagen, es wäre mir lieber, wenn Haydee irgendwo anders rumspuken würde. Kennen Sie zufällig einen guten Exorzisten?«

Flurry stieß ein Schnauben aus. »Nun hör doch endlich damit auf, Phillip. Über all das haben wir schon x-mal gesprochen.« Sie sah Bree eindringlich an. »Ich habe nicht die Absicht, diesem Film einen übernatürlichen Touch zu geben, selbst wenn das die Einschaltquoten erhöhen würde. Dieser Film setzt sich – ebenso wie mein Buch – auf glaubwürdige, ernsthafte Weise mit einem Justizirrtum auseinander. Wir wollen Preise damit gewinnen, Phil. Das hast du mir versprochen.«

»Ja, hab ich. Aber wer konnte denn wissen, wie sich alles entwickelt?«

»Ich kann Flurry nur zustimmen«, schaltete sich Justine ein. »Dieser ganze Hokuspokus ist doch Quatsch. Du merkst einfach nicht, wie dieses schwachsinnige Mädchen deinen Wahnvorstellungen auch noch Vorschub leistet.«

»Dabei geht es nicht unbedingt um Tyra«, sagte Mercury.

»Es geht sogar *nur* um Tyra.« Justines Wangen waren hektisch gerötet.

»Ich glaube, ich verstehe das Problem nicht ganz«, warf Bree ein. »Was ist hier eigentlich los?«

»Ich stelle meine Filme sonst rechtzeitig und ohne das Budget zu überziehen fertig«, erklärte Mercury. »Bei diesem Film ist das jedoch nicht der Fall. Wir haben das Budget überzogen und den zeitlichen Rahmen überschritten. In den meisten Fällen ist das die Schuld des Regisseurs, aber nicht diesmal. Irgendjemand betreibt hier Sabotage. Vielleicht Haydee, vielleicht auch nicht.« Er warf Justine einen so raschen Blick zu, dass Bree es fast nicht bemerkte.

»Warum?«, fragte Bree.

»Warum?«

Bree schwieg und wartete.

»Weil mich jemand wie die Pest hasst, darum. Tyra behauptet, es sei Haydee. Haydee gefalle das Drehbuch nicht.« Er strich sich mit den Händen durchs Haar. Bree überlegte, was für Drogen sein Hairstylist wohl nahm. Dieses Orange war wirklich zu bizarr. »Und da ich für diesen Film verantwortlich bin, ist sie hinter mir her. Die Investoren hassen mich ebenfalls wie die Pest.« Er machte ein langes Gesicht. »Alle hassen mich wie die Pest. Doch die Einzige, die mich derart hasst, dass sie den Film kaputt machen möchte, ist Haydee Quinn. Alle anderen haben ja auch Geld in den Film gesteckt.«

Flurry seufzte. »Phillip, dein Ruf wird auch ein Zwei-Millionen-Dollar-Debakel überstehen, falls das Ganze tatsächlich ein Debakel wird, was ich aber nicht glaube. Nein.« Ihre Miene verfinsterte sich. »Nein. Die naheliegende Lösung ist gewöhnlich auch die richtige. Wenn jemand versucht, diesen Film zu sabotieren, dann die Bullochs.«

»Die Töchter von Alexander und Enkelinnen von Consuelo«, erklärte Justine mit ausladender Geste.

»Sie können sich einfach nicht vorstellen, wie viele Recherchen ich für das Drehbuch angestellt habe«, sagte Flurry. »Die Story ist einfach toll. Die Bullochs haben jedoch entsetzliche Angst, dass das, was ich herausgefunden habe, die Behörden zwingen könnte, den Fall wiederaufzunehmen.«

»Das wäre vermutlich eine ziemliche Sensation«, sagte Bree.

»*Man hat den Falschen hingerichtet*, verstehen Sie?« Flurry sprang auf, um erregt auf und ab zu laufen. »Ich habe ein ganzes Jahr damit verbracht, mir die Gerichtsprotokolle, den Polizeibericht und die Zeugenaussagen von damals anzusehen. Ich habe sogar einen alten Knaben ausfindig gemacht, der an dem Fall mitgearbeitet hat. Robert E. Lee Kowalski, Eddie O'Malleys Sergeant. O'Malley war der Cop, der von Bagger Bill Norris ein Geständnis erzwungen hat. Kowalski lebt in einem Pflegeheim bei Tybee Island. Er ist jetzt hundertdrei Jahre alt oder so, erinnert sich aber an den Fall, als sei es erst gestern gewesen. Ich habe ihn schon mehrmals aufgesucht und werde noch ein paar Mal zu ihm rausfahren.«

»Vierundneunzig«, sagte Mercury. »Kowalski ist vierundneunzig.«

Flurry hatte jetzt ein fanatisches Leuchten in den Augen. »Damals wurden Schmiergelder gezahlt. Bestechungen an den richtigen Stellen. Um Bagger Bill Norris zu linken und auf den elektrischen Stuhl zu befördern. Und all dies nur, damit der wahre Mörder ungeschoren davonkam.«

Bree hatte vorübergehend die Orientierung verloren. »Bagger Bill war ...«

»Der Mörder«, ergänzte Justine. »Ihm gehörte der Tropicana Tide Nachtclub. Falls du den nicht auch erfunden hast, Flurry. Kann mich nicht erinnern, je davon gehört zu haben, obwohl ich aus Savannah stamme.«

»Das liegt daran, dass du zu behütet aufgewachsen bist«, erwiderte Flurry. »Norris war Haydees Zuhälter«, fuhr Flurry, an Bree gewandt, fort. »Sicher kein Ausbund an Tugend. Und trotzdem hat er Haydee nicht getötet. Ich meine, warum sollte er die Gans schlachten, die die goldenen Eier legt?«

»Und wer war dann der Mörder?«, fragte Bree.

»Consuelo Bulloch.« Mit triumphierender Miene nahm Flurry wieder Platz. »Alexanders grässliche Mutter.«

»Unsinn«, sagte Justine. »Absoluter Unsinn.«

Bree zog die Augenbrauen hoch. »Können Sie das beweisen, Flurry?«

»Nein. Noch nicht. Aber ich bin nah dran. Das wird alles in meinem Buch stehen.«

»Wird Consuelo in Ihrem Film unverhohlen des Mordes beschuldigt? Falls ja, kann ich verstehen, warum die Bullochs so aufgebracht sind.«

»Wird sie nicht«, erklärte Mercury kategorisch. »Das Ende ist mehrdeutig. Mein Film setzt sich intensiv mit dem Verhältnis von Illusion und Wahrheit auseinander. Deshalb ist die ganze Geschichte mit Haydees Geist ja auch ein solcher Knüller.«

»Ich fürchte, ich kann Ihnen nicht ganz folgen«, gab Bree zu.

»Phillip vermutet, dass Haydee nach Gerechtigkeit trachtet. Dass sie versucht, mit uns – über Tyra – zu kommunizieren, damit wir den wahren Mörder finden.« Flurry stieß ein Schnauben aus. »Warum kommuniziert sie nicht gleich mit mir, wenn ihr an Aufklärung gelegen ist? Ich meine, Tyras IQ ist nicht viel höher als die Zimmertemperatur. Ich würde annehmen, dass sich ein Geist ein etwas schlaueres Medium aussucht.«

Bree sah Justine an, die gleichgültig die Achseln zuckte. »Wann manifestiert sich Haydees Geist denn?«, fragte Bree Flurry. »Passiert so was auch, wenn Tyra allein ist?«

Flurry grinste. »Ohne Publikum macht Tyra nur sehr wenig. Warum fragen Sie sie nicht einfach selbst?«

»Werd ich wahrscheinlich auch tun«, erwiderte Bree. »Ich mache mir nämlich Sorgen um das Wohlergehen meiner Klientin.«

Justine strich über die blauen Flecken an ihrem Hals. »Ich glaube nicht an Geister. Ich glaube vielmehr, dass diese kleine aufgeblasene Nutte mich einfach fertigmachen will. Wenn Sie ...«

»Tyra will dich nicht fertigmachen«, fiel ihr Mercury genervt ins Wort. »Das haben wir alles schon so oft durchgekaut, dass ich allmählich die Nase voll habe. Diese Anfälle ... na ja ... gegen die kann sie einfach nichts machen. Vielleicht steckt Haydees Geist dahinter, vielleicht auch nicht. Falls ja, so hätten wir jedenfalls, denke ich, ein großartiges Ende für den Film.«

Justine bebte vor Entrüstung. »Tyra ist ebenso wenig besessen wie ich.«

Bree kam zu dem Schluss, dass es nichts nützte, die Frage zu vermeiden. »Warum will Tyra ausgerechnet Sie fertigmachen? Oder legt sie dieses Verhalten auch anderen Leuten gegenüber an den Tag?«

»Soweit ich es beurteilen kann, passiert es nur, wenn sie Haydee spielt«, sagte Flurry. »Und dieses Verhalten ist nicht ausschließlich gegen Consuelo gerichtet. Neulich hat sie zum Beispiel versucht, Craig Oliver ein Stück vom Ohr abzubeißen ...«

»Was bedeutet, dass ich ihn nur von einer Seite aufnehmen lassen kann, solange die Bisswunde noch nicht verheilt ist«, sagte Mercury. »Er spielt den O'Malley und kommt in vielen Szenen vor. Sehr lästig, das Ganze.«

»Er spielt den Cop, der den Fall gelöst hat«, erklärte Flurry, als hätte sie nicht gehört, was Mercury gerade gesagt hatte. »Außerdem hat Tyra in einer Barszene mit einem Billardstock auf Hatch Lewis eingeschlagen. Er spielt ihren Liebhaber Alexander Bulloch.«

»Was Hatch eine Woche lang außer Gefecht gesetzt hat«, sagte Mercury. »Diesen Waschlappen.«

Hatch Lewis war gleichermaßen wegen seiner Actionrollen als auch wegen seines wilden Partylebens berühmt. Bree hoffte inständig, dass Antonia nicht zufällig seine Bekanntschaft machte.

»Es ist gegen *mich* gerichtet«, insistierte Justine.

»Mit all diesen Feindseligkeiten will man mich aus dem Film graulen.«

Mercury grinste. »Justine, mein Goldstück! Dass sich immer alles nur um dich dreht, ist schon klar. Ich kenne keinen Schauspieler, bei dem das anders wäre. Hör mal!« Er hockte sich vor sie hin. »Du solltest wirklich ernsthaft darüber nachdenken, ob das die richtige Rolle für dich ist. Sprich doch mal mit deiner Rechtsanwältin darüber. Erzähl ihr, welche Summe wir dir als Abfindung anbieten. Lange erhalte ich das Angebot nämlich nicht mehr aufrecht.« Nachdenklich sah er Bree an. »Möglicherweise muss ich meine Rechtsverdreher aus L. A. einfliegen lassen. Man weiß ja nie. Am Ende könntest du dann mit gar nichts dastehn.« Mercury erhob sich, holte sein Handy heraus, sah nach, wie spät es war, und murmelte »Scheiße!« vor sich hin. »Ihr stehlt mir meine Zeit, Leute. Ich bin in zehn Minuten in meinem Wohnwagen, Flurry. Dann will ich den neuen Dialog haben. Justine, in dreißig Minuten drehen wir die Szene noch mal. Also halt dich bereit. Übrigens ... wenn du diese verdammte Brosche nicht zurückgibst, werde ich sie dir höchstpersönlich von der Jacke reißen.«

Justine wartete, bis Mercury aus dem Raum gestürmt war. Dann sagte sie: »Ein widerwärtiger kleiner Mann.«

Flurry schlüpfte in ihre Kapuzenjacke und hängte sich ihre Tragetasche über die Schulter. »Immerhin macht er einen ziemlich guten Film, Justine. Außerdem hat er recht. Du solltest wirklich über sein Angebot, dich mit Geld abzufinden, nachdenken. Vielleicht sehen wir uns später noch, Bree? Ich würde gern kurz mit Ihnen sprechen, um zu hören, was Ihnen von Ihrem Onkel in Erinnerung ist.«

Noch bevor Flurry draußen war, sagte Justine: »Die kleine Schlampe ist auch gegen mich.«

Bree beugte sich vor, um das Schmuckstück an Justines Revers zu betrachten. »Warum will Mercury denn, dass Sie den Pfau abmachen?«

»Wie bitte?«

»Warum will Mercury, dass Sie den da abmachen?«

»Oh, das hat was mit der Klage zu tun. Die Bullochs wollen ihn wiederhaben. Aber es war Dixies gutes Recht, ihn mir zu leihen. Consuelo hat die Brosche ständig getragen. Wenn ich sie trage, habe ich immer das Gefühl, dass sie bei mir ist. Dann kann ich sie viel besser darstellen.« Ihre Lippen zitterten. »Ich bin eine hervorragende Schauspielerin. Diese Leute haben keine Ahnung, worum es bei großer Kunst geht.«

Bree war der Ansicht, dass es bei großer Kunst eher um Mitgefühl gehen sollte als darum, eine Achtzigjährige zu schikanieren. »Möchten Sie, dass ich mich um diesen Disput über den Vertrag kümmere, Justine?«

»Es gibt gar keinen Disput. Ich gehöre zu diesem Film.«

»Und wir wollen, dass es auch so bleibt. Ich würde mir Ihren Vertrag gern einmal ansehen.«

»Den hat meine Agentin. Die sitzt in New York.«

Bree nickte. Die Adresse konnte sie sicher über

die Website des Schauspielerverbandes herausbekommen.

Justine knüllte ihr Taschentuch zusammen und presste es sich gegen die Lippen. »Vermutlich würde es nichts schaden, eine Rechtsanwältin zur Hand zu haben. Glauben Sie, Sie können diese Drangsalierungen unterbinden?«

»Ich werde mein Möglichstes tun. Eine Sache sollten wir jedoch sofort in Angriff nehmen. Sie könnte auch dazu beitragen, die Situation ein wenig zu entschärfen.«

»Sie wollen, dass ich die Brosche zurückgebe.«

»Ja«, sagte Bree sanft.

Justine blinzelte ein paar Tränen weg. Ihre Finger waren erstaunlich geschickt. Sie nahm das Schmuckstück ab und legte es behutsam neben sich auf das Sofa. »Sie sorgen dafür, dass Dixie Bulloch es zurückbekommt?«

»Selbstverständlich.«

»Tja, das wär's dann wohl.« Justine schloss eine Weile die Augen. Dann reckte sie das Kinn hoch. »Können Sie sich noch erinnern, was in der *New York Times* über meine Medea stand? Über die Broadway-Inszenierung von 1965. Damals habe ich Zoe Caldwell vollkommen ausgestochen. Zweimal bin ich für sie eingesprungen. Ich bin zu großen Dingen imstande.« Sie presste die Hände gegen die Brust. »Ich *bin* Consuelo Bulloch.«

»Sie werden großartig sein.«

»Danke, meine Liebe. Jetzt werde ich mich in meinem Wohnwagen ein bisschen frisch machen. Und mich für nachher vorbereiten, wenn weitergedreht wird. Vielleicht könnten wir das mit meinem Testament auch morgen erledigen?«

»Aber natürlich.« Bree stand auf und geleitete Justine zur Tür.

Dann ging sie zum Sofa zurück, um die Brosche zu holen.

Sie stand noch eine Zeitlang da, um das glitzernde Schmuckstück zu betrachten. Es war wunderschön gearbeitet. Der Körper des Pfaus war mit Diamanten besetzt. Die Schwanzfedern bestanden aus Smaragden, an den Spitzen saßen Saphire. Ein kleiner runder Rubin stellte das Auge des Vogels dar.

Consuelo hatte die Brosche getragen, als sie gestorben war.

Brees tote Klienten nahmen häufig mittels solcher Objekte Kontakt mit ihr auf.

Bree beugte sich nach unten, um das Schmuckstück vom Sofa zu nehmen.

Sie wurde nicht enttäuscht.

Wie Wasser sickerte die Erscheinung aus der Brosche, Wasser, das aus einer schmalen Spalte austrat. Sie war dunkel – nicht grau oder schwarz, sondern eher so, als fehle ihr jegliche Helligkeit – und formte sich zu einer Gestalt, die andeutungsweise menschliche Umrisse besaß. Eine Frau, stellte Bree fest, oder zumindest etwas, das einer Frau glich.

»Ich bin Brianna Winston-Beaufort«, sagte sie. »Brauchen Sie meine Hilfe?«

»Hilfe …« Die Stimme war so leise, dass man sie kaum hören konnte.

»Sie sind Consuelo Bulloch?«

Die schattenhafte Gestalt machte eine Bewegung, die vielleicht als Nicken zu deuten war. Vielleicht war sie aber auch nur in einen Windstoß aus demjenigen Kreis der Hölle geraten, in dem die arme Consuelo ihre Strafe verbüßen musste. Nicht zum ersten Mal ärgerte sich Bree über die schlechten Kommunikationsmöglichkeiten zwischen ihr und ihren Klienten. Sie schien allerdings nicht viel dagegen tun zu können, obwohl sie bei Goldstein, dem Leiter des Himmlischen Archivs, schon ein Gesuch mit der Bitte um Änderung des gegenwärtigen Verfahrens eingereicht hatte. Tote Seelen, so hatte sie argumentiert, sollten das Recht haben, sich ungehindert mit ihren Rechtsvertretern austauschen zu können. Das hatte Goldstein ungemein amüsiert, aber zumindest hatte er das Gesuch weitergeleitet, an wen auch immer.

»Sind Sie wegen des Mordes an Haydee Quinn hier?«

Die schattenhafte Gestalt loderte kurz auf und verwandelte sich in eine wütend zuckende Flamme.

»Haydee …« Der Hass in ihrer Stimme war klar und deutlich zu vernehmen.

»Möchten Sie, dass ich für Sie in Berufung gehe, Mrs. Bulloch?«

»Ja. Ja. Helfen Sie mir! Verrat …« Der Schatten seufzte. »Verrat …«

So langsam, wie er sich manifestiert hatte, löste

sich der Schatten von Mrs. Bulloch auch wieder auf. Bree steckte die Brosche in ihre Aktentasche und holte ihr Handy heraus, um in der Angelus Street anzurufen und ihre Angestellten zu beauftragen, Material über den Fall Quinn zusammenzutragen. Weitere Hintergrundinformationen würde sie sicher von Flurry Smith bekommen können. Sie musste sich also so schnell wie möglich mit der Drehbuchautorin verabreden.

»Sind Sie so weit?«

Bree fuhr zusammen. Sie war so in Gedanken vertieft gewesen, dass sie gar nicht bemerkt hatte, wie Dent ins Zimmer gekommen war. Er hielt einen kleinen Pappkarton in der Hand.

»Ja.« Sie zeigte auf den Karton. »Wie ich sehe, haben Sie die Beignets besorgt.«

»Man hat mir sogar ein paar dazugegeben. Sie sehen gerade so aus, als könnten Sie was zu essen vertragen.«

»Danke«, gab Bree überrascht zurück. »War wirklich ein anstrengender Tag. Ich hätte nichts gegen ein Beignet einzuwenden.«

»Frauen sollten ein bisschen mehr Fleisch auf den Rippen haben als Sie.« Er gab ihr den Karton. »Für Ihre Schwester und Ihre farbige Freundin ist auch eins da.«

Bree holte tief Luft. »Dent, bitte nehmen Sie's mir nicht übel, aber wenn man sich über andere äußert, gibt es bestimmte Regeln der Höflichkeit. Es grenzt ans Unverschämte, auf mein Gewicht anzuspielen. Es ist heutzutage auch respektlos, Mrs. Billingsley als *farbig* zu bezeichnen. Und offen gesagt interessiert es mich nicht im Geringsten, wie Frauen Ihrer Meinung nach beschaffen sein sollten.« Meine Güte, dachte Bree, ich höre mich ja genau an wie Francesca.

»*Das* gefällt mir schon besser«, sagte Dent. »Wenn Sie so lächeln, meine ich.«

»Ich habe grad an meine Mutter gedacht«, gab Bree steif zurück. »Dent, Sie sind ein hoffnungsloser Fall. Lassen Sie uns nach Savannah zurückfahren, sobald wir Mrs. Billingsley und meine Schwester ausfindig gemacht haben.«

»Das ist doch nicht Ihr Ernst, oder? Dass ich ein hoffnungsloser Fall bin.«

Sie hatte erneut seine Gefühle verletzt. »Nein. Lavinia würde sagen, dass niemand ein hoffnungsloser Fall ist. Was auch stimmt. Aber Sie müssen wirklich versuchen, sich ein bisschen besser anzupassen, Dent.«

»Wer ist Lavinia?«

»Meine Hauswirtin.«

»Der das Gebäude in der Bay Street gehört?«

»Nein, ich habe noch eine Zweigstelle in der Angelus Street. Das Haus dort gehört ihr.«

Sie klemmte sich den Karton unter den Arm und nahm ihre Aktentasche an sich. »Dann wollen wir mal. Es ist schon spät, und heute Nachmittag hab ich noch eine Menge zu erledigen.«

»Wollen Sie Mrs. Bullochs Fall übernehmen?«

Bree erstarrte und verspürte ein Prickeln im Nacken. »Sie meinen Mrs. Coville. Justine.«

»Nein«, erwiderte er. »Ich meine Mrs. Bulloch. Mit der haben Sie doch eben gesprochen, nicht wahr?«

Bree stellte ihre Aktentasche ab, um die Hände frei zu haben, trat ein Stück zurück und fixierte ihn. »Okay, Mr. Dent. Raus mit der Sprache. Wer sind Sie? Was wollen Sie? Vor allem aber: Was wollen Sie von *mir*?«

4

Die Anmahnung von jenseits der Natur
… kann gut nicht sein …
William Shakespeare, *Macbeth*

»Dent ist ein was?«, fragte Bree ihre juristische Hilfskraft Petru Lucheta. Bree war erst lange nach vier Uhr in der Angelus Street angelangt und hatte sofort eine Sitzung der gesamten Belegschaft einberufen.

»Ein ausgestoßenerr Engel.« Petru hatte einen dichten schwarzen Bart, trug eine dunkle Plastikbrille und sprach mit starkem russischem Akzent. Er war der zweite Engel, den Bree für die himmlische Kanzlei Beaufort & Compagnie angeworben hatte. Der erste war ihre Hauswirtin Lavinia Mather gewesen. Ron Parchese, der dritte Engel im Bunde, hantierte gerade an der Cafetière herum, die am anderen Ende des kleinen Konferenztisches stand. Ron war ihr Sekretär.

Die drei anderen Mitglieder der Compagnie waren nicht anwesend: Professor Cianquino verließ seine Wohnung am Rande von Savannah fast nie; Brees Hund

Sascha war zu Hause bei Antonia; und Gabriel, den Bree insgeheim als den Schläger der Kanzlei betrachtete, tauchte nur dann auf, wenn es darum ging, jemandem eins über den Kopf zu ziehen.

Bree stützte den Ellbogen auf den Tisch und vergrub das Kinn in der Hand. Das Büro in der Angelus Street stellte in zunehmendem Maße den einzigen Ort dar, wo sie sich völlig entspannt fühlen konnte. Hier gab es keine Geheimnisse, hier gab es niemanden, der Bemerkungen darüber machte, dass sie immer dünner wurde und immer tougher wirkte. Die Arbeit, die sie ausführte, hatte ihren Preis, doch solange sie nicht all ihre menschlichen Eigenschaften verlor, machte das Bree nichts aus. Was ihr allerdings etwas ausmachte, war, wenn andere feststellten, wie dünn sie geworden war. Wie … hart.

Bree richtete sich auf und ließ den Blick über die Anwesenden schweifen. »Dent sagt, er sei zur Rehabilitation hier.«

»Anonyme Engel«, sagte Petru. »Stimmt. Das ist ein bewährtes Prrogrramm in zwölf Stufen.«

»Aber weshalb muss er sich denn rehabilitieren?«

Ron drückte den Stempel der Cafetière nach unten. »Wenn ihr mich fragt, wegen grober Unhöflichkeit.«

Bree verzog das Gesicht. »Man kann wegen Unhöflichkeit ausgestoßen werden?«

»Ronald scherzt nur. Die arme Seele ist in Behandlung. Warum, das muss er Ihnen selbst sagen«, erklärte Lavinia in leicht vorwurfsvollem Ton. »Obwohl ich auch den Eindruck habe, dass dieser Typ mit Beleidigungen nur so um sich wirft.«

»Er scheint es aber nie böse zu meinen«, erwiderte Bree.

»Er wird schon noch herausfinden, wie er es meint«, sagte Ron. »Stufe vier besteht nämlich darin, eine gründliche und unerschrockene moralische Bestandsaufnahme von sich selbst zu machen.«

»Was ist eigentlich, wenn er nicht alle Stufen schafft?«

»Was macht er denn beruflich?« Ron verteilte den Kaffee auf vier Tassen und reichte diese weiter.

»Im Augenblick arbeitet er als Fahrer für Savannah Drives. Aber er hat auch schon allerlei andere Sachen gemacht. War Krankenpfleger, Tellerwäscher, so in der Art.«

»Das sagt eigentlich alles.«

»Heißt das, er wird hier für alle Zeiten ziellos herumziehen?«

»Vermutlich kann er jederzeit aussteigen, wenn er sich mit einer niedrigeren Position in der Sphäre zufriedengibt.« Ron zuckte die Achseln. »Liegt ganz bei ihm.«

Petru nahm seine Brille ab, putzte sie eifrig und setzte sie wieder auf. »Ich glaube, Mr. Dent kommt bei diesem Fall nurr eine unbedeutende Rolle zu. Wollen wir uns jetzt unserer neuen Klientin zuwenden? Es ist schon nach fünf, und meine Schwester Rose hat mir für heute Abend Borschtsch versprochen. Selbstgemachten. Wenn etwas übrig bleibt, werde ich es morgen mitbrringen.«

Plötzlich verspürte Bree den Wunsch, sich bei Petru zum Abendessen einzuladen. Sie war zwar nicht besonders scharf auf Borschtsch, fragte sich aber immer wieder, wie das Privatleben ihrer Angestellten wohl aussah. Rose hatte sie beispielsweise noch nie kennengelernt, ebenso wenig wie Rons Lebensgefährten. Und in Rons Apartment war sie auch noch nicht gewesen, obwohl er darauf bestanden hatte, dass sie ihm half, die Farbe für die Wände auszusuchen. (Er hatte sich schließlich für eine namens Crystal Pink entschieden.) Doch ihre Angestellten luden sie nie zu sich nach Hause ein, und es widerstrebte Bree, in irgendeiner Weise aufdringlich zu sein. Deshalb ging sie jetzt zu ihrem neuesten Fall über.

»Wie gewöhnlich ließ die erste Begegnung mit dem Klienten viel zu wünschen übrig.« Sie sah Ron an. »Ich vermute mal, was mein Gesuch um besseren Zugang zu unseren Klienten betrifft, da hat sich noch nichts getan.«

»Das ist leider richtig«, erwiderte Ron. »Wie Sie wissen, spiele ich jeden Donnerstagabend mit Goldstein Poker …«

»Ist mir völlig neu.«

»Na, jedenfalls habe ich ihn letzte Woche darauf angesprochen. Kaputt gelacht hat er sich, der Goldstein. Und gleich darauf ein Fullhouse hingeblättert.«

»Dann werden wir anhand dessen, was wir wissen, unser Möglichstes tun. Aber zuallererst muss ich die Gewissheit haben, dass wir auch den richtigen Klienten vertreten.«

»Der letzte Fall liegt Ihnen noch im Magen, was?«, fragte Ron. »Aber das ist nicht nötig. Da sind wir schließlich alle reingefallen.«

»Wie kommen Sie darrauf, dass Consuelo Bulloch die falsche Klientin sein könnte?«, fragte Petru.

»Weil ich mehr oder weniger damit gerechnet habe, dass wir Haydee Quinn vertreten würden. Vielleicht sogar William Norris. Es gibt einige, wenn auch eher unverbürgte Hinweise darauf, dass Haydee zurückgekehrt ist, um Gerechtigkeit zu fordern. Um auf Nummer sicher zu gehen, werde ich Tyra Steele heute Abend in ihrem Hotel aufsuchen und mit ihr sprechen. Was Norris betrifft … nun, falls Florida Smith recht hat und er tatsächlich für einen Mord, den er nicht begangen hat, hingerichtet wurde, würde er, denke ich, Wiedergutmachung verlangen.«

»Aber es *war* Mrs. Consuelo Bulloch, die uns um Hilfe gebeten hat«, sagte Petru. »Sie sind doch sicherr, dass sie es gewesen ist, die Sie kontaktiert hat.«

»Ich habe sie gefragt, und sie hat es bestätigt.«

»Dann ist die Sache ja klar«, meinte Ron. »Sie ist, wer sie zu sein behauptet. Wollen Sie den Fall denn nicht übernehmen?«

»Natürlich übernehmen wir den Fall.«

»Dann sollten wir auf die übliche Art vorgehen«, schlug Petru vor.

»Klar. Trotzdem werde ich nachprüfen, was es mit Tyra Steeles Behauptung, besessen zu sein, auf sich hat, und sei es nur, um diesen vermeintlichen Schikanen gegen Mrs. Coville nachzugehen.«

»Für mich hört sich das wie eine irdische Angelegenheit und nicht wie ein Fall für die Compagnie an«, erklärte Ron.

Bree sah ihn nachdenklich an. »Da haben Sie vermutlich recht. Es ist höchste Zeit, dass ich mich auch um irdische Fälle kümmere. Schließlich sind das diejenigen, die auch mal etwas Geld einbringen. Jedenfalls möchte Consuelo Berufung einlegen – ich nehme an, um aus der Hölle als solcher hinauszugelangen. Da ich aber nicht weiß, in welchem Kreis sie sich befindet beziehungsweise wie schuldig sie tatsächlich ist, habe ich auch keine Ahnung, ob wir das hinbekommen können. Schlimmstenfalls schaffen wir es nur, dass sie ein oder zwei Kreise nach oben rückt. Im günstigsten Fall wird sie in die oberen Regionen verlegt.«

»*Obere Regionen* kann man nicht sagen«, warf Petru ein.

»Ich weiß. Tut mir leid. War nur so dahingesagt.«

»Die Sphäre ist überall und nirgends.«

»Verstehe.«

»Sie umfasst alles und jedes.«

Bree klopfte energisch mit den Knöcheln auf den Tisch. Wenn es ein zwölfstufiges Programm für Pedanten gegeben hätte, hätte sie Petru sofort dazu verdonnert. »Lassen Sie uns bitte weitermachen.«

»Hat sie jemanden getötet?«, fragte Lavinia. »Mrs. Consuelo Bulloch, meine ich.«

»Möglicherweise, ja«, erwiderte Bree. »Der Regisseur und die Drehbuchautorin von *Bitter Tide* scheinen es anzunehmen. Als Täter hingerichtet wurde jedenfalls Bagger Bill Norris.«

»Mr. Norris ist aberr nicht unser Klient«, sagte Petru. »Das wissen wir mit Sicherrheit.«

»Nicht mit hundertprozentiger.«

Lavinia stellte ihre Kaffeetasse ab. »Meine Güte! Jetzt fällt mir alles wieder ein. War Consuelo nicht die Mutter dieses jungen Mannes? Der sich mit dieser Haydee Quinn eingelassen hat.«

Obwohl Bree wusste, dass Lavinias irdischer Körper mindestens achtzig Jahre alt war, war sie überhaupt nicht auf die Idee gekommen, dass sie von ihrer Hauswirtin Informationen aus erster Hand über den Mord an Haydee bekommen könnte. »Du liebe Zeit, Lavinia, Sie haben dieses Haus doch Ende der Fünfzigerjahre gekauft, nicht wahr? Dann waren Sie damals natürlich in Savannah. Sie können sich also noch an den Fall erinnern?«

Lavinia nickte. »Das war allerdings, bevor ich angefangen habe, für Ihren Onkel Franklin zu arbeiten. Er war ein guter Mensch. Gab seinerzeit nicht viele Leute in Savannah, die eine farbige Sekretärin eingestellt hätten.«

Plötzlich meldete sich in Brees Kopf Dents Stimme zu Wort. *Lavinia sagt ja auch farbig.*

»War Ihre Hautfarbe für irgendjemanden ein Problem?«, fragte Ron voller Mitgefühl.

Lavinia sah ihn vielsagend an. »Die Leute machen aus so gut wie allem ein Problem, aber damals hatte man besonders die Farbigen am Wickel.«

Sie hat es schon wieder gesagt! Was soll denn das, Beaufort?

Bree klatschte sich mehrmals mit der Hand gegen die Stirn.

»Haben Sie Kopfschmerzen, Schätzchen?«, erkundigte sich Lavinia. »Soll ich Ihnen einen Tee machen?«

»Dent ist da«, sagte Bree. »Genauer gesagt: Dents Stimme. Er möchte wissen, warum ...« Sie klatschte sich abermals gegen die Stirn.

»Hören Sie auf damit«, befahl Lavinia. »Er möchte *was* wissen?«

Bree sah die anderen bestürzt an. »Die Sache ist mir überhaupt nicht geheuer. Was hat Dents Stimme denn in meinem Kopf zu suchen?«

»Kommt ganz drauf an, was er sagt«, erklärte Ron mit aufreizend sachlicher Miene.

»Aber ...« Bree gab es auf. »Er möchte wissen, warum *er* Afroamerikaner nicht als *Farbige* bezeichnen darf und warum Lavinia es darf.«

Lavinia beugte sich vor und schrie Bree ins Ohr: »Weil ich farbig bin und Sie nicht!« Nach kurzem Nachdenken setzte sie ebenso lautstark hinzu: »Wenn man sich selbst beleidigt, kümmert das niemanden. Das kann sogar ganz lustig sein.«

Bree hielt sich die Ohren zu.

Danke.

Dents Stimme verschwand, als hätte ihn jemand abgeschaltet.

»Er ist weg«, verkündete Bree leicht verwirrt.

»Er wird sicher wiederkommen«, prophezeite Ron.

»Was soll das denn heißen? Ich will nicht, dass er wiederkommt!«

»Sind Sie seine Bürgin?«, fragte Lavinia.

Im Geist ging Bree noch einmal das Gespräch mit Dent durch. »Er hat unsere neue Klientin gesehen, wozu Sterbliche nicht in der Lage sind. Außer mir. Deshalb habe ich ihn auch gefragt, wer er sei und wo er herkomme. Er sagte, er sei zur Rehabilitation hier und wolle in die Sphäre zurückkehren. Dafür brauche er meine Hilfe. Ich sagte, ich würde mein Möglichstes tun, sei mit Wesen in seiner Situation aber nicht vertraut und müsse erst einige Recherchen anstellen. Daraufhin hat er mich gefragt, ob ich seine Bürgin sein wolle. Ich sagte: *Klar, warum nicht, gern*. Ich meine, wir weisen doch niemanden zurück, oder? Es gehört zu unserem Job, den Toten zu helfen, stimmt's? Und nicht nur den Verdammten, sondern allen Toten.«

»Sie sind seine Bürgin«, sagte Ron. »Das steht außer Frage.«

»Und das gibt ihm das Recht, einfach in meinem Kopf aufzutauchen?« Bree runzelte die Stirn. »Das gefällt mir nicht. Das gefällt mir ganz und gar nicht.«

Lavinia tätschelte ihr die Hand. »Er ist ja nicht lange geblieben, oder?«

»Nein, aber …«

»Sie können ihm jederzeit befehlen zu verschwinden«, erklärte Petru, »obwohl es, wenn die arme Seele versucht, sich zu rehabilitieren, sehrr freundlich wäre, ihn gewähren zu lassen.«

»Stimmt«, sagte Lavinia. »Sie können ihm jederzeit befehlen aufzulegen. Sozusagen.«

»Vielleicht sollte man es nicht ganz so harrt formulieren«, meinte Petru. »Ich würde Bree empfehlen, sich offen mit Mr. Dent über die Pflichten einer Bürgin zu unterhalten, Lavinia. Die sind nämlich sehr bedeutsam. Das sollte Bree wissen, bevor sie sich auf die Sache einlässt. Dents Zustand könnte ziemlich heikel sein.«

»*Mein* Zustand scheint ja niemanden zu interessieren«, empörte sich Bree. »Also in Ordnung. Wenn ich ihn wiedersehe, werde ich das Thema zur Sprache bringen. Sicher wird sich dann einiges klären lassen.«

»Wenn wir mit Mr. Dent fertig sind, würrde ich gern darauf hinweisen, dass mein Borschtsch auf mich wartet.« Petru faltete die Hände über seinem beträchtlichen Bauch und spähte über den Rand seiner Brille. »Dürrfte ich deshalb darum bitten, zügig weiterzumachen? Zunächst einmal müssen wir feststellen, ob es ausreichende Grründe für eine Berufung gibt.«

»Natürlich. Sorry. Moment mal. Während Dent uns zurückgefahren hat, habe ich aufgelistet, was alles zu erledigen ist.« Bree griff in ihre Aktentasche und holte ihr BlackBerry heraus. »Ron, ich möchte Sie bitten, sich bei Goldstein die Akte über den Fall Bulloch zu besorgen. Gleich morgen früh, wenn's geht. Petru, Ihnen wäre ich sehr verbunden, wenn Sie die üblichen Internetrecherchen über den Fall Haydee Quinn anstellen würden, aber investieren Sie nicht zu viel Zeit. Die Drehbuchautorin hat schon so viel Material zusammengetragen, dass sie uns hoffentlich weiterhelfen kann. Die Sache ist nämlich die …«, sie machte eine Pause, »… dass sie mich über Franklin ausfragen möchte.«

»Hm«, meinte Ron. »Wie klug ist sie denn?«

»Florida Smith? Sehr. Und auch sehr ehrgeizig. Sie schreibt ein Buch über den Mord. Und sie möchte mich zu Franklins Rolle bei Alexander Bullochs Vorverhandlung befragen.«

»Daran kann ich mich auch erinnern«, sagte Lavinia. »Er stahl ihre Leiche aus dem Bestattungsinstitut und verbrannte sie am Ufer des Savannah. Ungefähr dort, wo Ihr Haus steht, Bree. Das sorgte damals für einige Empörung. Die Leute wollten, dass er ins Gefängnis kommt.«

»Doch dann landete er in einer Privatklinik«, sagte Bree.

Lavinia schüttelte den Kopf. »Aber nicht weil er die Leiche verbrannt hatte. Es wurde gemunkelt, *er* habe das arme Mädchen ermordet. Und dass man die ganze Sache vertuscht habe.«

»Na ja«, erwiderte Bree. »Denkbar wäre es doch, nicht wahr? Verstehen Sie jetzt, warum ich nicht sonderlich erpicht darauf bin, von Florida Smith über Franklins Rolle bei alldem ausgequetscht zu werden?«

Lavinia sah sie streng an. »Glauben Sie etwa, Mr. Franklin hätte sich auf so etwas eingelassen? Dass er Alexander als Verrückten hingestellt hätte, damit dieser sich der Gerechtigkeit entziehen konnte?«

»Im Augenblick weiß ich überhaupt nicht, was ich

glauben soll.« Brees Muskeln schmerzten. Sie hatte das Gefühl, als hätte sie den ganzen Tag gesessen. Also stand sie auf und ging ruhelos in dem kleinen Zimmer umher. Dann blieb sie am Fenster stehen, um einen Blick nach draußen zu werfen.

Vor vier Monaten hatte sie das Erdgeschoss des Hauses in der Angelus Street 66 gemietet. Allmählich hatte sie allerdings den Eindruck, als wäre dies schon vier Jahre her. Der Konferenzraum, in dem sie sich befanden, war das frühere Esszimmer des kleinen Hauses und bot gerade genug Platz, um dort einen langen Eichentisch und sechs Stühle aufzustellen. Das Westfenster, an dem sie stand, ging zur Angelus Street, einer kleinen asphaltierten Straße zwischen der Liberty und der Mulberry Street, die jedoch auf keinem Stadtplan zu finden war.

Zum Nordfenster blickte sie selten hinaus, da man von dort aus Georgias einzigen Friedhof für Mörder sah. Als sie damals auf Lavinias Anzeige hin bei dieser vorgesprochen hatte, hatte sie angenommen, die Miete sei wegen der ungepflegten Gräber um das Haus herum so billig. Binnen Kurzem fand sie dann aber heraus, dass der Friedhof dazu vorgesehen war, die Mörder aufzunehmen, die sie und die Compagnie zur Strecke gebracht hatten.

»Befürrchten Sie, eine genauere Untersuchung dieses Falls könnte ein schlechtes Licht auf Großonkel Franklin werrfen?«, fragte Petru.

»Er ist nicht mein Großonkel. Er ist mein Vater. Oder *war* es. Und das befürchte ich in der Tat.« Bree wendete sich wieder den anderen zu. »Lavinia, als Franklin Alexander bei der Vorverhandlung vertrat, haben Sie wohl nicht schon für ihn gearbeitet, wie?«

»Nein, das war vor meiner Zeit. Ich kann mich allerdings erinnern, dass Mr. Franklin sagte, seine Kanzlei habe einen gewaltigen Aufschwung erlebt, nachdem ihn die Bullochs engagiert hatten.«

»Na großartig«, seufzend rieb sich Bree die Stirn. »Die Bullochs haben ihm also dazu verholfen, dass er eine gutgehende Kanzlei aufbauen konnte.«

»Es war anfangs recht schwer für ihn, Fuß zu fassen. Damals durften Rechtsanwälte nämlich noch keine Reklame für sich machen, so wie heute, wo man ihre Fotos in jedem Bus sieht. Das erlaubte die Anwaltskammer nicht. Zu Anfang hatte Mr. Franklin auch noch kein Geld, obwohl er ein Winston-Beaufort war. Das kam erst später.«

»Den eigentlichen Reichtum hat Mama in die Familie gebracht«, sagte Bree zerstreut. »Francesca, meine ich. Die Carmichaels schwimmen im Geld. Lavinia, gibt es irgendeine Möglichkeit, an die Klientenakten von damals zu gelangen? Ich weiß, dass die Akten über die toten Seelen bei dem Feuer, in dem er umgekommen ist, vernichtet wurden, während die Akten über irdische Fälle unversehrt sind. Allerdings reichen sie nur zehn Jahre zurück.«

»Es gibt keinen Grund, die Unterlagen länger aufzuheben, es sei denn, es handelt sich um einen Nachlass«, sagte Lavinia. »Ich erinnere mich jedoch, dass ich von vielen Unterlagen Mikrofiches angefertigt habe, und die Sekretärinnen, die nach mir kamen, sind sicher ebenso verfahren.«

»Die Mikrofiches hab ich mir noch gar nicht angesehen. Ich werde EB bitten, entsprechende Nachforschungen anzustellen.«

»Ein merrkwürdiger Fall«, sagte Petru. »Wir sind nicht verrpflichtet, jeden Klienten anzunehmen. Vielleicht sollten wir den Fall lieber ablehnen.«

Erwartungsvolles Schweigen trat ein.

Ungehalten trommelte Bree mit den Fingern auf die Tischplatte. »Selbstverständlich übernehmen wir den Fall.«

Obwohl sich niemand rührte, spürte sie die Erleichterung der anderen.

»Haben Sie wirklich geglaubt, ich würde einen Rückzieher machen, nur weil ich etwas Unangenehmes über meinen Vater herausfinden könnte?« Ohne eine Antwort abzuwarten – ihre Engel waren durch und durch aufrichtig –, hob sie die Hand und zählte die einzelnen Punkte an den Fingern ab. »Bisher gibt es drei Hypothesen bei diesem Fall: Consuelo hat den Mord begangen; Bagger Bill Norris hat es getan; Alexander Bulloch hat es getan. Wir haben eine Klientin, die sich möglicherweise eines Mordes schuldig gemacht hat – oder auch nicht. Falls sie tatsächlich schuldig ist, müssen wir unser Möglichstes tun, um mildernde Umstände ausfindig zu machen, und dafür sorgen, dass ihr Strafmaß herabgesetzt wird. Falls sie aber nicht schuldig ist, müssen wir herausfinden, wer Haydee Quinn tatsächlich getötet hat, und die entsprechenden Beweise vorlegen. Hört sich das überzeugend an?«

Die anderen nickten.

»Gut.« Bree schob ihren Stuhl an den Tisch und griff nach ihrer Aktentasche. »Ich brauche ein bisschen Zeit, um darüber nachzudenken, wie wir die Sache am besten anpacken. Ich habe mit Tyra Steeles Agentin ausgemacht, mich mit ihnen im Mulberry Inn zu treffen. Sie hat mir eine Unterredung von einer halben Stunde zugesagt. Ich werde also schon bald wieder da sein.«

Das Mulberry Inn war nicht gerade das feudalste Hotel von Savannah, dafür aber sehr gemütlich und so gelegen, dass die Schauspieler und die Crew von *Bitter Tide* es nicht weit zum Fluss hatten. Außerdem lag das Hotel in der Nähe der Angelus Street. Nachdem Bree ihren Mantel angezogen hatte, verließ sie das Haus. Die Sonne war bereits untergegangen und die Dämmerung angebrochen, doch solange es nicht vollständig finster war, hatte sie von den Pendergasts nichts zu befürchten. Im Vorübergehen warf sie einen Blick auf die Grabstelle, die Ron mit Steinen und Erde abgedeckt hatte, sodass der Grabhügel unversehrt aussah. Bree wusste zwar nicht, warum Josiah sie im Moment in Ruhe ließ, war aber sehr dankbar dafür.

Draußen war es kühl und regnerisch. Bree bog um die Ecke und steuerte auf das Hotel zu, dessen Eingang von Hecken und Kübeln mit Farnen umgeben war. Das kleine Foyer war mit dunkelblauen Teppichfliesen ausgelegt, in deren Mitte ein Blumenmuster prangte. Zwischen dem Restaurant des Hotels und der langen, mit Mahagoni verkleideten Rezeption befand sich eine anheimelnde Lounge mit Sofas und Sesseln, die linker Hand in eine Bar überging. Bree war Tyra Steele zwar erst einmal begegnet, doch ihre Stimme war von der Art, die man nicht so schnell wieder vergaß. Deshalb erkannte Bree die Stimme sofort, die in diesem Augenblick von der Bar her an ihr Ohr drang.

Ein Blick auf die Armbanduhr verriet ihr, dass sie pünktlich war. Das Treffen sollte in der Lounge stattfinden, da es dort relativ ruhig zuging. Bree kannte sich mit Filmleuten zwar nicht sonderlich gut aus, war aber ziemlich sicher, dass Tyra Steele zu spät kommen würde.

Sie hatte sich jedoch getäuscht.

Denn in diesem Augenblick kam die Schauspielerin mit einem Handy am Ohr aus der Bar und winkte Bree zu, die ganz verblüfft zurückwinkte. Tyra schlenderte über den selleriefarbenen Teppich und streckte Bree ihr Handy entgegen.

»Sagen Sie Hallo zum Tyra-Team!«

»Zum Tyra-Team?«, wiederholte Bree.

»Sie sind doch diese Rechtsanwältin von Justine, oder? Winston soundso.«

»Ja.«

»Dann sagen Sie Hallo zu meinen Facebook-Fans!« Sie setzte sich in einen bequemen, mit Chintz bezogenen Sessel und schlug die Beine übereinander. Sie trug sehr kurze Denim Shorts, ein enges T-Shirt, das ihre schönen, erstaunlich hochstehenden Brüste voll zur Geltung brachte, und Flipflops.

Aus nächster Nähe betrachtet wirkte sie auf künstliche Weise exquisit. Ihre Haut schien makellos, ihre perfekt geformten Zähne strahlten blendend weiß. Ihre ganze Erscheinung erinnerte Bree an hochkarätiges Polyester.

»Tyra, zu der Sache mit Facebook hat sich Ms. Beaufort nicht bereit erklärt. Also sei so lieb und sag *Auf Wiedersehen* zu deinen Fans. Du kannst dich ja später noch mal bei ihnen melden.« Tyras Publicityagentin, eine nett aussehende Frau mit kurzem dunklem Haar und freundlichem Lächeln, nahm der Schauspielerin das Handy aus der Hand und sprach hinein. »Wir melden uns später bei euch wieder, Leute. Hier ist Mila, die euch allen erst mal tschüüüs sagt.« Nachdem sie das Handy zusammengeklappt und in einem Aktenkoffer aus Aluminium verstaut hatte, schüttelte sie Bree die Hand. »Schön, Sie wiederzusehen. Bis zu unserem nächsten Termin haben wir ungefähr eine halbe Stunde Zeit. Wie können wir Ihnen behilflich sein?«

»Es geht um diese alte Schraube, nicht wahr?«, mischte sich Tyra ein. »Mila hat gesagt, ich müsse mit Ihnen sprechen, weil wir andernfalls verklagt werden könnten. Es gibt bei den Dreharbeiten schon genug Probleme, sagt Mila, und Phil würde ausflippen, wenn er noch eine Klage am Hals hätte. Also schießen Sie los mit Ihren Fragen.« Ihre Augen waren türkisblau und so klar wie Meerwasser.

»Okay.« Bree nahm Tyra gegenüber Platz und gab

sich alle Mühe, einen inquisitorischen Ton anzuschlagen. »Mrs. Coville ist beunruhigt, weil Sie es offenbar auf sie abgesehen haben. Heute Vormittag ist sie gestürzt, weil Sie sie geschubst haben. Heute Nachmittag hat sie blaue Flecken am Hals davongetragen, weil Sie versucht haben, sie zu erwürgen. Ich würde gern wissen, was hinter diesem Verhalten steckt.«

»Meine Güte«, erwiderte Tyra. »Das weiß ich doch nicht. Ich meine, Justine ist *wie* alt? Hundertdrei oder so. Jedenfalls älter als meine Großmutter, aber genauso tough wie die. Aber alten Menschen tut man doch nicht weh. So was macht man einfach nicht. Haydee müssen Sie fragen, nicht mich. Ich verstehe das Ganze auch nicht. Ehrlich.«

»Okay«, sagte Bree. »Dann würde ich gern mit Haydee sprechen, wenn's geht.« Sie ließ den Blick durch die Lounge schweifen, die sich allmählich mit Hotelgästen füllte, die den nachmittäglichen musikalischen Darbietungen lauschen wollten. »Ist das hier der geeignete Ort dafür?«

Mit einer abrupten Kopfbewegung warf Tyra ihr langes, bis zur Taille reichendes Haar zurück. »Das hat mit dem Ort nichts zu tun. Sie taucht einfach so auf.«

»Sind damit irgendwelche besonderen Umstände verbunden? Besitzen Sie vielleicht etwas, das ihr gehört hat? Oder passiert es in der Nähe des Ortes, wo sie … äh … verschieden ist?«

»Gewöhnlich passiert es zur Facebook-Zeit«, erklärte Mila, indem sie Bree kaum merklich zuzwinkerte.

Tyra riss ihre türkisfarbenen Augen auf. »Du hast

recht, Millie! Das Tyra-Team ist total begeistert von Haydee. Und das gefällt ihr, wissen Sie. Als sie noch am Leben war, hatte sie jede Menge Fans, und jetzt, wo sie tot ist, braucht sie natürlich auch welche.« Sie beugte sich vor und fuhr in ernstem Ton fort: »Das Tyra-Team kann's einfach nicht fassen, dass ich spiritistisch begabt bin. Das ist echt klasse.«

»Du bist klasse, Tee«, verkündete eine sonore männliche Stimme, die leicht feindselig klang. Als Bree aufblickte, bemerkte sie einen Mann Mitte vierzig, der eine maßgeschneiderte Anzugjacke, schmal geschnittene Hosen und ein weißes Hemd trug, dessen Kragen offen stand. »Ist das die Rechtsanwältin, Mila?«

»Mr. White.« Mila stand auf. »Ja, das ist Miss Beaufort. Bree, das ist Victor Vincent White, einer unserer Produzenten.«

Da er keine Anstalten machte, zur Begrüßung die Hand auszustrecken, unterließ Bree es ebenfalls. Er wies mit dem Kinn auf den Sessel, in dem Bree gesessen hatte. »Setzen Sie sich wieder. Ich hol uns was zu trinken.«

»Warum sollten Sie, Mr. White? Ich wüsste nicht, warum ich einen Drink mit Ihnen nehmen sollte.«

»Millie«, sagte Tyra. »Sind wir hier fertig? Ich muss nämlich los.« Sie erhob sich, wobei ihr die Haare ins Gesicht fielen. Bree bemerkte, dass sie es vermied, Victor White zu nahe zu kommen. Außerdem bemerkte sie, dass White Tyra nicht aus den Augen ließ und sie förmlich mit Blicken verschlang.

»Ja, wir sind fertig, Miss Steele. Danke für das Gespräch. Ich würde vorschlagen, dass Sie sich mal mit Haydee unterhalten, wenn sie sich wieder bei Ihnen meldet. Sie dürfen einfach nicht vergessen, dass Mrs. Coville eine sehr alte Dame und sehr fragil ist. Körperlich und emotional.«

»Sie meinen, sie bekommt leicht blaue Flecken.« Tyra nickte verständnisvoll. »Das ist bei meiner Großmutter auch so. Ich muss immer ganz schön aufpassen, wenn ich sie umarme. Ich werde Haydee Bescheid sagen.«

»Danke«, antwortete Bree.

»Gibst du mir jetzt mein Handy wieder, Millie?«

»Nur wenn du aufhörst, mich Millie zu nennen«, erwiderte Mila lächelnd. Sie holte das Handy aus dem Aktenkoffer und warf es Tyra zu, die es mit anmutigem Geschick auffing und sich in Richtung Bar entfernte.

»Sehen wir uns später noch, Tee?«, fragte White.

Sie wedelte mit der Hand, ohne sich umzusehen. Als sie die Lounge durchquerte, fingen die Gäste zu tuscheln an, und das Klavier verstummte. Nachdem Tyra in der Bar verschwunden war, setzte die Klaviermusik wieder ein, und die Anwesenden nahmen ihre Gespräche wieder auf.

»Ist sie nicht hinreißend?« White setzte sich in den Sessel, den Tyra gerade verlassen hatte, und grinste Bree an. »Ist noch ganz warm von diesem süßen kleinen Hintern.«

Eine Welle der Abneigung durchströmte Bree. Als White ihren Gesichtsausdruck bemerkte, rutschte er unruhig auf seinem Sessel hin und her. Dann sagte er mit aggressiver Miene: »Sie vertreten also Justine Coville, ja?«

Bree nickte.

»Es wäre nur zu ihrem Besten, wenn sie von dem Vertrag zurücktreten und die Abfindung akzeptieren würde. Lassen Sie sich das mal durch den Kopf gehen.«

Bree schwieg.

»Sie taugt nichts mehr, Br… Ms. Beaufort. Sie war schon in jüngeren Jahren keine sonderlich begabte Schauspielerin …«

»Das stimmt nicht, Mr. White.« Mila, die jetzt aus unerfindlichen Gründen nervös wirkte, blickte zwischen Bree und White hin und her. »Für *Eine kleine Nachtmusik* hat sie einen Tony bekommen, und bei *Endstation Sehnsucht* wurde sie für einen Golden Globe nominiert.«

»Meine Güte! Und wann war das? In den Achtzigern? Die Zeiten haben sich geändert. Mit Theaterinszenierungen lässt sich sowieso kein Geld mehr machen.« Er schlug die Beine übereinander und balancierte seinen Drink auf dem Knie. »Ich werde Ihnen mal was verraten, Ms. Beaufort.«

Diese gekünstelte Vertraulichkeit gefiel Bree ebenso wenig wie seine Feindseligkeit. Sie mochte den Typ immer weniger.

»Geld«, sagte er. »Bei der Kunst geht's nur um Geld. Wenn die Rolle der Consuelo mit einer zugkräftigen Schauspielerin besetzt wäre, könnten wir uns vielleicht aus dem Sumpf ziehen. Tatsache ist, diese Produktion steckt in Schwierigkeiten. Nicht wegen Tyra. Ganz im Gegenteil, denn nur weil sie ein solcher Publikumsmagnet ist, haben wir immerhin die Chance, die Kosten wieder reinzubekommen. Sie könnte ganz groß rauskommen und ein noch größerer Star als Angelina werden. Sie braucht nur das richtige Vehikel.« Er senkte seine Stimme zu einem vertraulichen Flüstern. »Ich bin da an einer Produktion beteiligt, die sie ganz nach oben katapultieren könnte.«

Bree blickte auf ihre Armbanduhr und sagte so ruhig, wie sie nur konnte: »Sie müssen schon entschuldigen, Mr. White, aber Mila war so freundlich, mir eine halbe Stunde Zeit zu gewähren. Die möchte ich gern nutzen.«

Er stellte sein Glas auf den Tisch. »Ja, klar«, sagte er in unsicherem Ton. »Bis dann.« Anschließend sah er Mila mit finsterer Miene an. »Ich werde Tee einen Drink spendieren. Sagen Sie mir Bescheid, sobald Phil aufkreuzt. Wegen dieser neuen Kostenüberschreitung bin ich nämlich ziemlich sauer.« Ohne Bree noch einmal anzusehen, entfernte er sich. Bree wartete, bis sich ihre Gereiztheit gelegt hatte. Am liebsten wäre sie sofort ins Büro zurückgekehrt, um Ordnung in ihre Gedanken zu bringen.

»Sie wären wohl nicht zufällig an einem Job auf dem Set interessiert, was?«, fragte Mila.

»Äh … wieso?«

»Weil Sie White gerade so erfolgreich in die Flucht geschlagen haben.« Mila seufzte. »In unserer Branche gibt es jede Menge Arschlöcher, wie Sie sicher wissen. Er ist noch gar nicht mal der Schlimmste.«

»Der ist das reinste Raubtier«, erwiderte Bree. »Ich hoffe, Sie passen gut auf Tyra auf. Sie findet ihn abscheulich, glaube ich.«

»Tyra ist kein großes Licht, Bree, kann aber, was Männer angeht, gut auf sich selbst aufpassen.«

»Und darf ich hoffen, dass sie sich in Zukunft Justine gegenüber besser verhält?«

»Ich denke schon. Tyra ist so dumm, dass sie inzwischen bis zu einem gewissen Grad selbst daran glaubt, dass sie von einem Geist besessen ist. Angefangen hat das Ganze als Jux, aber ich muss zugeben, dass sie es inzwischen auf die Spitze getrieben hat.«

»Ich möchte nicht, dass Justine etwas zustößt. Oder Tyra«, fügte Bree lächelnd hinzu.

»Tja, sie ist schon ganz liebenswert.« Mila seufzte. »Wenn Sie mir jetzt noch diesen vernichtenden Blick beibringen könnten, mit dem Sie Vincent den Widerlichen zum Zittern gebracht haben, dann würden Sie mich zu einer glücklichen Frau machen. Jedenfalls für fünf Minuten. Wo haben Sie sich den denn angeeignet?«

»Hier und da«, erwiderte Bree bedrückt. »Hier und da.«

5

O richtet nicht, denn wir sind alle Sünder.

William Shakespeare, *König Heinrich VI. Zweiter Teil*

Als Bree ins Büro zurückkam, war Lavinia bereits nach oben in ihre Wohnung gegangen. Petru und Ron hatten sich ebenfalls nach Hause begeben. Sie setzte sich in ihr kleines Arbeitszimmer, um nachzudenken und sich Notizen zu machen.

Es war schon fast acht Uhr, als sie mit ihrem vorläufigen Aktionsplan endlich zufrieden war. Sie stellte den Computer ab, spülte in der Küche ihre Kaffeetasse aus und schaltete auch die Deckenbeleuchtung im Wartezimmer – dem früheren Wohnzimmer des Hauses – ab.

Nicht dass dort je jemand gewartet hätte. Wie naiv sie doch zu Anfang gewesen war! Sie hatte sich vorgestellt, dass Unmengen von Klienten mit interessanten Steuerproblemen – darauf hatte sie sich während des Jurastudiums spezialisiert – zu ihr kämen, Klienten, die alle gewissenhaft ihre Rechnung bezahlen würden.

Stattdessen … hatte sie es mit Toten zu tun. Die es offenbar nicht kümmerte, dass sie Geld brauchte, um ihre eigenen Rechnungen zu bezahlen. Und diese Tätigkeit schien sie zu verändern oder sogar zu verwandeln – aber in was?

In der hintersten Ecke stand Rons Schreibtisch. Beim Trödler um die Ecke hatte sie ein altes Ledersofa und einen Sessel gekauft und diese im rechten Winkel vor dem schönen alten, gemauerten Kamin aufgestellt. Auch eine alte Holztruhe hatte sie erworben, die nun als Kaffeetisch fungierte.

Über dem Kamin, über dem Sims im Stil von Adams, hing das Gemälde *Der Aufstieg des Kormorans*.

Bree musste sich förmlich dazu zwingen, es zu betrachten. Ein dreimastiger Schoner pflügte durch Wellen, auf denen Flammen züngelten. Aus dem Meer reckten sich unzählige Hände und Arme ertrinkender Menschen. Am Heck des Schiffes stand eine dunkelhaarige, silberäugige Frau mit verschattetem Gesicht. Über allem aber schwebte mit aufgerissenem Schnabel ein Meeresvogel, der seinen hasserfüllten, hungrigen Blick auf die Toten und Sterbenden unten richtete. Der Kormoran, ein Avatar Luzifers.

Wer war die Frau auf dem Schiff?

Wer würde versuchen, den ertrinkenden Seelen zu helfen, sie zu retten?

Wer war sie selbst?

Die Antwort auf die zweite Frage kannte sie: Es war Aufgabe der Compagnie, den ertrinkenden Seelen zu helfen. *Ihre* Aufgabe.

Vermutlich kannte sie auch die Antwort auf die erste Frage, aber sicher war sie sich nicht. Sie nahm an, dass es sich um ihre leibliche Mutter Leah handelte, die sie zu gern kennengelernt hätte. Leah war Advokatin der Verdammten gewesen, genauso wie jetzt Bree.

Und über die letzte Frage – wer war sie selbst? – wollte sie lieber nicht nachdenken.

Von der Küche ging ein kleines Badezimmer ab, das aus den Fünfzigerjahren stammte und mit einem Standwaschbecken, einer Toilette sowie einer winzigen gekachelten Duschkabine ausgestattet war. Über dem Waschbecken hing ein Spiegel mit zahlreichen blinden schwarzen Flecken. Bree ging ins Badezimmer und zog an der Kette, um die Glühbirne einzuschalten und sich im Spiegel zu betrachten: ein hübsches Gesicht. Ein Gesicht, das nicht wenige Bewunderer hatte.

Ihr fiel ein, wie sich Vincent Victor White mit diesem widerwärtigen Grinsen auf Tyras Sessel niedergelassen hatte.

Sie presste die Lippen aufeinander. Ihre Augen funkelten und nahmen einen harten Ausdruck an. Und ihr Gesicht …

Erschrocken fasste sie nach oben und zog so heftig an der Kette, dass sie abriss. Die Glühbirne flackerte kurz auf und verlosch.

Nein. Nicht ich. Nie und nimmer.

Plötzlich schlug die Erschöpfung wie eine Welle über ihr zusammen. Sie konnte sich nicht mehr erinnern, wann sie zum letzten Mal etwas gegessen hatte.

Sie wollte nach Hause, wollte mit ihrer Schwester reden, vielleicht würde sie auch Sam Hunter anrufen, den sie wegen der Feiertage schon seit einer ganzen Weile nicht mehr gesehen hatte. Sie hatten sich lose verabredet, sich auf einen Drink zu treffen, sobald sie wieder in Savannah war.

Höchste Zeit, nach Hause zu gehen. Sie begab sich in die kleine Eingangshalle, wobei sie im Vorbeigehen einen Blick auf die farbenfrohen Renaissance-Engel warf, mit denen Lavinia die Treppe bemalt hatte. Sie trugen scharlachrote Gewänder mit goldenen und himmelblauen Bordüren. Ihre Heiligenscheine strahlten feurig-golden und ihre Flügel waren von zartestem Silber. Der unterste Engel hatte weißblondes, zu einem kunstvollen Kranz geflochtenes Haar. Lavinia war davon überzeugt, dass er genauso aussah wie Bree.

Sie schaltete das Licht in der Eingangshalle aus, trat hinaus und schloss die Haustür hinter sich ab.

Draußen hatte es sich erheblich abgekühlt, seit die Sonne untergegangen war, doch nach der muffigen Wärme, die in dem alten Haus herrschte, empfand Bree dies als ganz angenehm. Die Regenwolken hatten sich verzogen, und der Halbmond, der an dem klaren nächtlichen Himmel stand, warf sein blasses Licht auf die Inschriften der Grabsteine, die um das kleine Haus herumstanden. Von jenseits des schmiedeeisernen Zauns, der um das Grundstück verlief, waren die üblichen nächtlichen Geräusche der Stadt zu hören. Diesseits des Zauns … Bree riss sich zusammen. Sie hatte einen anstrengenden Tag hinter sich und wollte jetzt nicht darüber nachdenken, wer oder was nach Einbruch der Dunkelheit auf dem Friedhof lauern mochte. Scheu blickte sie zu der Eiche hin, die über den Gräbern der Pendergasts wuchs. Dort schien jedoch alles ruhig zu sein. Im selben Augenblick hörte sie das vertraute Klicken, das Saschas Krallen auf dem mit Ziegeln gepflasterten Weg machten.

»Da bist du ja, Sascha. Ich habe gehofft, dass mich jemand abholen und nach Hause begleiten würde.«

Er sprang die Treppe hoch und stupste mit dem Kopf gegen ihr Knie. Er freute sich so sehr, sie zu sehen, dass ihr ganz warm ums Herz wurde. Sie kraulte ihn hinter den Ohren und kniete sich hin, um ihm einen Kuss auf den Kopf zu geben. »Ich freu mich auch, dich zu sehen.«

Aus der Dunkelheit war ein Hüsteln zu hören. Brees Hand verkrampfte sich im Fell an Saschas Hals. Die übernatürlichen Kräfte des Hundes waren beschränkt. Falls ihr wirklich Gefahr drohte, würde früher oder später Gabriel auftauchen, doch bis jetzt spürte sie nichts von seiner Anwesenheit. »Wer ist da?«, fragte sie in scharfem Ton.

»Wollte Sie nicht erschrecken, junge Frau.« Bree stieg Zigarettenrauch in die Nase, und dann hörte sie, wie jemand über den Bürgersteig schlurfte. Das Ende einer Zigarette glomm auf. Jenseits des Tores wurde eine große dunkle Gestalt sichtbar.

»Dent«, sagte Bree. Sie stieg die Treppe hinunter und ging ihm entgegen. »Sehr schön. Ich wollte ohnehin mit Ihnen reden.«

»Muss auch mit Ihnen sprechen. Dachte, wir könnten vielleicht irgendwo was essen gehen.«

»Zuerst einmal müssen wir ein paar Dinge klarstellen.« Sie ging zurück, um die Haustür aufzuschließen. »Kommen Sie doch kurz rein.«

»Das geht nicht«, erwiderte er.

»Müssen Sie noch eine Fahrt für Sunward machen?«

»Nein. Meine Schicht ist zu Ende. Deshalb dachte ich ja, wir könnten irgendwo ein Chili essen. Oder vielleicht auch einen Hamburger.«

»Es wäre besser, wenn wir uns unter vier Augen unterhielten«, sagte Bree. »Außer Lavinia sind alle nach Hause gegangen, aber sie ist oben in ihrer Wohnung und kommt erst morgen früh wieder runter.«

»Ich kann nicht reinkommen.«

»Sie können nicht?«

»Ich bin draußen. Haben Sie das vergessen?«

»Draußen?«, wiederholte Bree. »Oh! Sie meinen, ausge… Ach so, ja. Natürlich.« Der arme Kerl. War es denn in Ordnung, auf seinen Status anzuspielen? Fragen konnte sie ihn das wohl kaum, dazu hatte sie kein Recht. »Sie sind draußen. Und ich bin drinnen. Hinter dem Zaun, meine ich. Was schwatze ich denn da eigentlich? Sorry. Ich komme sofort zu Ihnen.«

Sascha trottete vor ihr her und wartete, bis sie das Tor geöffnet hatte. Nachdem er mit ihr nach draußen getreten war, nahm er Dent kurz in Augenschein, um ihn dann nicht weiter zu beachten.

»Netter Hund«, meinte Dent.

»Eine Kreuzung aus Golden Retriever und russischer Dogge. Wegen des Doggenanteils ist er so groß.«

»Er arbeitet für Sie?«

»Ja.«

Dent beugte sich nach unten, um Sascha zu streicheln, der jedoch mit höflicher Bestimmtheit zurückwich.

»Oje«, sagte Bree. »Sonst ist er sehr zutraulich.«

»Tja, das gehört wohl mit zum Programm.«

»Weil man … draußen ist.« Bree biss sich auf die Lippe. »Jedenfalls«, fuhr sie munter fort, »bin ich froh, dass Sie vorbeigekommen sind. Ich würde mich nämlich gern ganz offen mit Ihnen über meine Rolle als Bürgin unterhalten.«

Statt seiner schwarzen Jacke trug Dent jetzt ein Sportsakko aus Tweed, das schon bessere Tage gesehen haben musste. Die ausgebeulten Hosen aus Köper hatte er anbehalten. Auf seinem allmählich kahl werdenden Kopf saß weit nach hinten geschoben ein schmuddliger blauer Fischerhut. Er stand mit verschränkten Armen da, die eine Hüfte zur Seite geschoben. Die Schnürsenkel seiner abgeschabten Lederschuhe waren ausgefranst und voller Knoten. Immerhin hatte er sich vor Kurzem rasiert und roch schwach nach Kreosotseife.

»Wie steht's denn nun mit einem Hamburger?«

»Tja, ich glaube, so was würden wir bei B. Matthew's bekommen«, sagte Bree. »Gleich gegenüber.«

»Da ist es mir zu schick. Ich würde lieber in ein Restaurant gehen, wo man was Anständiges zwischen die Zähne kriegt. Nicht in so 'nen Nobelschuppen.«

»Wie wär's mit Pizza?«, fragte Bree. »Mit Fleischklößchen? Dann könnten wir zu Huey's gehen.«

»Huey's ist mir zu versnobt. Gibt's hier nicht irgendwo ein White Castle?«

»Schon seit Jahren nicht mehr«, erklärte Bree. »Wenn es unbedingt Junkfood sein soll, muss ich passen.«

»Dann gehen wir eben zu Huey's.«

Bree und Antonia wohnten ganz in der Nähe der Angelus Street, in einem Reihenhaus mit Blick auf den Savannah. Der Fluss wurde von stattlichen Lagerhäusern gesäumt, die noch aus der Zeit stammten, als Savannah eine betriebsame Hafenstadt gewesen war, von der aus in alle Welt Baumwolle verschifft wurde. Die meisten dieser Lagerhäuser waren seitdem umgebaut worden und beherbergten jetzt Geschäfte, Büros, Restaurants und luxuriöse Apartments.

Sie gingen die Angelus Street bis zur Mulberry Street hinunter und bogen dann nach rechts in die Bay Street ein. Bree drückte auf den Knopf an der Ampel. Als die kleine weiße Figur erschien, nahm Dent mit der Entschlossenheit eines Pfadfinders ihren Arm, was Bree amüsierte und gleichzeitig aufbrachte. Sascha trottete hinter ihnen her. Als sie an Brees Haus vorbeikamen, drehte er ab und verschwand in Richtung Hintertür.

»Er kann sich selbst die Tür öffnen«, erklärte Bree. »Antonia wird überhaupt nicht merken, dass er weg war. Zu Huey's geht's hier entlang.« Sie schüttelte

Dents Arm ab und stieg die schmiedeeiserne Treppe hinunter, die vom Factor's Walk zur Front Street führte.

Im Frühling und im Sommer wimmelte es auf der Front Street gewöhnlich von Touristen. Jetzt im Januar war dort aber alles ruhig, und die Holzbuden, die in der Touristensaison ihre Waren anboten, waren geschlossen. Die wenigen Leute, die zu sehen waren, waren Einheimische, wegen der kalten Witterung alle warm angezogen. Als sie am Schaufenster von Savannah Sweets vorbeikamen, blieb Bree stehen.

Dent kniff die Augen zusammen und blickte die Straße auf und ab. »Was ist los?«

»1952 hat Alexander Bulloch genau hier einen Karren entlanggeschoben, auf dem Haydees Leiche lag.« Bree überlegte, ob Haydees Geist aus den Pflastersteinen aufsteigen würde, wenn sie dort lange genug verweilten.

»Nein, hier war das nicht.« Dent schüttelte den Kopf. »Das war am hinteren Ende der Straße, da, wo jetzt das Touristencenter ist. Mercury hat die Erlaubnis bekommen, die Szene an Ort und Stelle zu drehen, hat es aber noch nicht getan. Vor ein paar Wochen war die Crew hier, um Hintergrundaufnahmen zu schießen. Ihr Haus ist da oben, nicht wahr?« Er drehte sich um und spähte nach oben. »Da hätten Sie die Crew eigentlich sehen müssen. Ihre Terrassentür geht ja direkt zum Fluss.«

»Tonia und ich sind über die Feiertage nach Plessey gefahren.«

»Zum alten Familiensitz, ja?«

»Darf ich Sie als Ihre Bürgin darauf hinweisen, dass dieser abfällige Ton unhöflich ist?«

Dent kratzte sich am Kopf. »Abfälliger Ton?«

»Ja. So, wie Sie es gesagt haben, hörte es sich ziemlich verächtlich an. Meiner Familie und mir selbst gegenüber. Wenn Sie einen konkreten Grund für Ihre Einstellung haben, dann lassen Sie ihn bitte hören. Andernfalls kann ich nur annehmen, dass Sie voreingenommen sind. Da ist Huey's. Vielleicht bessert sich Ihre Laune ja ein wenig, wenn Sie etwas zu essen bekommen.«

Bree und Antonia waren Stammgäste bei Huey's, und zumindest Antonia war dort stets willkommen. Vor ein paar Monaten hatte Bree in dem Restaurant jedoch eine ziemlich turbulente Auseinandersetzung mit Payton der Ratte gehabt. Seitdem neigten die Kellner eher dazu, ihr das Essen und die Rechnung in Rekordzeit zu bringen, damit sie nicht allzu lange blieb.

Bree winkte der Barkeeperin Maureen und steuerte auf die Essnische zu, in der sie gewöhnlich saß. Nachdem Dent seinen Hut abgenommen hatte, setzte er sich auf die Bank, von der aus er die Eingangstür im Blick hatte, und sah sich um. Als die Kellnerin erschien – Bree hatte noch gar nicht Platz genommen –, fragte er: »Haben Sie Burger?«

»Klar.« Die Kellnerin, die laut Namensschildchen Chelsea hieß, reichte Bree die Speisekarte. Gleichzeitig fragte sie jedoch: »Maureen möchte wissen, ob Sie das Übliche haben wollen.«

»Griechischen Salat. Und einen Teller schwarze Bohnensuppe.«

»Für Sie einen Burger, Sir?«

»Mit rohen Zwiebeln und Pommes. Oder sagen wir lieber zwei Burger.«

Chelsea blickte zwischen Bree und Dent hin und her. »Das dauert aber ein bisschen. Vielleicht zehn Minuten.«

»Na und, Schätzchen? Inzwischen können Sie uns ja schon mal einen Kaffee bringen.«

Für Kaffee war es eigentlich zu spät. Bree hatte schon genug Probleme mit dem Einschlafen. »Ich hätte lieber ein Glas Chardonnay. Und ich wäre Ihnen sehr dankbar, wenn Sie meinen Salat nicht sofort, sondern zusammen mit dem Burger bringen würden. Bitte sagen Sie Maureen, dass ich es in keiner Weise eilig habe und nicht gehetzt werden möchte.«

»Okay.« Chelsea zögerte einen Moment, um dann rasch in Richtung Tresen zu gehen.

Dent lehnte sich zurück und stieß einen Seufzer aus. »Kommen Sie oft her?«

»Zu oft, zumindest aus der Sicht des Personals hier«, erklärte Bree. »Wegen einer ganz bestimmten Sache, die ich aber wiedergutzumachen versuche.«

Dent nickte ernst. »Wiedergutmachung. Stufe neun bei den meisten anderen Programmen, bei meinem aber Stufe zwei. Die erste Stufe besteht darin, eine Liste von allen Personen aufzustellen, denen ich Schaden zugefügt habe, und die Bereitschaft zur Wiedergutmachung zu entwickeln.« Er zeigte auf die Tasche seines Sakkos. »Ich habe die Liste bei mir. An erster Stelle steht Bobby Lee Kowalski.«

Bree runzelte die Stirn. »Das war doch einer der Cops, die den Fall Haydee Quinn bearbeitet haben.«

»Genau. Ich muss mit Bobby Lee sprechen. Das ist sehr wichtig.« Dent spielte nervös mit den Süßstoffbriefchen herum, die in einer Keramikschale lagen. »Wie kommt es eigentlich, dass man nirgendwo mehr rauchen darf?«

»Die Frage können Sie sich selbst beantworten. Aus demselben Grund, aus dem man auf Lebensmitteln die Kalorien und den Fettgehalt angibt. Es ist besser, am Leben zu sein als ...« Bree biss sich auf die Lippe. »Nun ja. Also, Mr. Dent. Ich habe mich etwas vorschnell einverstanden erklärt, Ihre Bürgin zu werden.« Als sie seinen bestürzten Blick bemerkte, fügte sie schnell hinzu: »Nein! Nein! Ich bin gern bereit, Ihnen zu helfen. Ich verstehe bloß nicht ganz ...« Sie brach mitten im Satz ab. »Wissen Sie was? Ich werde Sie einfach ganz offen fragen, was ich wissen möchte, ja? Wozu brauchen Sie mich?«

»Ich muss herausfinden, wer Haydee Quinn getötet hat. Und ich muss mit Bobby Lee sprechen.«

»Wir auch. Das heißt, die Compagnie und ich. Als einziger Überlebender von denen, die damals mit dem Fall Haydee Quinn zu tun hatten, steht Sergeant Kowalski ganz oben auf unserer Liste. Obwohl ich nicht recht begreife, was die Aufklärung dieses alten Falls mit Ihrer Rehabilitation zu tun hat.« Sie schwieg kurz, da Chelsea den Wein brachte und eine Tasse vor Dent hinstellte. Nachdem sie ihm Kaffee eingeschenkt hatte, knallte sie ein Sahnekännchen auf den Tisch. Dent runzelte die Stirn. »Und wo ist der Zucker, Schätzchen?«, schnauzte er.

Chelsea sah ihn erstaunt an und zeigte auf die Süßstoffbriefchen. »Direkt vor Ihnen, Sir. Und bitte sagen Sie nicht *Schätzchen* zu mir.«

»Vielleicht könnten Sie in der Küche mal nachfragen, ob die auch richtigen Zucker haben?« Dent streckte die Hand aus und tätschelte ihr den Hintern.

»Dent!«, rief Bree. »Lassen Sie das!«

»Was denn?«, fragte er mit verständnisloser Miene.

Chelsea wich vom Tisch zurück, gab Maureen ein Zeichen und entfernte sich.

Dent sah ihr mit finsterem Blick hinterher. »Was zum Teufel sollte das denn alles?«

»Nun, ich glaube, dass wir gleich eine andere Bedienung bekommen werden. Wie ich Maureen kenne, wahrscheinlich EBs Neffen Titus. Er ist einen Meter neunzig groß und spielt in der Footballmannschaft der Georgia State University mit.« Bree beugte sich über den Tisch. »Dent, es geht einfach nicht, dass Sie Frauen auf diese Weise belästigen. Keine zudringlichen Berührungen mehr, verstanden?« Bree blickte über die Schulter. Chelsea stand am Tresen und redete aufgeregt auf Maureen ein, die in Brees Richtung sah, den Blick aber abwandte, als sie bemerkte, dass Bree sie beobachtete. Dann verschwand sie in der Küche. Chelsea ging hinter den Tresen und schenkte zwei Glas Rotwein ein, die sie einem Paar im hinteren Teil des

Raums brachte. Kurz darauf kam ein hochgewachsener Mann, der eine mit Tomatensauce bespritzte Kochmütze trug, durch die Schwingtür. In jeder Hand hatte er einen Teller.

Er stellte den Teller mit den zwei Hamburgern vor Dent, die Suppe und den Salat vor Bree hin. Dann beugte er sich nach unten und zischte Dent ins Ohr: »Lassen Sie die Kellnerin in Ruhe, Mann.«

Dent erhob sich. »Bitte sagen Sie der jungen Dame, dass es mir leidtut.«

»Ach ja? Wenn Sie sie noch mal betatschen, wird Ihnen was ganz anderes leidtun.« Er drehte sich zur Seite und nickte Bree zu. »Miss Beaufort.«

»Hallo, Mike«, sagte Bree. »Tut mir wirklich leid. Mein Klient hier hat sich sehr unbedacht verhalten.«

»Sie spielen wohl nicht zufällig mit dem Gedanken, sich ein anderes Stammlokal zu suchen?«

»Natürlich nicht«, erwiderte Bree. »Mir gefällt es bei Huey's, Mike.«

»Freut mich, Miss Beaufort. Vorausgesetzt, dass alles anständig und gesittet abläuft.«

»Selbstverständlich«, versicherte Bree. »Entschuldigen Sie nochmals.«

»Ja, ja, schon gut. Lassen Sie sich's schmecken.«

Nachdem Mike in die Küche zurückgegangen war, setzte Dent sich wieder und grinste Bree an. »Wissen Sie, was ich glaube? Ich glaube, er hat Ihnen gerade sehr deutlich zu verstehen gegeben, dass Sie hier nicht mehr erwünscht sind.«

Bree starrte Dent bestürzt an. »Sie meinen, er hofft,

dass ich in Zukunft woanders hingehe?« Sie drehte den Kopf in Richtung Bar. Maureen ignorierte sie. Chelsea ebenfalls. Zwei Frauen mittleren Alters, die gerade Pizza aßen, musterten Dent mit finsterer Miene. »Puh!«, sagte die eine laut.

»Mein Gott«, sagte Bree. »Ich kann's einfach nicht fassen, dass man mir bei Huey's beinahe Hausverbot erteilt hätte. Meine Mutter würde einen Anfall bekommen. Antonia würde mich umbringen. EB würde ständig darauf herumreiten.« Sie machte sich so klein wie möglich. Wenn sie nicht zu sehen war, würde man sie vielleicht vergessen.

»Zurück zu unserem Fall«, sagte Dent. »Wie weit sind wir da?«

»Noch ganz im Anfangsstadium. In ein paar Tagen werde ich mehr darüber wissen, in welche Richtung das Ganze geht. Allerdings ...«, nach kurzem Zögern fuhr sie in freundlichem Ton fort, »... bin ich mir nicht sicher, ob Sie sonderlich viel zu der Untersuchung beitragen können. Ich weiß Ihr Angebot zwar zu schätzen, aber ich glaube, wir haben die Sache schon ganz gut im Griff. Warum ist es denn gerade dieser Fall, an dem Sie ein solches Interesse haben?«

»Wenn Sie das noch nicht herausgefunden haben, taugen Sie nicht viel als Ermittlerin.« Er legte die Hände flach auf den Tisch. »Wissen Sie, wer William Dent war?«

»Sie meinen, als Sie noch ...« Bree wusste nicht recht, wie sie es formulieren sollte, deshalb sagte sie: »... als Sie noch ein Sterblicher unter Sterblichen waren?«

»William Dent war mein Lieblingsautor. Ein Unterhaltungsschriftsteller. War sogar noch besser als Zane Grey. Er hat verdammt gute Detektivgeschichten geschrieben, die damals in den Fünfzigern in Magazinen wie *Black Mask* und *Astounding Tales* erschienen. Schwer zu glauben, dass es diese Magazine jetzt nicht mehr gibt.

Ich bin nicht William Dent, Miss Beaufort.

Ich bin Eddie O'Malley. Der Cop, der 1952 einen Unschuldigen auf den Stuhl geschickt hat.«

Er bedeckte die Augen mit der Hand. Erst nach einer Weile begriff Bree, dass er weinte.

6

Verzögerte Gerechtigkeit ist verweigerte Gerechtigkeit.

William Gladstone

»Oje, oje, oje«, sagte Petru voller Mitgefühl. »Der arme Kerl. Der arme Kerl.«

»Dent hat gesagt, im Dienst sei er fast ständig betrunken gewesen«, erklärte Bree. »Von dem Fall selbst ist ihm nicht mehr viel in Erinnerung. Mit fünfzehn hat er angefangen zu trinken, und in betrunkenem Zustand ist er dann auch bei einem Autounfall umgekommen, sechs Jahre nach der Hinrichtung von Bagger Bill Norris.«

Helles, morgendliches Sonnenlicht erfüllte den Konferenzraum, obwohl es in der Nacht zuvor leichten Frost gegeben hatte. Im Januar war Savannah ein Ort gedämpfter, grüner, brauner und silbergrauer Farbtöne; regnerische und sonnige Tage wechselten einander ab, die alle ihre ganz eigene, winterliche Schönheit besaßen. Eine Schönheit, die sich jedoch niemals auf dem Friedhof ums Haus bemerkbar machte. Ganz gleich, wie oft Ron und Lavinia das Laub um die Grabsteine zusammenfegten, die Gräber mit neuen Grassoden bedeckten und Unkraut jäteten – innerhalb weniger Tage wirkte alles wieder so hässlich und verfallen wie zuvor.

Und was am schlimmsten war: Es stank. Nach Leid, Sünde und verwesten Leichen.

»Dent ist also sicher, dass Norris unschuldig war?«, fragte Ron und zeigte auf die Ausdrucke des Materials, das Petru aus dem Internet heruntergeladen hatte. »Diesen alten Zeitungsartikeln zufolge fand man Norris bewusstlos in den Hinterräumen des Tropicana Tide Nachtclubs, in blutbesudelter Kleidung und mit einem blutigen Messer in der Hand. Obwohl die forensische Medizin damals noch nicht sehr weit fortgeschritten war, konnte man doch feststellen, dass das Blut am Messer und auf seiner Kleidung vom selben Typ war wie das von Haydee. Außerdem hatten sich die beiden in der Nacht zuvor heftig gestritten. Norris hatte ihr einen Knebelvertrag aufgedrückt, aus dem sie raus wollte – möglicherweise um Alexander Bulloch zu heiraten. Sie war in erster Linie Tänzerin, obwohl in den Zeitungsartikeln nur diskret angedeutet wird, was für Tänze sie aufgeführt hat. Anscheinend aufreizende.«

Petru räusperte sich, womit er gewöhnlich einen längeren Vortrag einleitete. »Die Medien waren damals nicht so offen wie heute. Wenn es um Verrgewaltigung ging, schrieben die Reporter, man habe sich an dem Opfer *vergangen*. Das war möglicherrweise Ausdruck einer Denkweise, die …«

»Also wirklich, Petru«, warf Ron gereizt ein. »Jetzt reicht's aber. Es ist doch sonnenklar, was die Zeitungen meinten.«

Petrus dichte Augenbrauen zogen sich zusammen. »Und was hat man dann unter *aufreizenden Tänzen* zu verstehen?«

»Na eben Tänze, die einen anmachen«, erwiderte Ron.

»Striptease«, erklärte Lavinia. »Das arme Mädchen hat sich für Männer nackt ausgezogen. Jedenfalls fast. Bestimmte Stellen blieben schon bedeckt. Wenn auch spärlich.« Sie zeigte auf die entsprechenden Körperpartien.

»In Russland gab es diese Tänze, glaube ich, auch.« Petru strich sich über den Bart. »Weiß Mr. Dent denn, wer der Schuldige ist, wenn es nicht Bagger Norris war?«

Bree, die den Erörterungen ihrer Angestellten geduldig zugehört hatte, schüttelte den Kopf. »Er sagt, er habe keinen Schimmer.«

»Und warum ist er dann so sicher, dass Norris unschuldig war?«

»Da hält er sich ziemlich bedeckt. Er ist … äh … draußen, wie er selbst es ausdrückt, bis er sein Verhalten im Fall Haydee Quinn wiedergutgemacht hat. Mehr hat man ihm bei seiner Ausstoßung nicht gesagt.«

»Vielleicht könnte uns Goldstein da weiterhelfen«, sagte Ron. »Ich werde ihn fragen.« Er gab eine Notiz in sein BlackBerry ein und schnalzte verärgert mit der

Zunge. »Es ist ja schon fast zehn. Besser, ich gehe gleich zum Gericht rüber.«

»Da komme ich mit«, sagte Bree. »Ich möchte auch mit Goldstein sprechen. Petru, haben Sie die Möglichkeit, sich von Mrs. Billingsley die Mikrofiches über Alexander Bullochs Vorverhandlung zu besorgen?«

»Ja.«

»Und noch etwas. Könnten Sie für mich ein Treffen mit Mrs. Waterman arrangieren? Bedauerlicherweise müssen Stubblefield, Marwick das erst genehmigen, da die sie vertreten. Ich muss diese Brosche zurückbringen, damit sie die Diebstahlsklage gegen Justine fallen lassen. Außerdem sollte ich mit Florida Smith sprechen. Machen Sie so bald wie möglich einen Termin mit ihr aus, am besten zum Abendessen. Ich nehme mal an, dass Mercury ihr wenigstens Zeit zum Essen lässt. Ich würde sie gern zu B. Matthew's einladen, das wird ihr gefallen. Vielleicht könnten Sie uns also einen Tisch reservieren lassen. Bitten Sie Dent, sie vom Set abzuholen und herzubringen.«

Vor lauter Empörung sträubte sich Petru der Bart. »Das sind, glaube ich, alles Aufgaben für einen Sekretär. Also muss das Ronald machen. Ich bin juristische Hilfskraft. Ich habe studiert und stehe kurrz vor dem Abschlussexamen.«

»Hm«, erwiderte Bree unbeeindruckt. Die ständige Rivalität zwischen Petru und Ron, die zu häufigen Kabbeleien führte, ging ihr allmählich auf die Nerven. Petru war Engel genug, um nicht in Hochmut oder Arroganz zu verfallen. Über kleinliche Nörgeleien schien er jedoch ebenso wenig erhaben zu sein wie Ron. »Ron muss heute Vormittag Nachforschungen im Archiv anstellen, zusammen mit mir. Ich möchte aber, dass diese Termine so bald wie möglich vereinbart werden.«

»Ich werrde mich bemühen.«

»Und ich werde mich auch bemühen, nämlich um hier sauber zu machen«, verkündete Lavinia. »Sind wir jetzt fertig?« Heute trug sie gleich zwei Pullover. Auf ihrem weißen Haar, das wie ein Heiligenschein wirkte, saß eine farbenfrohe Strickmütze. Offenbar war ihr sehr kalt. »Der Konferenzraum muss unbedingt ausgefegt werden.«

Bree nahm ihren Wintermantel. »Ron und ich gehen jetzt zum Gericht.«

Lavinia zog sich den Kragen ihres Pullovers enger um den Hals. »Ziehen Sie sich warm an. Draußen ist es bitterkalt.«

Das war es in der Tat. Obwohl Bree merkte, dass sie in der letzten Zeit zu wenig Bewegung gehabt hatte, war sie sich doch nicht sicher, ob sie die ganze Strecke zum Gerichtsgebäude zu Fuß gehen wollte. »Mein Auto steht vor meinem Haus«, sagte sie, als Ron und sie auf die Straße traten. »Wollen Sie sich der Kälte aussetzen? Oder soll ich es schnell holen?«

»Ich glaube, unser Transportproblem ist bereits gelöst.« Ron zeigte die Angelus Street entlang in Richtung Mulberry Street. Kurz hinter der Kreuzung wartete der schwarze Lincoln. »Das muss Mr. Dent sein. Oder nennen wir ihn jetzt Lieutenant O'Malley?«

»Wir nennen ihn weiter Dent. Er möchte nicht, dass irgendjemand anfängt, Fragen über ihn zu stellen.«

»Meine Güte, es können doch nicht mehr viele Leute am Leben sein, die ihn nach all der Zeit wiedererkennen würden. Das ist schließlich sechzig Jahre her.«

»Da ist Florida Smith. Und Justine ist noch da. Außerdem sagt Dent, sein ehemaliger Sergeant sei ebenfalls noch am Leben. Er heißt Robert E. Lee Kowalski und ist in einem Pflegeheim untergebracht. Dent möchte ihn zwar aufsuchen, will aber unbedingt einen Zeugen dabei haben, falls Kowalski etwas sagt, womit wir den Fall knacken können.«

Der Lincoln kam angefahren und machte am Bordstein halt. Dent stieg aus, um die hintere Tür zu öffnen. Bree ließ Ron als Ersten einsteigen, während sie die beiden einander vorstellte. »Dent, das ist Ron Parchese. Ron, das ist William Dent.«

Ron nickte kurz und stieg ein.

Der Unterschied zwischen den beiden Männern hätte kaum größer sein können. Ron war wie üblich elegant gekleidet und trug eine hellgraue Hose, eine Seidenkrawatte sowie ein blassgelbes Button-down-Hemd aus Baumwolle. Dent sah aus, als hätte er in seiner Uniform geschlafen. Doch Bree stellte fest, dass sich die beiden auch noch auf andere Weise unterschieden. Von Zeit zu Zeit zeigte sich Ron auch gewöhnlichen Sterblichen – so verstand er sich prächtig mit Antonia und schien Cordelia Eastburn, die Bezirksstaatsanwältin, zu mögen. Ihnen gegenüber trat er so auf, wie er bei der ersten Begegnung mit Bree aufgetreten war, nämlich als blonder, charmanter, gut gekleideter Sekretär mit langjährigem Lebensgefährten.

Doch jetzt bemerkte Bree etwas an Ron, das ihr noch nie zuvor aufgefallen war. Er war von einer schimmernden Aura umgeben, die die gedämpfte Farbe von Sonnenlicht in einem Wald hatte. Sie war nur dann wahrnehmbar, wenn er sich neben Dent befand. »Du lieber Himmel«, sagte Bree laut und ließ sich nachdenklich auf dem Rücksitz nieder.

Ron lächelte sie an, ein wenig traurig, wie sie fand. »Wenn er das ganze Programm schafft, bekommt er seine Aura zurück«, flüsterte er ihr ins Ohr.

»Glauben Sie denn, dass er es schaffen wird?«, flüsterte Bree zurück.

»Hängt ganz von ihm ab.«

»Wohin?«, fragte Dent.

»Wir wollen zum Gericht. Danke, dass Sie uns abgeholt haben. Braucht man Sie denn nicht draußen auf der Rattigan-Plantage?«

»Heute wird in der Front Street gedreht. Die gesamte technische Ausrüstung ist schon um sechs Uhr hintransportiert worden. Ich werde den ganzen Tag zwischen Plantage und Front Street hin- und herfahren müssen. Aber wenn Sie mich brauchen, rufen Sie einfach an. Dann komm ich sofort.« Er warf einen Blick in den Rückspiegel, um Ron anzusehen, der jedoch aus dem Fenster starrte und Dent komplett ignorierte, genau wie Sascha es getan hatte. Hinter diesem Verhalten schien allerdings keine böse Absicht zu stecken. Für Ron war Dent einfach nicht vorhanden, so wie normale Sterbliche Ron oder Petru nicht wahrnahmen, wenn die Engel sich nicht zeigen wollten.

Draußen, dachte Bree. Der arme Kerl ist wirklich draußen. Sie überlegte, ob er sich diesen Verlust seiner Aura wohl selbst auferlegt hatte.

»Wir müssen einen Umweg machen und den Martin Luther King Boulevard entlangfahren«, sagte Dent. »Die Cops haben das westliche Ende der Bay Street abgesperrt.«

»Okay. Setzen Sie uns an der Ecke ab. Von dort aus gehen wir zu Fuß.«

Er hielt in der Nähe des Gerichtsgebäudes an und ließ sie aussteigen.

Bree liebte die Altstadt von Savannah aus verschiedenen Gründen, vor allem jedoch wegen der Vielfalt der Baustile. James W. Oglethorpe hatte die Stadt als Ensemble von vierundzwanzig Plätzen entworfen. Jeder Platz war wie ein Minidorf geplant und wies neben den Wohnhäusern ein Verwaltungsgebäude, eine Kirche und eine Schule sowie eine Grünanlage mit Bäumen und Blumenbeeten auf.

In den über dreihundert Jahren ihres Bestehens war die Stadt mehrmals angegriffen und von Piraten verwüstet worden. Große Brände hatten einen Teil der Stadt in Schutt und Asche gelegt, und im Bürgerkrieg war sie nur knapp der vollständigen Zerstörung durch General Shermans Truppen entgangen. Jedes Mal nach einer solchen Katastrophe setzte der Wiederaufbau ein, was die Vielzahl der Baustile erklärte. Bree selbst hatte ein besonderes Faible für den Kolonialstil der Südstaaten, da er sie an den Familiensitz in North Carolina erinnerte.

Das Gerichtsgebäude bildete in dieser Hinsicht eine Ausnahme, denn dieser fünfstöckige Betonblock wirkte eher wie ein Gefängnis und besaß nichts von dem architektonischen Zauber seiner Umgebung. Zumindest der Anstrich – ein gelbliches Grau, das in der Sonne die Farbe von Rührei annahm – harmonierte einigermaßen mit den sanften Farbtönen der Altstadt.

»Sind Sie verabredet? Soll ich warten?«, fragte Dent.

»Nein danke. Ich habe keine Ahnung, wie lange es dauern wird. Außerdem wird es allmählich wärmer. Es wird uns guttun, wenn wir nachher zu Fuß zurückgehen.«

Dent spielte nervös am Lenkrad herum. »Wollen wir eine Zeit ausmachen, um zu Kowalski rauszufahren? Vielleicht heute Abend? Ich hab um vier Feierabend. Und wie ich rausgefunden habe, ist bis acht Besuchszeit.«

Bree, die schon halb ausgestiegen war, hielt inne. »Meinen Sie, das können wir riskieren? Was ist, wenn er Sie wiedererkennt?«

Dent zuckte die Achseln. »Er ist über neunzig. Keine Ahnung, wie schlimm es wäre, wenn er mich wiedererkennt. Jedenfalls muss ich mit ihm sprechen.«

»Ich möchte erst mal abwarten, was heute alles noch ansteht. Aber wir fahren bald hin, das verspreche ich Ihnen. Ich rufe Sie dann an.« Bree steckte den Kopf ins Auto zurück und sah Dent eindringlich an. »Vergessen Sie bitte nicht, Ihr Handy einzuschalten.«

Dent murmelte etwas Unverständliches vor sich hin.

»Wie?«

»Ich sagte *ja, okay.*« Dann hielt er ihr sein Handy hin. »Es *ist* an.«

Sie folgte Ron und betrat mit ihm zusammen das Gerichtsgebäude.

Das Gericht tagte schon seit über einer Stunde, und in der großen Eingangshalle wimmelte es von Menschen. Ein paar junge Mütter schoben Kinderwagen durch die Gegend. Paare mittleren Alters, in Shorts, T-Shirts und Flipflops, irrten verwirrt umher. Einige Rechtsanwälte in Anzügen winkten Bree kurz zu. An den Wänden waren Polizisten in dunkelblauen Uniformen postiert, die, während sie eine Hand am Pistolenhalfter hatten, alles mit wachsamem Blick verfolgten. Bree warf ihre Aktentasche auf das Laufband an der Sicherheitskontrolle. Ron passierte diese unbemerkt und wartete am Fahrstuhl auf sie. Heute zog er es also vor, nicht sichtbar zu sein. Das durfte sie nicht vergessen, falls sie jemand Bekanntem begegnete.

Der Fahrstuhl war so überfüllt, dass Bree sich förmlich hineinzwängen musste. Im fünften Stock stiegen einige Sekretärinnen aus. Eine von ihnen blockierte die Tür für Bree, die jedoch lächelnd den Kopf schüttelte und sagte: »Hab unten was vergessen. Trotzdem danke.« Sie wartete, bis sich die Tür geschlossen hatte. Dann setzte der Fahrstuhl seine Fahrt nach oben fort.

Als sich die Tür öffnete, sah sich Bree dem vertrauten Emblem mit der Waage der Gerechtigkeit, die von Flügeln umrahmt wurde, und der nicht weniger vertrauten Inschrift gegenüber:

HIMMLISCHER GERICHTSHOF

Sie folgte Ron zu der schweren Eichentür mit der Aufschrift ARCHIV und trat mit ihm in die riesige Halle.

Inzwischen hatte Bree ein Faible für diesen Raum entwickelt, der stark an das Innere eines Klosters erinnerte. Die Wände bestanden aus behauenen, dick mit Mörtel verfugten Steinen. Die extrem hohe, gewölbte Decke wurde von mächtigen Eichenpfeilern getragen. Die gotischen Buntglasfenster ließen nur wenig Licht herein. Die Schreiber, allesamt Engel, trugen grobe braune Gewänder – das typische Mönchshabit, wie Bree meinte – und standen, mit Federkielen bewaffnet, an Schreibpulten aus Eichenholz. An den Wänden waren Eisenringe befestigt, in denen brennende Fackeln steckten. Den gesamten riesigen Raum erfüllte ein milder Glanz, der an Rons Aura erinnerte. Bree vermochte nicht festzustellen, woher dieser Glanz kam, der jedoch eine äußerst beruhigende Wirkung hatte.

»Sieh da, sieh da, Parchese!« Goldstein kam auf sie zugeeilt. »Und Bree! Wie schön, Sie wiederzusehen, meine Liebe. Sie waren ja eine ganze Weile nicht bei uns.«

»Antonia und ich sind über die Feiertage nach Hause gefahren.«

»Freut mich, freut mich.« Goldstein war klein und rund und sah ein bisschen unordentlich aus. Seine Glatze wurde von einem spärlichen Haarkranz gesäumt. »Haben Sie einen neuen Fall?«

»Ich denke schon.«

Sie folgten ihm zur hinteren Wand des Raums, die in unzählige Fächer mit Pergamentrollen aufgeteilt war. Vor der Wand verlief ein hoher Holztresen. Goldstein klappte die in den Tresen eingebaute Klappe hoch und begab sich hinter die Barriere. »Ich selbst bin auch weg gewesen, wissen Sie.«

»Tatsächlich?«, hakte Bree interessiert nach. War er denn über die Feiertage ebenfalls nach Hause gefahren?

»Ich bin hier zu Hause«, erwiderte Goldstein, indem er ihre unausgesprochene Frage beantwortete. »Nein. Ich bin wegen einer Sache unterwegs gewesen, die Ihren Kollegen hier sehr freuen dürfte.«

»Sie wollen doch nicht etwa alles auf EDV umstellen?«, rief Ron. »Es geschehen ja wirklich noch Zeichen und Wunder!«

Goldstein schob die Unterlippe so weit vor, dass er wie ein enttäuschtes Kleinkind aussah. »Wie haben Sie das erraten?«

»Weil dieses Archiv so vorsintflutlich ist, dass es schon nicht mehr spaßig ist, Goldstein. Irgendwann muss man das alte System aufgeben und sich ins einundzwanzigste Jahrhundert einklinken.«

»Machen Sie mir nichts vor, Parchese. Sie haben es nicht erraten, Sie wussten es schon.«

»Okay. Ich geb's ja zu. Es stand auf der Tagesordnung für Vatikan IV. Ich hab's durch eine E-Mail erfahren.«

»Hm. Es wird in der Tat ein ganz beträchtlicher Druck ausgeübt, um alles zu *modernisieren*, wie Sie es nennen.« Er blickte andächtig nach oben und wahrte einen Moment lang ein ehrerbietiges Schweigen. »Allerdings ...«

»Ich wusste, dass es ein *Allerdings* geben würde«, murmelte Ron.

Goldstein faltete die Hände über seinem umfangreichen Bauch und sah die beiden wohlwollend an. »Allerdings leiste ich Widerstand. So lange, bis man mich versetzt. Mir gefällt es so, wie es ist. Womit kann ich Ihnen heute dienlich sein?«

Ruckartig kam Bree wieder zu sich. Die ganze Umgebung war so friedlich, dass sie irgendwie einlullend wirkte. Es konnte leicht passieren, dass man hier eindöste. »Ach so, ja. Wir haben eine Klientin, die gern in Berufung gehen würde. Consuelo Bulloch.«

»Bulloch«, sinnierte Goldstein. Er drehte sich um und watschelte an den Fächern entlang. »Bulloch, Alexander; Bulloch, Alexander junior. Ah, da haben wir's. Bulloch, Consuelo.«

Er zog die Pergamentrolle heraus und brachte sie zum Tresen.

Bree entrollte das Pergament. »Das ist ja interessant«, sagte sie nach einer Weile.

Ron sah ihr über die Schulter. »Wozu wurde sie denn verurteilt?«

»Sie ist im Ersten Kreis, wo sie ein Jahrtausend bleiben muss. Die Anklagepunkte sind Verrat dritten Grades, Bösartigkeit dritten Grades, Bigotterie vierten Grades …« Bree blickte vom Pergament auf. »Von Mord steht hier nichts.«

»Erster Kreis«, sagte Goldstein. »Das ist so, als wäre sie auf Erden von einem Verkehrsgericht verurteilt worden. Dürfte sich kaum für Sie lohnen.«

»Sachte, sachte«, meinte Ron. »Wir weisen nie einen Klienten ab. Zumindest haben wir das bis jetzt noch nicht getan.«

Bree rollte das Pergament wieder zusammen. »Gute Güte. Nun ja, dann müssen wir wohl davon ausgehen, dass sie unschuldig ist, nicht wahr?«

»Da ist Florida Smith aber anderer Meinung«, sagte Ron. »Sie versucht mit allen Mitteln, Consuelo den Mord an Haydee anzuhängen.«

»Stimmt.« Eine missliche Situation. Was, wenn Consuelo Haydee tatsächlich ermordet hatte? Bree konnte doch keine Untersuchung durchführen, die ihrer Klientin möglicherweise eine noch schlimmere Strafe bescherte. Mildernde Umstände konnten eventuell dazu beitragen, dass das Strafmaß reduziert wurde. Vielleicht kam sie dann ins Fegefeuer, wo es wesentlich kühler war und man keine körperliche Arbeit zu verrichten brauchte. Vielleicht würde ihre Klientin ja damit zufrieden sein. »Goldstein, dürften wir auch die Akten der anderen Bullochs einsehen?«

»Haben die Sie denn auch als Rechtsanwältin engagiert?«

»Nein. Aber die Informationen könnten uns bei unserem gegenwärtigen Fall weiterhelfen.«

Goldstein ging zu den Fächern zurück, holte zwei weitere Pergamentrollen heraus und reichte sie Bree. Die Rollen waren wesentlich dünner als die von Consuelo.

»Und die Akte Haydee Quinn?«

Goldstein seufzte.

»Bitte«, fügte Bree hinzu.

Mit enervierter Miene trottete Goldstein wieder zu den Fächern, wobei die Sohlen seiner Sandalen laut auf den Steinfußboden klatschten. Die Rolle, die er mitbrachte, wirkte ebenfalls dünn. »Sonst noch was?«, fragte er. »Vielleicht die Akte Idi Amin, die sich ganz hinten befindet? Oder die über Xerxes II., die am entgegengesetzten Ende und zudem recht weit oben liegt?«

»Wenn Sie ein gutes EDV-System hätten …«, setzte Ron an.

»Hey!«, rief Bree. Während sich die beiden Engel kabbelten, hatte sie nämlich Alexander juniors Pergament entrollt. »Hier steht nur *schwebendes Verfahren*«, sagte sie.

Goldstein machte eine Geste, die ein *Na und?* auszudrücken schien.

»Außer seinen persönlichen Daten und diesem fetten roten, gestempelten Vermerk SCHWEBENDES VERFAHREN steht hier überhaupt nichts«, stellte Bree frustriert fest. »Alexander ist 1986 gestorben. Nachdem er in einer Bank gearbeitet und drei Kinder in die Welt gesetzt hat. Wie kommt es, dass noch immer kein Urteil über ihn gefällt worden ist?«

»Offenbar gibt es noch einige ungeklärte irdische Probleme«, sagte Goldstein. »Sobald das erledigt ist, kommt er sicher an die Reihe.«

»Wo ist er denn jetzt, Goldstein?«, erkundigte sich Bree.

»Im Limbus. So könnte man es jedenfalls bezeichnen.«

Bree entrollte das Pergament von Alexander senior. »Hier steht auch *schwebendes Verfahren*. Das ist der Vater des armen Kerls, der ebenfalls schon lange tot ist. Und über den ist wohl auch kein Urteil gefällt worden? Warum gesteht man diesen Leuten denn nicht das Recht auf zügige Verhandlung zu?«

Goldstein öffnete den Mund, um etwas zu sagen.

Bree hob die Hand. »Schweigen Sie lieber. Ich weiß, was Sie sagen wollen, Goldstein, aber ich will es gar nicht hören.«

Goldstein sagte es trotzdem. »Was ist denn die Zeit für einen Engel? Im Limbus ist es gar nicht so schlecht«, fügte er hinzu. »Jedenfalls gibt es eine ganze Menge schlimmere Orte, um Däumchen zu drehen. Die Strafe tritt man erst an, wenn das Urteil ergangen ist.«

Voll böser Ahnungen beäugte Bree Haydees Akte. Nachdem sie sie entrollt hatte, entfuhr ihr ein »Teufel noch mal!«, was dazu führte, dass ein missbilligendes

Raunen durch den Saal ging. Sie hielt Ron das Pergament hin.

»Schwebendes Verfahren«, las Ron vor.

»1952 wurde die arme Frau erstochen, und über ihre Seele ist immer noch nicht entschieden worden!« Bree rollte das Pergament zusammen und schlug Goldstein damit auf den Kopf. »Ich werde eine Beschwerde einreichen.«

Goldstein wich einige Schritte zurück, um außer Brees Reichweite zu kommen. »Was denn für eine Beschwerde?«

»Keine Beschwerde«, verbesserte sich Bree. »Ein Hinweis auf den Zeitraum würde nichts nützen, das ist mir gerade klar geworden. Ich werde also ein Gesuch einreichen.«

Goldstein wich noch weiter zurück. »So eins wie das, das Sie schon eingereicht haben? In dem Sie das Recht auf direkte und klare Kommunikation zwischen Rechtsvertreter und Klient geltend machen? Da wünsche ich Ihnen viel Glück!«

»Höre ich da einen ironischen Unterton?«, fragte Bree drohend.

»Nein, nein, nein«, beeilte er sich zu versichern. »Nicht im Geringsten, Bree. Ich bewundere Ihren revolutionären Geist sogar.«

»Ach ja?«

»Aber man darf es auch nicht auf die Spitze treiben. Schließlich …«

Natürlich war da ein ironischer Unterton, dachte Bree wütend.

»… weiß man, dass manche Revolutionen zu weit gegangen sind. Ich erinnere Sie nur an Fall 1.1 im *Corpus Juris Ultimum.*«

»Fall 1.1«, wiederholte Bree. Berühmte irdische Präzedenzfälle hatte sie wesentlich besser im Kopf als himmlische. »Oh«, sagte sie mit tonloser Stimme. »Klar.«

Luzifer vs. Himmlischen Gerichtshof.

Sie schnappte sich die einzige Bulloch-Akte, die ihr etwas nützen würde. »Bis zum nächsten Mal, Goldstein.«

Er hob die Hand und wackelte mit den Fingern. »Wiedersehn.«

»In gewisser Weise können wir ganz zufrieden sein«, sagte Ron, als sie mit dem Fahrstuhl nach unten fuhren. »Wenn wir unseren Fall erfolgreich zu Ende bringen, dürfte das eine Auswirkung auf das Schicksal von mindestens drei Seelen haben. Vielleicht sogar von noch mehr.«

Bree stampfte mit dem Fuß auf. »Verdammt noch mal! Ich hätte mir auch die Akte von Bagger Bill Norris geben lassen sollen. Wenn er zum Beispiel im achten Kreis ist, hieße das doch, dass er irgendwie involviert war. Es würde die irdischen Ermittlungen sehr erleichtern, wenn man wüsste, wer den Mord tatsächlich begangen hat.«

»Soll ich noch mal hochgehen und die Akte holen?«

»Ja. Aber sehen Sie sich das Ganze vorher an. Wenn da nämlich auch *schwebendes Verfahren* steht, können

Sie Goldstein die Akte gleich zurückgeben und sagen, er kann sie sich ...« Sie stampfte erneut mit dem Fuß auf. »Oh, sagen Sie, es täte mir leid, dass ich die Beherrschung verloren habe. Vermutlich wäre es ganz hilfreich zu wissen, ob sich Norris ebenso wie alle anderen im Limbus befindet. Trotzdem werde ich ein Gesuch einreichen und dafür sorgen, dass einige Reformen durchgeführt werden. Meine Güte«, fügte sie murmelnd hinzu. »Limbus.«

Ron fasste Bree nur selten an, doch jetzt legte er ihr lächelnd die Hand auf die Wange. »Der Spruch *Was ist Zeit für einen Engel* ist nicht nur so dahergesagt, sondern tatsächlich von profunder Wahrheit. Zeit hat keinerlei Bedeutung. Es gibt keine Vergangenheit, keine Zukunft, nur das Jetzt. Wenn Sie sich also vorstellen, Haydee sitze im Limbus und schreie verzweifelt nach Gerechtigkeit, die man ihr verweigert hat, dann irren Sie sich.«

»Den metaphysischen Teil hab ich schon verstanden«, erwiderte Bree. Rons Lächeln hatte etwas, das besser wirkte als jedes Antidepressivum, sogar noch besser als ein schöner Gin Tonic, fand Bree. Sie erwiderte sein Lächeln. »Es sind die Leute hier auf Erden, die zu lange warten müssen, das ist unfair.«

»Zum Beispiel wer?«

»Zum Beispiel Dent.«

»Die Lösung seiner Probleme liegt aber doch ganz bei Dent selbst.«

Als sie das Erdgeschoss erreicht hatten und sich die Fahrstuhltür öffnete, war Bree so in ihr Gespräch mit

Ron vertieft, dass sie beinahe mit Cordelia Eastburn zusammengeprallt wäre.

»Hey, Bree! Wieder im Lande?« Die Bezirksstaatsanwältin spähte in den Fahrstuhl. »Da ist ja auch Ron Parchesi.«

»Par-chay-see spricht sich das aus, nicht so wie das Spiel«, stellte Ron richtig. »Wie geht's Ihnen, Ms. Eastburn?«

»Bestens. Darf ich Ihnen Ihre Chefin kurz entführen, Ron?«

»Klar. Ich muss sowieso noch mal nach oben.«

Cordy zog Bree zur Seite, damit sie niemandem im Wege standen, denn in der Eingangshalle wimmelte es von Menschen. Sie war Mitte vierzig und hatte den Posten der Bezirksstaatsanwältin erst seit wenigen Jahren inne. Bree war sich ziemlich sicher, dass Cordy ihr Ziel, die erste schwarze Gouverneurin von Georgia zu werden, in absehbarer Zeit erreichen würde.

»Sie sehen ziemlich mitgenommen aus. Alles in Ordnung?«

»Ja, danke, Cordy. Wie geht's denn Ihnen so?« Bree neigte den Kopf zur Seite. »Schicke neue Ohrringe.«

Cordelias einziges Zugeständnis an die Mode bestand darin, dass sie eine Schwäche für handgearbeitete Ohrringe hatte. Das schneckenförmige Paar, das sie heute trug, war aus geblasenem Glas angefertigt worden. Cordy tippte an die Ohrringe und lächelte zurückhaltend. »Ein Weihnachtsgeschenk.«

»Hübsch«, meinte Bree. »Ein Geschenk, hinter dem sich ernsthafte Absichten verbergen?«

Cordy hob die linke Hand, deren Ringfinger leer war. »Schon möglich. Da wir gerade beim Thema sind: Haben Sie Sam Hunter in der letzten Zeit gesehen?«

Bree fuhr schuldbewusst zusammen. »O Gott, den wollte ich eigentlich anrufen. Haben *Sie* ihn denn gesehen?«

»Öfter, als mir lieb ist. Nicht dass ich was gegen den Mann hätte. Ganz im Gegenteil. Er ist schließlich einer der besten Cops, die wir hier in Savannah haben. Aber seit diese Filmleute in der Stadt sind, gibt es … wie soll ich sagen … mehr Reibungspunkte als sonst zwischen Polizei und Bevölkerung, sodass Sam ziemlich häufig bei mir aufkreuzt. Was mich zu der Frage bringt, die ich Ihnen stellen möchte«, sagte sie in forschem, leicht tadelndem Ton.

»Okay«, erwiderte Bree. »Worum geht's?«

Cordys Blick verhärtete sich. »Sind Sie gerade dabei, einen alten Fall wieder aufzurollen?«

»Sie meinen den Mord an Haydee Quinn?«

»Genau. Sind Sie damit befasst?«

Bree zögerte einen Moment. »Nicht offiziell.«

»Ich glaube, ich habe Sie nicht ganz richtig verstanden, Bree. Was heißt hier *nicht offiziell*? Sind Sie Angestellte des Staates Georgia? Gehören Sie zu meinen Mitarbeitern? Oder etwa zur Polizei?«

Brees Wangen röteten sich. »Nein, natürlich nicht. Aber im Zusammenhang mit diesem Fall sind einige Probleme aufgetaucht, die mich interessieren. Sind Sie jetzt sauer auf mich, Cordy? Wenn ja, wüsste ich gern, warum.«

»Was für Probleme sind das? Und wer hat sie zur Sprache gebracht?«

Bree hüllte sich in Schweigen.

Nach einer Weile sagte Cordy: »Das hatten wir doch alles schon mal. Beim Fall Skinner und beim Fall Chandler. Deshalb kann ich nur wiederholen, was ich damals schon gesagt habe. Falls Sie etwas herausfinden, das den Behörden gemeldet werden sollte, müssen Sie mich unbedingt informieren. Okay?«

»Okay.«

»Ich habe keine Probleme damit, im Blickpunkt der Öffentlichkeit zu stehen, Bree. Das muss man in Kauf nehmen, wenn man die Reformen durchsetzen will, die mir vorschweben. Aber ich halte nichts von Opportunismus, und ich glaube, Ihr Daddy auch nicht. Oder irre ich mich da?«

»Natürlich nicht«, entgegnete Bree, der Cordys Äußerungen ziemlich rätselhaft waren. »Finden Sie denn, dass ich mich irgendwie unprofessionell verhalte?«

»Im Augenblick nicht. Und ich hoffe, dass das auch in Zukunft so bleibt.«

»Ich komme mir allmählich ein bisschen wie Alfred Dreyfus vor«, erwiderte Bree bissig. »Werfen Sie mir etwas Konkretes vor?«

»Dazu kann ich nur sagen, dass Sie die Letzte wären, von der ich taktloses Verhalten erwarten würde. Von der ich erwarten würde, dass sie sozusagen auf Klientenfang geht.«

»Möchte ich doch hoffen«, gab Bree entrüstet zurück. »Wer behauptet denn, dass ich auf Klientenfang gehe?«

Cordys harter Blick wurde ein wenig milder. »Darf ich Ihnen mal was im Vertrauen sagen?«

»Selbstverständlich«, erwiderte Bree.

»Diese Bullochs sind keine netten Menschen. Was John Stubblefield angeht …« Sie kaute kurz auf ihrer Unterlippe herum. »Eines Tages wird er den Bogen überspannen. Und dann bekommt er es mit mir zu tun.« Sie boxte Bree freundschaftlich gegen die Schulter. »Rufen Sie Hunter in den nächsten Tagen mal an. Und wir zwei sind schon viel zu lange nicht mehr zusammen essen gegangen. Lassen Sie uns bald mal telefonieren, ja?«

»Das machen wir«, versprach Bree.

Cordy ging davon. Auf dem Weg nach draußen blieb sie bei den Securityleuten stehen, um etwas zu ihnen zu sagen (was glucksendes Gelächter hervorrief), grüßte zwei Rechtsanwälte – mit einer Frostigkeit, die diesen nichts Gutes für ihren nächsten Auftritt vor Gericht verhieß – und tätschelte drei Babys.

»Jetzt wirken Sie etwas heiterer als vorhin«, sagte ihr Ron ins Ohr.

»Cordy schafft es immer, mich aufzumuntern, selbst wenn sie mich anschnauzt.« Bree dachte einen Moment nach. »Vermutlich liegt das daran, dass sie so grundanständig ist. Trotzdem wüsste ich gern, was sie so aufgebracht hat.«

»Ich mag sie auch sehr«, gestand Ron. »Also ich habe mir die Akte Norris angesehen.« Er streckte die

Hände vor, um zu zeigen, dass sie leer waren. »Schwebendes Verfahren.«

Bree seufzte. »Na großartig! Das heißt, wir wissen nach wie vor nicht, ob er Haydee ermordet hat oder nicht.«

»Es gibt aber auch erfreuliche Nachrichten.« Er fuchtelte mit seinem BlackBerry herum. »Petru hat mir eine E-Mail geschickt. Das Unwichtigste zuerst: Florida Smith ist gern bereit, mit Ihnen essen zu gehen. Sie sollen sie heute Abend um sieben vom Set abholen, dann könnten Sie gemeinsam zu B. Matthew's gehen. Und in dreißig Minuten erwartet man Sie bei Stubblefield, Marwick. Sie möchten die Brosche mitbringen.«

»Und inwiefern soll das eine erfreuliche Nachricht sein? Immer wenn ich mit John Stubblefield zusammen war, möchte ich hinterher ausgiebig duschen.«

»Wenn Sie Petrus E-Mail lesen, werden Sie verstehen, wie ich das meine. Consuelos Testament wurde schon vor Jahren eröffnet und gerichtlich bestätigt.«

»Und?«

»Petru hat es gelesen und gescannt, sodass Sie sich das Ganze auf Ihrem iPhone ansehen können. Aber es reicht eigentlich, wenn Sie Petrus Zusammenfassung der wesentlichen Punkte lesen.«

Bree holte ihr Handy heraus und rief Petrus Mitteilung ab. Nachdem sie sie gelesen hatte, klappte sie das Gerät wieder zu. »Na, das ist ja interessant.«

»Nicht wahr?«, sagte Ron.

7

Birg, falscher Schein, des falschen Herzens Kunde!

William Shakespeare, *Macbeth*

Bree schätzte Stubblefield, Marwick ungefähr so ein wie Manolo-Blanik-Schuhe: viel Protz, aber wenig Substanz, das heißt, etwas, das sein Geld nicht wert war. Eine Mogelpackung. Die Zweigstelle der Kanzlei in der Bay Street nahm die ganze dritte Etage ein. Bree schob die Tür aus dickem Glas auf, trat in den Empfangsbereich und nannte der blonden Empfangsdame ihren Namen. Laut Namensschildchen hieß die Blondine Tiffany.

»Mr. Stubblefield hat gerade eine Besprechung, Miss Winston-Beaufort«, teilte Tiffany mit. »Möchten Sie vielleicht einen Latte, während Sie warten? Oder ein Glas Evian?«

»Was ich möchte, ist vor allem, nicht warten zu müssen«, erwiderte Bree.

Tiffany lächelte strahlend. Ihre Haare waren champagnerpink, was nicht gerade natürlich wirkte. »Mir ist völlig klar, dass Sie sehr beschäftigt sind, Miss Winston-Beaufort. Mr. Stubblefield wird gleich für Sie da sein.«

»So beschäftigt bin ich gar nicht«, sagte Bree. »Ich hab bloß was dagegen, hier rumzusitzen, um auf John Stubblefield zu warten.« Sie blickte auf ihre Armbanduhr. »Mr. Stubblefield hat genau fünf Minuten Zeit. Wenn er mich nach Ablauf dieser Zeit nicht empfängt, darf er sich einen anderen Termin ausdenken, der ihm besser passt.« Sie zeigte auf ihre Aktentasche. »Nur damit Sie Bescheid wissen: Ich habe Mrs. Watermans Brosche dabei.«

Tiffany riss die Augen auf. »Ich sage ihm gleich Bescheid.«

Sie nahm den Telefonhörer ab. Bree setzte sich auf einen nachgemachten Regency-Stuhl, der mit gestreiftem Satin bezogen war, und versuchte, ihre Umgebung zu ignorieren. Der dicke Teppichboden war unnatürlich sauber und hatte die Farbe von Tiffanys Haar. Das protzige Mobiliar ahmte unterschiedliche antike Stilarten nach. Unechte toskanische Vasen quollen von künstlichen Blumen über. Die Vorhänge bestanden aus Dupion-Seide. Das leise Rauschen einer White Noise Machine erfüllte das Zimmer, und irgendjemand hatte sich beim Versprühen von Raumspray vor Begeisterung nicht mehr eingekriegt.

Nach nur drei Minuten öffnete sich die schwere Mahagonitür, die zu den hinteren Räumen führte. Payton kam als Erster heraus. Bree bemerkte, dass er beim Gehen sein linkes Bein nachzog, was ihr leidtat, wenn auch nicht sehr. Hinter ihm tauchte John Stubblefield auf. Er trug ein blassblaues Button-down-Hemd, dessen Ärmel bis zum Ellbogen hochgerollt waren. Seine beigefarbene Cashmere-Hose wurde von roten Hosenträgern gehalten. Die Schuhe waren auf Hochglanz poliert. Er sah genauso unecht und künstlich aus wie die Möbel in seinem Empfangsraum.

Stubblefield mit seinem weißen Haarschopf und seinen strahlend blauen Augen war der Star der Infomercials, die die Kanzlei spätabends im Fernsehen ausstrahlte. In diesen Sendungen gab er sich volkstümlich und besorgt und erweckte den Eindruck, nicht sonderlich smart zu sein. In Wirklichkeit war er auf eine pathologische Weise eigennützig und habgierig, die jedes Maß sprengte. Außerdem war er einer der smartesten Rechtsanwälte, die Bree kannte. Sie hoffte inständig, dass sich die Regierung endlich einmal dazu aufraffen würde, die Gesetze zur Bekämpfung von Rechtswidrigkeiten zu novellieren. Bis es so weit war, würde Stubblefield weiterhin ein Vermögen damit verdienen, Gruppenklagen gegen die Hersteller von Bohnerwachs und Zahnprothesen anzustrengen.

»Miss Winston-Beaufort.« Stubblefields Grinsen war breit, strahlend weiß und ungefähr so vertrauenswürdig wie das eines Fuchses im Hühnerstall. »Bitte kommen Sie doch herein!«

Bree wich der Hand aus, die er ihr auf den Arm legen wollte, und ging vor ihm den Gang hinunter, der zum Konferenzraum führte. In diesem Raum von geradezu saalartiger Größe handelte die Kanzlei oft jene

Gruppenklagen aus, die sie später anstrengen wollte. Er war derart pompös gestaltet, dass Bree stets an einen Sitzungssaal der Vereinten Nationen denken musste, den die Nachfolger Walt Disneys designt hatten. Man hatte bei einem Umbau mindestens drei ehemalige Büros zusammenlegen müssen, um diesen riesigen Raum hervorzubringen. Beherrscht wurde der Saal von einem ausladenden runden Tisch, um den lederne Chefsessel standen. Jeder Platz war mit einem Computeranschluss, einer Wasserkaraffe und einem altmodischen Notizblock ausgestattet. Neben dem Notizblock lagen Kugelschreiber und Bleistifte mit dem Namen der Kanzlei. Am einen Ende des Saals befand sich eine Küchenzeile aus rostfreiem Stahl, die man hinter Schiebetüren im Plantagenstil verschwinden lassen konnte. Auf dem Küchentresen aus Granit stand eine Platte mit Honig- und Wassermelonenstücken, Weintrauben und Käse.

Stubblefield forderte Bree mit einer Handbewegung auf, sich zu setzen. »Soll Tiffany Ihnen einen Cappuccino machen? Oder möchten Sie lieber eine Cola? Wir müssen leider noch ein paar Minuten warten, bis Mrs. Waterman kommt. Ihr Fahrer hat gerade angerufen. Um den Markt herum herrscht ziemlich starker Verkehr. Offenbar sind dort heute die Filmleute zugange. Aber das wissen Sie ja alles.«

»Tatsächlich?« Bree schob sich einen Stuhl zurecht und nahm Platz. Payton, der noch kein Wort gesagt hatte, baute sich in der Nähe der Küchenzeile auf und holte sein BlackBerry heraus. Bree unterdrückte den

Impuls, *He, Laufbursche* zu rufen, und wandte sich stattdessen Stubblefield zu. »Sie wissen doch sicher besser als ich, was bei Sunward Productions vor sich geht, John. Phillip Mercury ist jedenfalls der Ansicht, dass es dort von Ihren Spionen nur so wimmelt.«

Stubblefield setzte sich auf die Tischkante und schlang die Hände ums Knie – eine Pose, die Bree nur allzu bekannt war und offenbar Vertraulichkeit ausdrücken sollte. »Unsinn. Die Bullochs sind, wie Sie wissen, sehr beunruhigt, weil Phillip Mercury und seine Drehbuchautorin diese prächtige Familie in einem schlechten Licht erscheinen lassen. Aber alle Informationen, die sie über den Film haben, sind auf ganz legalem Wege zu ihnen gelangt. Die Wahrheit wird sich dann vor Gericht herausstellen. Ich habe der Familie Bulloch geraten, sich erst einmal zurückzuhalten. Sie hingegen unterhalten ja offenbar engere Beziehungen zu der Filmgesellschaft.«

»Das stimmt nicht. Aber ich bin die Rechtsanwältin von Justine Coville. Sie hat mich ermächtigt, über die Rückgabe der Brosche zu verhandeln, die Alexandra Bulloch ihr geliehen hat. Und wie ganz Savannah weiß, spielt Justine bei *Bitter Tide* mit. Aber das heißt ja wohl noch lange nicht, dass ich etwas mit der Filmgesellschaft zu tun habe.«

Stubblefield runzelte die Stirn. »Sie wollen über die Rückgabe des Eigentums meiner Klientin also *verhandeln*? Ihre juristische Hilfskraft hat mir versichert, dass Sie herkommen würden, um Mrs. Waterman ihr Eigentum zurückzuerstatten. Andernfalls hätte ich meiner armen Klientin den langen Weg hierher gar nicht zugemutet. Obwohl ich mich natürlich immer freue, Sie zu sehen. Trotzdem bin ich sehr enttäuscht.«

»Schwindeln, angreifen, zurückweichen. Großartige Taktik, John.« Um zu zeigen, wie unbeeindruckt sie war, gähnte Bree erst einmal. »Die bei mir aber nicht funktioniert. Was bei mir funktionieren könnte, ist Folter. Hier im Zimmer ist es viel zu heiß. Könnten Sie die Heizung wohl etwas niedriger stellen?«

»Wir haben eine Klimaanlage«, erklärte Payton. »Mit der alle sehr zufrieden sind.«

»Wie geht's dem Knie?«, erkundigte sich Bree.

Stubblefield grinste fies. »Wie war das noch mal mit dem Knie, Payton? Ich würde wirklich gern wissen, was da für eine Geschichte dahintersteckt. Ich schicke meinen Sozius nach unten, um mit Ihnen zu reden, und was passiert? Er kommt völlig derangiert wieder zurück.«

Ein leises Läuten war zu hören, und dann erklang Tiffanys Stimme. Die Sprechanlage war so gut, dass man geradezu den Eindruck hatte, Tiffany stünde direkt neben einem. »Ms. Waterman ist da, Mr. Stubblefield.«

Stubblefield hob den Kopf und sprach ins Leere. »Bitte führen Sie Mrs. Waterman in den Konferenzraum.«

Payton ging zur Tür und öffnete sie. Kurz darauf tauchte Tiffany auf, die zur Seite trat und die Tür weit aufhielt. Stubblefield sprang von der Tischkante und breitete zur Begrüßung die Arme aus. »Samantha-

Rose! Sie sehen ja wie ein englischer Frühlingsmorgen aus!«

»Es ist bereits früher Nachmittag, John. Und ich habe noch nicht gefrühstückt.«

Samantha-Rose Waterman war attraktiv – und zwar nach Art jener Frauen, die sich individuelle Trainer, Ernährungsberater und hochkarätige Dermatologen leisten können. Ihr Haar war so brillant gestylt, dass ihre große Nase und das vorspringende Kinn nicht allzu auffällig wirkten. Ihr Make-up war äußerst dezent. Sie musste ungefähr Mitte dreißig sein, schätzte Bree, vielleicht auch ein bisschen älter. Sie trug eine kurze Nerzjacke, ein weißes Seidenshirt, eng anliegende Prada-Jeans und rote Schuhe mit Pfennigabsätzen. Eines ihrer Handgelenke zierte ein goldenes Armband mit zahlreichen Anhängern.

»Da drüben haben wir Obst und Käse für Sie«, sagte Stubblefield. »Tiffany?« Er tätschelte der jungen Frau den Hintern. »Seien Sie doch so gut und machen Sie Mrs. Waterman einen Teller zurecht.«

Tiffany lächelte unter Einsatz all ihrer Grübchen, um anschließend zur Küchenzeile hinüberzugehen. Payton grinste sie breit an und drängte sich kurz gegen ihre Brüste, als sie einen kleinen Teller aus dem Schrank nahm.

Warum darf dieser Typ einer Frau den Hintern tätscheln, ohne dass er dafür angeschissen wird?

»Dent«, sagte Bree. »Verdammt noch mal. Nicht jetzt.«

Weil der Typ Knete hat, stimmt's?

»Ich hab gesagt *nicht jetzt*, Dent!«

Für die Betuchten gelten offenbar andere Regeln als für den Rest der Bevölkerung.

Bree klatschte sich mit der Hand gegen die Schläfe. »Hören Sie sofort damit auf!«

»Sammi-Rose«, sagte Stubblefield. »Darf ich Ihnen Brianna Winston-Beaufort vorstellen? Wenn Sie Justine das nächste Mal sehen, dann vergessen Sie bitte nicht, sie zu ihrer hervorragenden Rechtsvertreterin zu beglückwünschen.«

»Darauf können Sie sich verlassen.« Samanthas Grinsen war noch fieser als das Stubblefields. Sie nahm den Teller mit Obst, den Tiffany ihr reichte, warf einen Blick darauf und gab ihn wieder zurück. »Wassermelone esse ich nicht. Und das andere Obst hätte ich gern ein bisschen kleiner geschnitten.« Sie sah Stubblefield an. »Hat sie die Brosche mitgebracht?«

Stubblefield sah Bree an. »Ja.«

»Dann möchte ich sie sehen.«

Bree öffnete ihre Aktentasche und nahm die Brosche heraus, die im Licht der Deckenbeleuchtung auffunkelte. »Ist sie das? Können Sie sie identifizieren?«

»Natürlich. Das ist ein Originalstück von Louis Comfort Tiffany.«

»Danke.« Bree verstaute die Brosche wieder und schloss die Aktentasche.

Zum ersten Mal sah Sammi-Rose Bree direkt an. »Die gehört mir«, schnauzte sie.

»Nein, nein«, erwiderte Bree. »Die gehört Ihrer Großmutter.«

»Meine Großmutter – Gott hab sie selig – ist schon vor langer Zeit gestorben. Und hat die Brosche der Familie vermacht. Dieses alte Miststück hat sie gestohlen, und wir wollen sie jetzt zurück.«

Bree richtete den Blick auf Stubblefield. »In Consuelo Bullochs Testament steht, dass sie mit der Brosche begraben werden möchte.«

Stubblefield deutete ein Lächeln an.

»Ihre Großmutter ist in Belle Glade begraben worden. Ich habe die Brosche. Was bedeutet, dass sie nicht mit im Sarg liegt.«

»Na und?« Offenbar hatte Tiffany das Obst klein genug geschnitten, denn Sammi-Rose schob sich ein Stück Honigmelone in den Mund und kaute es. »Es wäre doch äußerst lächerlich gewesen, ein so schönes Stück mit zu begraben.«

Bree lehnte sich auf ihrem Stuhl zurück. »Wer auch immer beschlossen hat, die Brosche zu behalten, hat einen schweren Diebstahl begangen.«

Sammi-Rose hörte abrupt auf zu kauen. »Wovon zum Teufel reden Sie eigentlich?«

»Können Sie mir sagen, wer entschieden hat, die Brosche nicht mit Consuelos Leiche zu bestatten?«

»Diese Frage wird sie nicht beantworten, nicht wahr, Samantha?«, mischte sich Stubblefield ein.

»Wohl kaum.« Sammi-Rose schob sich ein weiteres Stück Melone in den Mund, das sie mechanisch kaute. Bree hatte den Eindruck, dass sie beunruhigt war, was sich aber nicht genau feststellen ließ, da sie wie Brees Tante Cissy Botox-Anhängerin zu sein schien.

»Es ist die Aufgabe des Testamentsvollstreckers, dieser Sache nachzugehen«, erklärte Bree. »Bis alles geklärt ist, bleibt die Brosche in der Obhut des Testamentsvollstreckers.«

»Des Testamentsvollstreckers?« Sammi-Rose schob ihren Teller beiseite und stand auf. »Dann ist ja alles in Ordnung. Mein Vater war Großmutters Testamentsvollstrecker. Und er war auch derjenige, der fand, dass es reine Verschwendung sei, die Brosche mit der alten Schraube zu begraben.«

»Ihr Vater war *einer* der Testamentsvollstrecker«, stellte Bree richtig. Aus den Augenwinkeln bemerkte sie, dass Stubblefield die Stirn runzelte. »Und leider hat Ihr Vater seine diesbezüglichen Pflichten stark vernachlässigt. Aber das steht auf einem anderen Blatt.« Bree sprang auf. »Das können Sie alles noch mit Mr. Stubblefield besprechen, Mrs. Waterman. Die Brosche werde ich jedenfalls vorerst behalten.«

»Verflucht noch mal«, zischte Stubblefield. »Das wird Ihnen noch leidtun.«

Sammi-Roses Gesicht wurde tiefrot. »Sie können sie doch nicht einfach so gehen lassen. Diese Brosche ist zwanzigtausend Dollar wert.«

»Und obendrein ein schönes Stück.« Bree ging zur Tür, öffnete sie und blieb kurz stehen. »Es ist alles ziemlich eindeutig, John. Sie hätten Consuelos Testament genauer lesen sollen. Was immer Sie sonst sein mögen, inkompetent sind Sie jedenfalls nicht. Deshalb nehme ich mal an, dass Sie jemand andern darauf angesetzt haben.« Sie vermied es geflissentlich, in Paytons Richtung zu blicken. »Johns unzufriedener Gesichtsausdruck hat einen ganz bestimmten Grund, Mrs. Waterman. Die Kanzlei von Franklin Winston-Beaufort gehörte nämlich auch zu den Testamentsvollstreckern Ihrer Großmutter. Sie entschied sich für Franklin Winston-Beaufort, weil er Ihrem Vater nach dem Mord an Haydee Quinn aus der Patsche geholfen hatte. Mein Großonkel – Gott hab ihn selig – hat mir seine Kanzlei und die damit einhergehenden rechtlichen Verbindlichkeiten vermacht. Deshalb habe ich jetzt die Brosche und deshalb werde ich sie auch behalten, um darüber zu verfügen, wie das Gesetz es vorschreibt. Ich werde Sie wissen lassen, wie laut Gerichtsbeschluss mit dem Eigentum Ihrer Großmutter verfahren werden soll. Jedenfalls werde ich beantragen, dass die Brosche in ihr Grab kommt.« Sie tippte sich, einen militärischen Gruß andeutend, gegen die Schläfe. »Bis dann!«

Während Bree beschwingt die Treppe zu ihrem Büro hocheilte, dachte sie sich, dass es kaum etwas Zufriedenstellenderes gab als einen kompletten (zugegebenermaßen nur vorläufigen) Sieg über Gauner und Schwindler. EB würde das Ganze gefallen. EB würde ihr aber auch in Erinnerung rufen, dass es nicht gut war, die Bullochs und Stubblefield zu Feinden zu haben.

Allerdings war EB gar nicht da, denn es war bereits nach zwei. Mittags hatte sie Feierabend. Die Kanzlei in der Bay Street war noch zu neu, als dass sich Bree dort eine Vollzeitkraft hätte leisten können. Im Unterschied zu Justine Coville sahen die anderen Klienten keine Veranlassung, etwas an ihrem Testament zu ändern. Bree blieb mitten im Zimmer stehen und versuchte, das Büro mit den Augen eines potenziellen Klienten zu betrachten.

Der Paravent aus Rattan teilte den Raum in zwei Hälften. Der größere vordere Teil beherbergte EBs Schreibtisch, drei Aktenschränke aus grauem Metall sowie einen Besucherstuhl. Hinter dem Paravent befand sich Brees Schreibtisch, der unmittelbar vor dem zur Bay Street gehenden Schiebefenster stand. Der Teppichboden entsprach dem in Büroräumen üblichen Standard und hatte – ebenso wie die Wände – eine Farbe, die Bree als *undefinierbar* bezeichnete. Das gesamte Mobiliar stammte, wie man schnell sehen konnte, aus zweiter, vielleicht sogar aus dritter Hand. Farbe, Bilder, Pflanzen fehlten noch, dachte Bree. Sie würde das ändern, sobald sie Zeit dafür fand.

Nun setzte sie sich an ihren Schreibtisch, wo sie eine Nachricht in EBs charakteristischer Handschrift vorfand:

HABE IN DER ABLAGE GESUCHT UND DAS PROTOKOLL DER VORVERHANDLUNG VOM 13. DEZEMBER 1952 GEFUNDEN. RON WAR DA, UM UNTERLAGEN ZU BRINGEN. UNBEDINGT VOR IHREM TREFFEN MIT FLORIDA SMITH UM 7 UHR LESEN. DIESER JUNGE HAT VIELLEICHT EIN LÄCHELN! ANRUFE VON LT. HUNTER. BITTE UM RÜCKRUF. DENT WILL SIE SPRECHEN. HAT VON RON ERFAH-

REN, DASS SIE HEUTE HIER SEIN WÜRDEN. HAB GESAGT, ER SOLL VORBEIKOMMEN. BIS MORGEN, HOFFE ICH. – EB.

Das Protokoll der Vorverhandlung lag zuoberst auf dem Aktenstapel. Als Bree danach griff, stellte sie überrascht fest, dass sie ziemlich nervös war. Sie dachte gern an Franklin zurück, den sie als großen, ziemlich zurückhaltenden Mann mit weißer Haarmähne und tiefer, volltönender Stimme in Erinnerung hatte. Gleich würde sie ihn wieder vor sich sehen – wenn sie las, was er damals gesagt hatte.

Zuerst warf sie einen Blick auf die Liste der Zeugen. Der Hausarzt war ein Dr. John Warren gewesen. Bree runzelte die Stirn. Ein Allgemeinmediziner, der keinerlei Qualifikationen als Psychiater hatte. Den vorsitzenden Richter – Bulwar Kinney – kannte sie nur vom Hörensagen, denn er war lange vor ihrer Geburt gestorben. Welchen Ruf er genossen hatte, wusste sie nicht genau, aber zweifellos hatte er – wie die ganze Familie Kinney – zur alten Garde der Stadt gehört.

Eddie O'Malley war ebenfalls als Zeuge aufgeführt. Er hatte zu denen gehört, die Alexander daran gehindert hatten, seine schreckliche Fahrt mit dem brennenden Karren fortzusetzen.

Die Aussagen über Alexanders Verhalten nach Haydees Tod wiesen keinerlei Widersprüchlichkeiten auf. Consuelo, Alexander senior, Dr. Warren – sie alle gaben zu Protokoll, dass er vor Kummer außer sich gewesen sei, wobei ihren Aussagen jedoch jene Gleichförmigkeit fehlte, die vorher abgesprochene Lügen oft prägte. Alex habe ständig geweint, sich Gesicht und Brust mit einem Messer zerschnitten und an Schlafstörungen gelitten, um dann schließlich in eine Art Lethargie zu fallen, jegliche Nahrungsaufnahme zu verweigern und nicht mehr auf seine Umwelt zu reagieren. Schon die Lektüre reichte aus, um Bree Tränen in die Augen zu treiben. Die Szene im Gerichtssaal musste entsetzlich gewesen sein.

Schließlich kam sie zu Alex' eigener Aussage:

RICHTER KINNEY: Sie sagen, Miss Quinn habe Sie gebeten, sie zu reinigen, Mr. Bulloch. Wie hat sie das denn angestellt?
ANGEKLAGTER BULLOCH: Sie hat mich aufgesucht.
RICHTER KINNEY: Sie hat Sie aufgesucht? Wo hat sie Sie denn aufgesucht?
ANGEKLAGTER BULLOCH: In meinem Zimmer. Sie war in meinem Zimmer. Nachts. Mit offenem Haar. Und hat mit mir gesprochen.
RICHTER KINNEY: Das war in der Nacht vom 3. Juli?
ANGEKLAGTER BULLOCH: *weint und gibt keine Antwort.*
RICHTER KINNEY: Sie ist in der Nacht vom 3. Juli zu Ihnen gekommen?
ANGEKLAGTER BULLOCH: In mein Bett! In mein Bett!

Bree legte das Protokoll, das keine wirklichen Aufschlüsse enthielt, zur Seite. Tyra Steeles Verhalten sprach durchweg gegen die Vorstellung, Haydees Geist sei zurückgekehrt, um Gerechtigkeit zu fordern. Die junge Schauspielerin mochte sich erfolgreich eingeredet haben, dass sie besessen war, doch Bree war sich ziemlich sicher, dass dieses Thema vom Tisch sein würde, sobald die Facebook-Fans das Interesse verloren hatten. Was hingegen eine geisterhafte Erscheinung in Alex Bullochs Schlafzimmer vor all den Jahren betraf …

Schon möglich.

Sie nahm sich den dicken Packpapierumschlag vor, der die Downloads aus dem Internet enthielt. Es waren drei verschiedene Packen mit der Aufschrift *Mord*, *Vorher* und *Nachher*. Zuerst sah sie sich die Mordakte an. Der wichtigste Zeitungsartikel stammte aus den *Savannah Daily News* vom 3. Juli 1952:

> GRÄSSLICHER FUND IM FLUSS!
> *Haydee Quinn mit Stichwunden aufgefunden.*
> *Schöne Tänzerin erliegt ihren Verletzungen!*

Die dem Artikel beigegebenen Fotos waren typisch für die damalige Zeit. Da gab es zum Beispiel eine verschwommene Schwarzweißaufnahme vom Flussufer, auf der der Kai sowie die Umrisse des gegenüberliegenden Ufers zu sehen waren. Ein weißer Pfeil zeigte auf einen Abschnitt des Wassers, der sich direkt hinter dem heutigen Touristencenter befand.

Am interessantesten fand Bree das Foto von Haydee. Es handelte sich um eine Porträtaufnahme in Schwarzweiß, die offenbar für Publicityzwecke in einem Atelier angefertigt worden war. Haydee blickte über die linke Schulter in die Kamera. Ihr dunkles Haar war hochgesteckt. Sie trug eine mit Juwelen besetzte Kappe, an der Federn befestigt waren, die sich bis zur Spitze des Kinns an ihre Wange schmiegten. Ihre Augen waren hell – irgendjemand, möglicherweise Justine, hatte gesagt, sie seien blau gewesen. Bree war sich ziemlich sicher, dass die Wimpern angeklebt waren, weil sie viel zu dicht und üppig wirkten. Haydees Lippen machten einen besonders markanten Eindruck; sie hatte ein irgendwie dreieckiges, verführerisches Lächeln, das Bree an die Schauspielerin Vivien Leigh in dem alten Film *Vom Winde verweht* erinnerte.

Unter dem Porträt befand sich ein Foto von Haydee in *Arbeitskleidung*. Sie trug einen mit Pailletten besetzten Bodysuit aus netzartigem Material. Nach Brees Dafürhalten sah sie ein wenig pummelig und ganz entschieden unsportlich aus. Doch vermutlich hatte in der Zeit des Kalten Krieges ein anderes Schönheitsideal gegolten als heutzutage. Und Haydees Gesicht war wirklich hinreißend, ganz gleich, welchen Maßstab man anlegte.

Der Artikel schilderte, was geschehen war. Am frühen Morgen hatte ein Angler vom Ufer aus seine Angel ausgeworfen. Der Haken verfing sich in Haydees Haar. Als der Angler entsetzt feststellte, was da am Haken hing, rannte er los und holte den Streifenpolizisten Herbert Wilson. Die blutende und bewusstlose Haydee wurde aus dem Fluss gezogen und mit einem

Krankenwagen ins Savannah General Hospital gebracht. Trotz aller Bemühungen, ihr Leben zu retten, starb sie fünf Stunden später an den zahlreichen Stichwunden in ihrer Brust.

Die anderen Artikel befassten sich mit den polizeilichen Ermittlungen. Haydee war die Hauptattraktion eines Nachtclubs namens Tropicana Tide im Hafenviertel von Savannah gewesen. Die Handelsschifffahrt befand sich damals schon im Niedergang, doch dieses Viertel beherbergte nach wie vor – wie der Reporter es formulierte – *die raueren Elemente unserer schönen Stadt*. (Bree fiel auf, wie zurückhaltend man sich damals geäußert hatte, wenn es um Sex und Drogen ging.) Ihr Manager war William Norris, genannt Bagger Bill, *ein notorischer, schon dreimal wegen illegalen Glücksspiels verurteilter Gangster*. Zusätzlich wurde darauf hingewiesen, dass er seinen Spitznamen erhalten hatte, nachdem er einige *Gentlemen aus dem Norden* geprellt hatte. Lt. Edward O'Malley und Sgt. Robert E. Lee Kowalski, *erstklassige Kräfte des Morddezernats unserer schönen Stadt*, verdächtigten Bagger Bill fast unmittelbar nach der Tat, das Verbrechen begangen zu haben.

In der Zeitung war ein Schwarzweißfoto von Dent abgebildet sowie eines, das einen Mann mit kantigem Kinn und nach hinten geklatschtem, schwarzem Haar zeigte. Bree sah sich das Bild von Dent ganz genau an. Es war ein offizielles Polizeifoto, das – wie auch schon das Porträt Haydees – in einem Atelier aufgenommen worden war. Zu sehen war ein jüngerer Dent mit wesentlich mehr Haaren, den Blick starr in die Kamera gerichtet. Auf dieses Foto musste auch Florida Smith gestoßen sein. Doch die meisten damaligen Objektive ließen Gesichter flacher und voller erscheinen. Es hätte eines hochqualifizierten Profis und zahlreicher Kniffe bedurft, um ein wirklich authentisches Porträt zu bekommen. Und als Dent Jahre später bei dem Autounfall ums Leben kam, hatte der Alkohol sein Gesicht bereits verwüstet.

Zwei Tage nach Haydees Tod im Krankenhaus beschuldigten O'Malley und Kowalski Bagger Bill, Haydee Quinn ermordet zu haben. In der Presseerklärung der Polizei hieß es, man habe Norris stockbetrunken, mit *Blut an den Händen* und einem Messer neben sich aufgefunden. Dem Barkeeper des Nachtclubs zufolge hatten der Beschuldigte und Haydee in der Nacht vor der Auffindung des Opfers einen Streit gehabt, *bei dem die Fetzen geflogen sind.*

Nach zahlreichen ausgedehnten Verhören gestand Norris dann schließlich. Ein paar Wochen später widerrief er sein Geständnis allerdings. Trotzdem kam er, seine Unschuld lautstark beteuernd, auf den elektrischen Stuhl.

Er hatte gestanden.

Bree lehnte sich zurück, um darüber nachzudenken. Von einem Rechtsanwalt des Angeklagten war erst einige Wochen nach dem Mord die Rede gewesen. Die Polizei war erst seit 1966 verpflichtet, Verdächtige über ihre Rechte aufzuklären. Was die polizeilichen Verhörmethoden anging, so gab es damals wesentlich weniger Kontrolle als heutzutage.

Bree überlegte, ob Dent das Geständnis vielleicht aus William Norris herausgeprügelt hatte.

Sie blätterte die restlichen Artikel durch und hielt bei den Berichten über Alexander Bullochs tragische Odyssee mit dem brennenden Karren inne. Die Berichte waren erstaunlich diskret, was aber vielleicht gar nicht so bemerkenswert war, da die Familie Bulloch stets in ehrfürchtigem Ton erwähnt wurde, sofern sie überhaupt genannt wurde. Ein Foto von Alexander fehlte. Petru hatte allerdings ein Bild von Consuelo ausfindig gemacht. Bree fand es ein wenig unheimlich, ihre Klientin in irdischer Gestalt zu sehen. Consuelo war sehr dünn, hatte einen schmalen, straffen Mund und eine noch straffere Dauerwelle. Am Kragen ihres streng und förmlich wirkenden Kleides war die bewusste Brosche befestigt. Die Unterschrift unter dem Foto lautete: Mrs. Alexander Bulloch bei einer Wohltätigkeitsveranstaltung des Roten Kreuzes. Bree betrachtete Consuelos Gesicht. Sie sah ganz gewiss nicht wie eine Frau aus, die die üppigen Kurven von Haydee Quinn an ihrem Esstisch willkommen heißen würde. Bree rief sich die Anklagepunkte in Erinnerung, die ihre Klientin in die Hölle befördert hatten: Bösartigkeit, Bigotterie, Verrat. Ja, dieses Gesicht sah ganz danach aus, als sei sie all dieser Dinge fähig gewesen. Aber Mord?

Einer plötzlichen Eingebung folgend, holte sie die Brosche aus der Aktentasche und nahm sie zwischen die Hände.

»Mrs. Bulloch?«

Ein leises Seufzen wurde hörbar. Die Jalousie am Fenster bewegte sich, obwohl kein Wind ging.

»Mrs. Bulloch?«

In diesem Augenblick klopfte jemand an die Tür des Büros. Bree war so sehr in die frustrierende Aufgabe, ihre Klientin herbeizuzitieren, vertieft, dass sie zunächst annahm, es sei Mrs. Bulloch, die man aus der Sphäre entlassen hatte.

Doch es war nicht Mrs. Bulloch.

8

… ’s ist Sparsamkeit im Himmel,
Aus taten sie die Kerzen …
William Shakespeare, *Macbeth*

»Ach, Sie sind’s, Dent«, sagte Bree.

»Haben Sie ’ne Minute Zeit?« Er trat mit seiner Fahrermütze in der Hand ins Büro.

»Ja, klar. Kommen Sie rein.« Sie zeigte auf den Besucherstuhl. »Setzen Sie sich.«

»Das ist also Ihr Büro?« Er warf einen Blick auf die kahlen Wände und das spärliche Mobiliar. »Die Geschäfte scheinen ja nicht besonders gut zu gehen.«

»Wenn Sie weiterhin zu den ungünstigsten Gelegenheiten in meinem Kopf auftauchen, werden sie sogar noch schlechter gehen. Vorhin habe ich mich wie eine Idiotin benommen.«

»Was meinen Sie damit?«

»Ich meine diesen Vorfall in John Stubblefields Büro. In Gegenwart von Sammi-Rose Waterman. Ganz zu schweigen von Payton der Ratte.«

Seine Miene hellte sich auf. »Oh, Sie meinen die Arschtatscherei. Tja, das ist etwas, das Sie sich merken sollten.«

»Das *ich* mir merken sollte?« Automatisch setzte sie noch hinzu: »Bitte sprechen Sie bei Frauen nicht von Ärschen. Das ist ernied... ach, lassen wir das. Was, bitte schön, soll ich mir dabei denn merken?«

»Dass es einen Maßstab für die Großkopferten und einen für die restliche Bevölkerung gibt.« Er schürzte die Lippen. »Die Sache ist nämlich die, dass Sie zu den Großkopferten gehören, deshalb ...«

»DENT!« Bree holte tief Luft, ließ den Kopf sinken und zählte von zehn rückwärts. »Okay. Sie haben ein Problem mit Ihrem Selbstwertgefühl. Ich bin Ihre Bürgin, nicht wahr? Lassen Sie uns die Sache also erörtern. *Alle Menschen sind gleich.* Haben Sie das vergessen?«

»Bloß dass einige gleicher sind als andere«, erwiderte Dent, ohne zu lächeln. »Hören Sie, ich will unbedingt zu Bobby Lee raus und möchte, dass Sie mitkommen.«

»Sergeant Kowalski?« Bree warf einen Blick auf ihre Armbanduhr. »Dafür habe ich heute nicht genug Zeit. Um sieben bin ich mit Flurry Smith verabredet, von der ich mir eine Menge nützlicher Informationen erhoffe. Aber lassen Sie uns kurz über den Fall sprechen, ja? Wir sollten eine Liste mit Fragen für Kowalski zusammenstellen. Ich verspreche Ihnen, dass wir ihn morgen oder spätestens übermorgen aufsuchen.« Sie holte einen Notizblock aus der Schreibtischschublade und versah ihn mit der Überschrift VERDÄCHTIGE.

»Also ich weiß, dass Sie glauben, nicht viel von dem Fall in Erinnerung zu haben, aber ich möchte es trotzdem versuchen.«

»Ich habe damals getrunken. Unmäßig getrunken.«

»Das haben Sie mir schon erzählt. Aber Sie haben doch keinen totalen Filmriss, oder?« Oben auf dem Aktenstapel auf ihrem Schreibtisch lag das Zeitungsfoto von Lt. Edward O'Malley. »Können Sie sich daran erinnern?«

Mit leicht zitternden Händen nahm Dent das Foto. »Das hat das Dezernat machen lassen, als ich zum Lieutenant ernannt wurde.«

»Wann wurden Sie befördert?«

»Ungefähr ein Jahr vor dem Fall Haydee Quinn.«

»Sie müssen ein guter Cop gewesen sein, wenn Sie befördert worden sind«, meinte Bree.

Dent grinste zynisch. »Ich war bei den Marines. Der Polizeichef war bei Iwo mein vorgesetzter Offizier.«

Bree erschauderte. Über den Krieg wusste sie aus Büchern Bescheid. »Iwo Jima?«

Dent kratzte sich am Nacken. »Was zum Teufel hat denn das mit dem Fall Quinn zu tun?«

»Ich versuche nur, einen Zugang zu Ihnen und der damaligen Zeit zu finden.« Brees langes Haar war tagsüber so lästig, dass sie es zu Zöpfen flocht und diese zu einem Kranz hochsteckte. Manchmal, nach einem langen Tag, bekam sie vom Gewicht ihres Haars sogar Kopfschmerzen. Was auch jetzt der Fall war. Sie zog die Schildpattnadeln heraus, ließ sich das Haar über die Schultern fallen und zupfte zerstreut an den Haarspitzen. »Ich glaube, wir stehen hier vor zwei verschiedenen Aufgaben. Die erste besteht darin, die Fakten herauszufinden.«

»Und wenn Consuelo es doch getan hat? Das wäre für Ihre Klientin nicht besonders gut. Schließlich erwartet man von Rechtsanwälten, dass sie die Leute freibekommen.«

Bree wickelte sich eine Haarsträhne um den Finger. »Darüber habe ich auch schon intensiv nachgedacht. Der Staat – in diesem Fall die Himmlische Sphäre – ist bei einem Verbrechen verpflichtet, der Verteidigung alles Beweismaterial zu übergeben. Insbesondere und vor allem entlastendes Beweismaterial. Bei der Verteidigung liegt die Sache allerdings etwas anders. Wir sind einzig und allein unserem Klienten verpflichtet. Wenn wir herausfinden sollten, dass Consuelo des Mordes schuldig ist und der Justizirrtum in diesem Fall darin besteht, dass ihre Strafe zu milde ausgefallen ist, sind wir nicht verpflichtet, das mitzuteilen. Es ist Sache der Anklage, ihre Schuld zu beweisen.«

»Und die zweite Aufgabe?«

Bree lächelte ihn an. »Besteht darin, eine alternative Hypothese bezüglich des Verbrechens zu präsentieren. Manchmal basiert eine erfolgreiche Verteidigung darauf, dem Richter die Vorstellung zu vermitteln, dass jemand anders es getan hat. Darauf, Zweifel zu säen. Aber Sie können sich darauf verlassen, dass die Anklage ihr Möglichstes tun wird, diese Zweifel wieder zu zerstreuen. Deshalb muss ich alles wissen, woran

Sie sich noch erinnern können. Vor allem im Zusammenhang mit dem Geständnis von William Norris. Damit möchte ich auch gern anfangen. Selbst wenn …« Sie machte eine Pause und suchte nach einer Formulierung, die ihren diesbezüglichen Verdacht nicht allzu ungeschminkt in Worte fasste. »Selbst wenn das Ganze kein sonderlich gutes Licht auf Sie und Sergeant Kowalski wirft.«

Dent richtete sich ruckartig auf. »In Ordnung. *Fahren Sie fort, eine persönliche Bestandsaufnahme zu machen und geben Sie jeden Fehler unverzüglich zu.*«

»Wie bitte? Ach so! Natürlich! Die Stufen Ihres Programms.« Bree gab sich alle Mühe, eine ermutigende und verständnisvolle Miene aufzusetzen.

»Sie wollen wissen, wie wir Norris dazu bekommen haben, dieses Geständnis abzulegen.«

»Zunächst einmal.«

»Wir haben ihn nicht angerührt.« Dent grinste schief. »Ich seh's Ihrem Gesicht an, was Sie denken. Ihnen ist gerade eingefallen, was Eleanor Roosevelt mit uns Marines machen wollte.«

Bree versuchte so dreinzublicken, als sei Dents Vermutung richtig.

»Nach dem Krieg wollte sie uns alle ein Jahr lang auf eine Insel abschieben.«

»Eleanor Roosevelt hat das tatsächlich vorgeschlagen?«, fragte Bree erstaunt.

»Die meisten von uns waren keine Heiligen. Weder während des Krieges noch hinterher. Aber man tut eben, was man tun muss. Sie glauben also, Bobby Lee und ich hätten diesen Penner stinkbesoffen im Hinterzimmer seines schmierigen Nachtclubs gefunden, hätten ihm ein blutiges Messer untergeschoben und dann ein Geständnis aus ihm herausgeprügelt, weil die Wahrscheinlichkeit am größten schien, dass er der Täter war.«

»Ja«, erwiderte Bree. »Der Gedanke ist mir in der Tat gekommen.«

Dent schüttelte den Kopf. »Unsinn.«

»So?«

»Er hat gestanden. Von sich aus. Dazu müssen Sie wissen, wie sich damals alles so verhielt. Dieser Fall war, wie der Polizeichef sagte, von höchstem öffentlichem Interesse. Eine Menge Großkopf... sorry, eine Menge einflussreicher Leute hatte, auf die eine oder andere Weise, Kontakt zu Haydee Quinn und Bagger Bill. In den Dreißigern war Norris Alkoholschmuggler, während des Krieges Schwarzhändler, und danach versorgte er die oberen Zehntausend mit den Suchtmitteln, die sie brauchten. Marihuana und noch schlimmere Sachen. Jedenfalls war sein Nachtclub der Stadt schon seit Jahren ein Dorn im Auge. Hauptsächlich ging es dabei um Glücksspiel, aber auch um Drogen. Anderthalb Jahre, bevor all dies geschah, engagierte Norris Haydee als Tänzerin, und ich wusste von Anfang an, dass sie Ärger machen würde, das kann ich Ihnen sagen. Sie ging mit vielen Männern ins Bett, hauptsächlich mit solchen, die ihr irgendwie nützlich sein konnten. Also mit reichen Männern. Männern mit Macht. Was Haydee selber angeht ...«, sein Gesicht wurde weicher, »… so hat sie mich stark an Ava Gardner erinnert.«

»Die Schauspielerin?«, fragte Bree. Der Name war ihr von Kreuzworträtseln her vertraut.

»Der Filmstar«, sagte Dent, als ob das einen Unterschied machte. Was damals vielleicht der Fall war. »Haydee kam ebenfalls aus äußerst bescheidenen Verhältnissen. Ihr Vater war Baumwollfarmer und arm wie eine Kirchenmaus. Haydee hat es geschafft, diesen Verhältnissen zu entkommen. Wie sie das angestellt hat, obwohl sie doch kaum lesen und schreiben konnte … nun, dazu hätten Sie sie live und in Farbe sehen müssen.« Er streckte die Hand aus und tippte auf das Foto von Haydee in Arbeitskleidung. »Das zeigt nicht mal annähernd, wie hinreißend sie war. Wenn sie in ein Zimmer kam, richteten sich alle Blicke auf sie. Diese Augen, dieses Haar, diese sagenhaft weiße Haut! Sie hatte ein vollkommenes Gesicht, wissen Sie. Vollkommen proportioniert. Nach ihrem Tod erschien ein Artikel darüber, in einer der großen Zeitungen. Jedenfalls machte sie in Savannah unglaublich Furore. Jeder war verrückt nach ihr. Die Männer, versteht sich. Die Frauen weniger. Eines Tages fing sie dann eine Affäre mit Alex Bulloch an. Er war einige Jahre jünger als sie. Ich habe die beiden zwar nie zusammen gesehen, aber es wurde behauptet, dass die zwei sich wirklich liebten. Darum ging es auch bei diesem Streit, den Haydee kurz vor ihrem Tod mit Norris hatte.«

»Das wissen Sie von Norris?«

»O ja. Der Mann war verrückt vor Eifersucht. Allen Berichten zufolge konnte sie eine ziemliche Kratzbürste sein. Sagte zu Norris, er könne sich den Vertrag sonst wohin schieben und dass sie den Jungen auf jeden Fall heiraten werde. Norris sagte, als sie das Zimmer verlassen wollte, habe er sich geschnappt, was ihm als Erstes unter die Finger kam – ein Messer, mit dem man im Club Schinken aufschnitt.« Dent nagte nachdenklich an seiner Unterlippe. »An der Bar hatten sie immer einen großen Schinken, weil Norris meinte, die Gäste würden dadurch durstiger werden und mehr trinken. Hat bei mir auch bestens geklappt, das steht fest.«

Bree lenkte das Gespräch auf die Nacht des Mordes zurück. »Norris hat sie mit dem Messer angegriffen?«

»Hat es ihr ins Herz gestoßen. Oder es zumindest versucht.«

»Und was geschah dann? Hat er sie zum Fluss geschafft?«

»Norris? Ach was. Er sagte, er sei auf die Knie gefallen und habe sie um Verzeihung gebeten, worauf sie davongerannt sei. Das Nächste, woran er sich erinnern konnte, war, dass man sie aus dem Fluss fischte.«

»Was hat denn die Autopsie ergeben?«, fragte Bree. »Laut Zeitungsbericht ist sie nämlich nicht ertrunken. Genau genommen war sie ja auch noch am Leben, als man sie aus dem Wasser zog. Vermutlich könnte sie also letztlich daran gestorben sein, dass sie zu viel Wasser geschluckt hatte.«

»Soweit man feststellen konnte, ist sie an den Stichwunden gestorben«, sagte Dent.

»Warum ließ sich das nicht mit Sicherheit sagen?«

»Meine Güte, sind Sie aber pingelig«, erwiderte Dent. »Ich bin verdammt froh, dass Sie mich nie vor Gericht ins Kreuzverhör genommen haben.« Er sprach mit hoher Stimme weiter. »*Genau genommen war sie ja auch noch am Leben, als man sie aus dem Wasser zog.* Sie hören sich an wie Norris' Rechtsanwalt.«

»Der Teufel steckt im Detail«, gab Bree lächelnd zurück. »Auf Norris' Rechtsanwalt komme ich gleich noch zu sprechen. Der Coroner war sich also der Todesursache nicht sicher? Was stand denn auf dem Totenschein?«

»Alex Bulloch brach in das Bestattungsinstitut ein und stahl ihre Leiche, bevor die Autopsie durchgeführt werden konnte. Als der Coroner sie dann zu Gesicht bekam, war vom Gewebe an der Brust nicht mehr viel übrig, einfach darum, weil es verbrannt war. Deshalb wurde als Todesursache auch *vermutlich Stichwunden in der Brust* angegeben. Und als der Totenschein dann bei der Verhandlung vorgelegt wurde, machte der Rechtsanwalt großen Wirbel darum und behauptete, sie sei nicht verblutet, sondern ertrunken, und Norris habe sie nur verwundet. Norris war außer sich vor Erregung und hat sein Geständnis widerrufen. Erklärte, er sei betrunken gewesen und habe nicht gewusst, was er sagt. Blablabla.« Dent beäugte Bree misstrauisch. »Sein Rechtsanwalt hat also genau das gemacht, wovon Sie vorhin gesprochen haben. Er hat eine alternative

Hypothese bezüglich des Verbrechens präsentiert. Die der Richter ihm jedoch nicht abgekauft hat. Stattdessen hat er Norris zum Tod auf dem elektrischen Stuhl verurteilt. Und da ist er ja auch gelandet.«

»Wann sind Sie zu dem Schluss gekommen, dass er unschuldig ist?«

»Ich?«, sagte Dent. »Überhaupt nicht. Er hatte das Messer, er war mit ihrem Blut besudelt, und er sagte, er habe auf sie eingestochen. Wenn ich ihn für unschuldig gehalten hätte, hätte ich etwas unternommen. Ich mag zwar ein Trunkenbold gewesen sein, hätte mich aber lange genug zusammenreißen können, um einen Unschuldigen vor der Hinrichtung zu bewahren.«

»Aber …«

»Das haben sie in der Sphäre auch gesagt«, fiel ihr Dent ins Wort. »Dass ich es zugelassen habe, dass ein Unschuldiger auf den Stuhl kommt. Wenn meine Ermittlungen sorgfältiger gewesen wären, wäre das nicht passiert. Deshalb bin ich ja auch hier. Ich muss das in Ordnung bringen. Muss persönlich wiedergutmachen, was ich angestellt habe. Aus dem Grund muss ich auch mit Bobby Lee sprechen. Er wird sich an viel mehr erinnern können als ich. Bobby Lee hat nicht getrunken und war ein eifriger Kirchgänger.«

Außerdem war er vierundneunzig. Bree hoffte, dass der alte Knabe noch alle Sinne beisammenhatte. Sie notierte sich einige weitere Fragen auf dem Notizblock: Norris' Rechtsanwalt – Name? Prozessprot. – Smith?

Dent sah auf seine Armbanduhr, hielt sie ans Ohr und schüttelte sie. Es war eine große, billige Uhr mit einem breiten Armband aus Chrom. Auf dem Zifferblatt stand TIMEX. »Gib ihr 'nen Stoß, dann tickt sie gleich los, heißt es in den Werbespots. Trotzdem ist sie stehen geblieben.«

»Es ist Viertel vor sieben.« Bree stand auf. Vom langen Sitzen war sie ganz steif. »Würden Sie mich wohl zum Set fahren? Flurry erwartet mich. Wir sind zum Abendessen verabredet.«

»Was dagegen, wenn ich mitkomme?«

»Nein«, sagte Bree. »Überhaupt nicht. Das könnte sogar sehr gut sein. Ich bin mir nämlich nicht sicher, wie leicht es sein wird, Florida Smith ihre Unterlagen abzuluchsen. Da werde ich improvisieren müssen. Falls Ihnen was einfällt, zögern Sie nicht, es zu sagen. Und denken Sie dran, Dent: Kellnerinnen betatschen ist verboten!«

9

Wer lenkt sein Schicksal?

William Shakespeare, *Othello*

»Fisch-Tacos, bitte. Und eine halbe Flasche Pinot Grigio.« Florida Smith legte die Speisekarte auf den Tisch und sah sich anerkennend um. »Gefällt mir hier.«

Obwohl das B. Matthew's nicht sonderlich groß war, hatte man es vermieden, die Tische so dicht nebeneinanderzustellen, dass man beim Essen den Eindruck hatte, auf dem Schoß des Nachbarn zu sitzen. Der alte Holzfußboden bestand aus schmalen, anheimelnd nachgedunkelten Kiefernholzdielen. Die hintere Wand des Restaurants nahm eine lange Bar ein, und durch die hohen Fenster hatte man einen Blick auf die Bay Street. Die Wände schmückten diverse Objekte aus dem neunzehnten Jahrhundert – gusseiserne Bratpfannen, Kupferstiche sowie sepiafarbene Fotos von Frauen in breiten Reifröcken.

»Ich mag das Restaurant auch.« Bree blickte zur Kellnerin hoch. »Ich nehme ebenfalls die Fisch-Tacos.

Und einen Teller schwarze Bohnensuppe. Und ein dunkles Bier. Welche Sorte, überlasse ich ganz Ihnen.«

»Haben Sie Burger?«, fragte Dent.

»Wir können Ihnen gern welche machen«, entgegnete die junge, niedliche Kellnerin entgegenkommend.

»Dann bringen Sie zwei. Nicht durchgebraten. Mit rohen Zwiebeln und Pommes.«

»Süßkartoffeln oder normale?«

Dent lehnte sich ruckartig zurück. »Süßkartoffeln? Soll das ein Witz sein? Haben Sie Bratkartoffeln? Nein. Dann eben normale. Und Kaffee. Schwarzen Kaffee.« Er trommelte mit den Fingern auf den Tisch. »Ich trinke meinen Kaffee mit Zucker. Haben Sie Zucker, Schätz... ich meine, Madam?«

»Nur Süßstoff. In den blauen Päckchen da auf dem Tisch. Aber ich seh mal nach, ob ich richtigen Zucker für Sie auftreiben kann.«

Sie stand direkt neben Dent, mit vorgeschobener Hüfte, um die Bestellungen besser notieren zu können. Dent hob die rechte Hand bis zur Höhe ihres Gesäßes und zog sie dann wieder zurück. Flurry und Bree warfen sich vielsagende Blicke zu.

»Danke, Schätz... danke, Madam.«

Sie lächelte ihn strahlend an. »Gern, Sir.«

Sobald die Kellnerin außer Hörweite war, hob Bree ihr Glas mit Wasser, um Dent ironisch zuzuprosten. »Sehen Sie? Auf diese Weise bleibt die Kellnerin froh und glücklich.«

Dent gab ein Grunzen von sich.

»Bree hat völlig recht. Zufriedene Kellnerinnen pinkeln einem nämlich hinten in der Küche nicht in die Suppe. Wenn Sie es gewesen sind, Bree, die es ihm abgewöhnt hat, Kellnerinnen den Hintern zu tätscheln, dann kann ich Ihnen nur gratulieren.« Beim Sprechen kramte Flurry in ihrem Rucksack herum. Nachdem sie den größten Teil des Inhalts auf den Tisch gepackt hatte – ein Mininotebook, einen iPod, ein BlackBerry, zwei Paar Kopfhörer, eine halb volle Flasche Saratoga-Springs-Mineralwasser sowie eine Brieftasche –, holte sie eine dicke rotbraune Fächermappe heraus. »Bitte schön.« Sie reichte Bree die Mappe und machte sich daran, die anderen Sachen wieder im Rucksack zu verstauen.

Bree nahm die Mappe an sich und legte sie auf den Tisch. Das lief viel zu glatt.

»Dein Rucksack ist ja der reinste Zauberzylinder«, sagte Dent. »Wie hast du denn all die Sachen da reinbekommen?«

»Da hab ich so meine Methoden.«

Bree betrachtete die Mappe, ohne sie zu öffnen. »Ist das das gesamte Material, das Sie über den Mord an Haydee zusammengetragen haben?«

»Zumindest der Teil, den ich noch nicht auf Diskette gespeichert habe. Übrigens sind das Kopien, keine Originale. Ich scanne die Sachen, wann immer ich Zeit dafür habe. Das meiste Material habe ich auf der Festplatte oder auf einem USB-Stick gespeichert.«

»Wie ausführlich sind denn Ihre Recherchen?«

»Oh, sie reichen weit zurück. Wenn die arme Haydee älter als dreiundzwanzig Jahre geworden wäre und es geschafft hätte, mehr als bloß Animierdame zu werden, hätte ich ein ganzes Buch über sie schreiben können. Dieses Mädchen hatte eine glanzvolle Karriere vor sich. Was William Norris angeht … über den habe ich zwar auch eine Menge Material, aber er war nichts als ein durchschnittlicher kleiner Gangster. Ganoven nannte man die damals. Über dieses Thema haben aber schon viele andere geschrieben. Nein, was an diesem Fall wirklich interessant ist, ist die Rolle, die die Bullochs dabei gespielt haben.«

Die Kellnerin brachte die Getränke. Nachdem sie Flurry einen Schluck Pinot eingeschenkt hatte, damit diese kosten konnte, goss sie das Glas halb voll. Anschließend füllte sie Brees Glas mit Bier. Dents Kaffee wurde mit vier Stück Würfelzucker serviert. Sonst bekam Bree Würfelzucker nur auf Plessey zu Gesicht, weil ihre Mutter es liebte, die Würfel in Zitronensaft zu tauchen und in den Tee zu tun.

»Sie wollen also wissen, was ich habe, ja? Ich habe die Protokolle von beiden Verhandlungen. Vom Mordprozess gegen Norris und von der Vorverhandlung gegen Alexander. Ich habe jeden Zeitschriften- und Zeitungsartikel, der jemals über den Fall geschrieben wurde. Ich habe außerdem den Autopsiebericht, Fotos vom Tatort, Fotos von der Leiche und Fotos von Alexander, der gerade den brennenden Karren schiebt.« Flurry hielt kurz inne, um einen Schluck Wein zu trinken.

Noch immer öffnete Bree die Mappe nicht. »Was ist mit der Mordakte?«

»Sie meinen die Ermittlungsergebnisse von O'Malley und Kowalski? Davon habe ich Fotokopien. Die geben aber nicht viel her. Obwohl ich immerhin auf ein paar Zeugen gestoßen bin, die sonst nirgendwo erwähnt werden. Aber O'Malley war Alkoholiker. Einer meiner Quellen zufolge hat der Polizeichef ihn nur deswegen nicht geschasst, weil sie beide in der Armee gedient hatten und alte Kriegskameraden waren. O'Malley taugte jedenfalls nicht viel. Sieht so aus, als hätte sein Partner Bobby Lee Kowalski fast die ganze Arbeit gemacht.«

»O'Malley war bei den Marines«, warf Dent barsch ein.

»Marines, Armee, was auch immer.«

Bree vermied es, Dent anzusehen. »Haben Sie aus Sergeant Kowalski irgendetwas Brauchbares herausbekommen?«, fragte sie Flurry.

»Ich habe bisher nur einmal mit ihm gesprochen, will ihn aber so bald wie möglich wieder aufsuchen. Der alte Knabe steht zwar schon mit einem Bein im Grab, ist aber noch verdammt helle. Erinnert sich an den Fall, als sei es gestern gewesen. Ich habe eine Menge gutes Material über O'Malley. Der Typ war ein absoluter Loser. Wäre der heutzutage bei der Polizei, würde man ihn, ohne zu zögern, achtkantig rausschmeißen. Erstaunlich, wie wenig Kontrolle es bei der Arbeit der Cops damals gab. Einige von denen konnten sich praktisch alles erlauben, inklusive Mord.«

»Glauben Sie etwa, die Polizei hatte was mit Haydees Tod zu tun?« So etwas war damals durchaus vorgekommen, und nicht nur in den Südstaaten.

Flurry trank ihren Wein aus und schenkte nach. »Ich habe folgende Theorie, die allerdings mehr als nur eine Theorie ist. Ich bin nämlich fest davon überzeugt.« Sie klopfte sich gegen die magere Brust.

»Eine Theorie, die hoffentlich auf Fakten basiert«, erwiderte Bree trocken, die die abfälligen Bemerkungen gegenüber Dent beziehungsweise O'Malley allmählich ärgerten.

»Aber ja. Die Cops machten einen Zeugen ausfindig, der niemals vor Gericht erschien. Ich habe die Aufzeichnungen über seine Befragung.«

»Von Kowalski?«, riet Bree. Damals in den Fünfzigern hatte man Befragungen noch nicht auf Band aufgenommen, sondern sich handschriftlich Notizen gemacht, wie sie mal gehört hatte.

Flurry schüttelte lächelnd den Kopf. »Aus mir bekommen Sie kein Wort mehr heraus, Bree. Zuerst einmal müssen wir verhandeln.«

»Die Cops haben alles Beweismaterial der Staatsanwaltschaft übergeben«, mischte sich Dent ein.

»Woher willst du das wissen?«, fragte Flurry neugierig. Dabei sah sie Dent so aufmerksam an, dass Bree kurz überlegte, ob sie ihn doch noch wiedererkennen würde. »Warst du in einem früheren Leben Cop, Willy?«

»Dazu sind sie verpflichtet«, gab Dent kurz angebunden zurück.

»Ha!« Flurry stieß ein Schnauben aus. »Als würde

es nicht dauernd passieren, dass entscheidende Beweise, die die Cops schlecht dastehen lassen, abhandenkommen.«

»Sie haben zu viele schlechte Fernsehfilme gesehen«, entgegnete Bree. »Oder vielleicht lesen Sie auch die falschen Zeitungen. Korruption gab und gibt es in jedem System, vom Anbeginn der Welt bis zum Jüngsten Gericht. So sind wir Menschen nun einmal. Aber diese Korruption zieht sich nicht durch das ganze System und ist heutzutage keineswegs schlimmer als in früheren Zeiten.«

Flurry legte die Hand aufs Herz und salutierte. »Hört, hört!«

Das Essen wurde gebracht. Dent griff nach seinem Hamburger und legte ihn wieder auf den Teller. Dann sank er in sich zusammen und starrte die Flasche mit Pinot Grigio an. Bree war froh, dass es kein Whiskey war, denn genau dem hatte der arme Dent es ja zu verdanken, dass er jetzt hier war. Sie lenkte das Gespräch auf den Fall zurück. »Entscheidende Beweise, haben Sie gesagt. Die dieser unbekannte Zeuge geliefert hat.«

»Genau. Das wird ein absolut tolles Buch, einfach großartig. Hab ich Ihnen schon erzählt, dass ich es auch geschafft habe, zwei der drei Bulloch-Enkelinnen zu interviewen? Sammi-Rose hat mir dann allerdings die Tür vor der Nase zugeknallt. Marian Lee ist ziemlich farblos. Sie ist mit dem Besitzer einer gut gehenden Kfz-Werkstatt verheiratet. Ein sehr netter Mann. Aber sie leidet darunter, dass sie nicht in der Lage ist, das einer Bulloch gemäße Leben zu führen. Dixie Bulloch hingegen ist ziemlich cool. Sie hat nie geheiratet und kann sich noch ganz gut an ihre Großmutter erinnern. Da sie die Älteste ist, erinnert sie sich auch noch daran, wie sich ihre Eltern wegen Haydee gestritten haben, obwohl diese schon seit Jahren tot war. Sie behauptet, Alexander habe einfach nicht von Haydee loskommen können.« Flurry nahm ihre Gabel und betrachtete geistesabwesend die Fisch-Tacos. »Ist das nicht unglaublich traurig? Ich meine, mit neunzehn Jahren verliebte sich dieser Typ in eine Frau – und das war's. Danach hat er sich nie wieder verliebt. Den Rest seines Lebens hat er wie ein Roboter verbracht.«

Bree, die nicht besonders sentimental war, neigte dazu, Geschichten von immerwährender Liebe eher anzuzweifeln. Was immerwährende Schuldgefühle anging, das stand freilich auf einem anderen Blatt. Hass konnte ebenfalls ewig dauern. Sie war ohne weiteres bereit zu glauben, dass Alexander seine Schuldgefühle nie losgeworden war.

»Jedenfalls habe ich einen Zeitplan aufgestellt, der festhält, was die Hauptverdächtigen in den vierundzwanzig Stunden vor und in den vierundzwanzig Stunden nach Haydees Tod alles gemacht haben.« Sie biss in einen Fisch-Taco, kaute und schluckte den Bissen hinunter. »Das Essen ist einfach fabelhaft!«, erklärte sie.

Dent war bereits bei seinem zweiten Hamburger. Bree tat sich ein wenig Mango-Salsa auf den Teller und machte sich ebenfalls ans Essen.

»Ich habe Ihnen meine Unterlagen mitgebracht«, fuhr Flurry nach einer Weile fort, »damit Sie sehen, wie gut ich recherchieren und schreiben kann, und damit Sie von meinen Fähigkeiten so beeindruckt sind, dass Sie sich bereit erklären, sich von mir über Franklin Winston-Beaufort ausfragen zu lassen. Was sagen Sie dazu?«

»Ich möchte bezweifeln, dass ich Ihnen sehr viel weiterhelfen kann.«

»Natürlich können Sie das. Der Mann war ziemlich rätselhaft, wissen Sie, selbst für Kollegen, die ihn gut kannten. Habe jedenfalls nicht viel über ihn herausfinden können. Als Richter schien man ihn allgemein zu respektieren. Aber über sein Privatleben konnte ich nichts in Erfahrung bringen. Warum hat er sich bereit erklärt, Alexander Bulloch bei der Vorverhandlung zu vertreten? Sie kannten ihn doch. Was würden Sie vermuten? Wie nahe stand er den Bullochs? Hat er gesellschaftlich mit ihnen verkehrt, nachdem Alexander in die Klapsmühle gekommen war? Wusste er, wer Haydee Quinn wirklich getötet hat? Und wenn ja, wie viel wusste er darüber? Er war ein junger aufstrebender Anwalt, als ihm die Bullochs diesen hochkarätigen Fall übertrugen. Danach schnellten seine Reputation und seine Einkünfte jedenfalls in die Höhe.« Lächelnd sah sie Bree über den Rand ihres Weinglases hinweg an. In ihrem Blick lag jedoch eine Entschlossenheit, die Bree auf der Hut sein ließ.

Dent brach sein langes Schweigen. »Ich habe eine Frage.«

»Lass hören.« Flurry strahlte ihn gutgelaunt an.

Diese Art von gehobener Stimmung war Bree nicht fremd. Flurry war noch jung, arbeitete an einem Projekt, mit dem sie sich einen Namen zu machen hoffte und an das sie überdies auch glaubte. So war Antonia doch auch immer, wenn sie sich für irgendetwas begeisterte.

»Warum glaubst du eigentlich, dass wir … das heißt, dass Miss Beaufort die Informationen braucht, die du zu bieten hast?«

»Warum?«, gab Flurry erstaunt zurück. »Hast du vergessen, dass Miss Beaufort es war, die mich zum Dinner eingeladen hat?«

Am liebsten wäre Bree aufgesprungen, um Dent einen Kuss zu geben. Sie war so auf diese Hintergrundinformationen erpicht gewesen, dass sie ganz vergessen hatte, dass von den normalen Sterblichen, die in diese Sache verwickelt waren, niemand wusste, dass sie Consuelos Fall tatsächlich übernommen hatte. Sie preschte einfach zu schnell voran. Sie schlief nicht genug.

Sie war nachlässig geworden.

»Stimmt, aber ich vertrete Justine Covilles Interessen, Flurry. Ich bin für ihr Testament zuständig, und ich werde ihre Rechtsvertreterin sein, falls Mercury versuchen sollte, sie aus dem Film zu drängen. Außerdem habe ich mich freiwillig erboten, die Rückgabe der Brosche zu übernehmen.« Sie lächelte Dent an. »Weiter gehen meine Interessen nicht, fürchte ich. Sie haben wunderbar recherchiert, und gewiss wird auch ein wunderbares Buch daraus werden. Aber Sie haben voreilig einen falschen Schluss gezogen.«

»Da habe ich aber was anderes gehört.«

»Was denn? Und von wem?«

»Dass Sie herumschnü… sorry, dass Sie Interesse zeigen.«

»An dem Mordfall? Warum in aller Welt sollte ich das tun?«

»Soviel ich weiß, machen Sie so was ja nicht zum ersten Mal. Ich meine, dass Sie versuchen, aus ganz gewöhnlichen Fällen Geld zu schlagen. Die Familie Chandler hat Sie als Verteidigerin dieses Mädchens engagiert, das einen Ladendiebstahl begangen hatte …«

»Keinen Ladendiebstahl, sondern einen Bagatelldiebstahl«, stellte Bree richtig.

»Und das Ganze wurde dann zu einer großen Sache, bei der es um Mord ging und bei der ein hohes Honorar für Sie raussprang. Tully O'Rourke hat Sie engagiert, damit Sie sich um die Verträge für ihr Theater kümmern, und plötzlich waren Sie in einen Mordfall verwickelt, bei dem ebenfalls ein hohes Honorar heraussprang. Und dann gab es da auch noch diesen Milliardär Skinner. Sein Erbe hat Sie wegen irgendeines Streits um das Testament engagiert, und …«

»Und dabei sprang ebenfalls ein hohes Honorar raus? Behaupten das die Klatschbasen der Stadt?« Bree zügelte ihre Wut. »Die Aussagen über die Höhe meiner Honorare sind stark übertrieben. Ich habe das übliche Stundenhonorar verlangt. Das nicht sonderlich hoch ist.«

Flurry errötete. »Tut mir leid. Ich persönlich finde Sie ganz toll, und jetzt, wo ich Sie kennengelernt habe, frage ich mich, was mein Informant mir da eigentlich erzählt hat.«

»Ist Ihr Informant zufällig dieses aalglatte Mist…« Bree biss sich so fest auf die Lippe, dass sie anfing zu bluten. »Kennen Sie Payton McAllister?«

Flurry senkte den Blick. »Der Name sagt mir was, ja.«

»Seine Kanzlei vertritt, glaube ich, die Interessen der Bullochs.«

»Ja, richtig.«

»Sie meinen also, ich hätte mich in diesen Fall eingemischt, um ein hohes Honorar an Land zu ziehen?«

»Als Trittbrettfahrerin, ja.« Flurry zuckte die Achseln. »Man muss die Gelegenheit doch beim Schopfe packen. Das weiß ich besser als sonst jemand.«

»Und wer soll mir dieses hohe Honorar zahlen, hinter dem ich angeblich her bin?« Bree war so aufgebracht, dass alles vor ihrem Blick verschwamm. »Die Bullochs vielleicht? Oder Justine Coville?«

»Seien Sie nicht albern«, gab Flurry bedrückt zurück. »Die Bullochs hassen den Film und das Buchprojekt. Die arme Justine ist völlig mittellos. Payton vermutet, dass Sie die Sache ans Fernsehen verkaufen wollen. Falls das so ist, kommen Sie aber nicht ohne mich aus«, fügte sie in hoffnungsvollem Ton hinzu.

Plötzlich ergab Cordys missbilligende Haltung einen Sinn. Irgendjemand beschuldigte sie, dass sie sich auf den Mordfall Haydee Quinn gestürzt habe, um sich in Savannah einen Namen zu machen. Eine solche Anschuldigung würde Konsequenzen haben. Seriöse Kanzleien würden dann nämlich keine Klienten mehr an sie weiterleiten. Außerdem würde so etwas solche Klienten abschrecken, die Wert auf Diskretion legten. Es konnte passieren, dass sie vor dem Aus stand, bevor ihre Kanzlei für irdische Fälle überhaupt in Gang gekommen war. Und irgendjemand wollte, dass genau dies passierte.

Sie wusste auch, wer dieser Jemand war. Wusste es mit absoluter Gewissheit.

»Payton McAllister ist kein Freund von mir, Flurry. Aus ganz bestimmten Gründen.«

»Er hasst sie wie die Pest«, erklärte Dent und grinste. »Weil sie ihn ständig vermöbelt und er immer wieder den Kürzeren zieht.«

Bree gab Dent mit einem Stirnrunzeln zu verstehen, den Mund zu halten, und wandte sich Flurry zu. »Sie sollten also alles, was er über mich sagt, mit großer Vorsicht genießen.«

Flurry spielte nervös am Stiel ihres Weinglases herum. Ihre dunkle Haut hatte sich stark gerötet. »Ich habe mich bei dieser Sache völlig vergaloppiert. Entschuldigen Sie vielmals. Sie verhalten sich wirklich nicht wie jemand, der versucht, sich bei Prominenten anzubiedern. Was vermutlich bedeutet, dass Sie keinerlei Interesse daran haben, mit mir über Ihren Onkel zu sprechen.«

»Das würde ich nicht unbedingt sagen«, erwiderte

Bree. »Ihr Projekt ist nicht nur aufregend, sondern auch sehr lobenswert.«

»Nicht wahr?« Flurrys gehobene Stimmung kehrte im Handumdrehen zurück. »Die Unschuld eines Mannes zu beweisen ist doch ziemlich cool, oder?«

»Ja«, sagte Bree. »Eine echte Lebensaufgabe, nicht wahr?« Sie schwieg einen Augenblick und dachte daran zurück, wie sie in der Angelus Street ihr Gesicht im Spiegel gesehen hatte.

Ungeduldig pochte Flurry auf den Tisch. »Erde an Bree!«

»Sorry. Ich habe mir gerade überlegt, welche Konsequenzen das alles wohl haben mag.« Sie holte tief Luft. Wie auch immer ihre endgültige Entscheidung über die eigene Lebensaufgabe aussehen mochte, in diesem Fall steckte sie jedenfalls schon mit drin. »Mich fasziniert, was Sie mir bisher erzählt haben. Und ich würde sehr gern wissen, welche Rolle mein Onkel bei dieser Sache gespielt hat. Wenn möglich, würde ich Ihnen auch gern helfen. Aber *in aller Stille*. Ich würde es nämlich vorziehen, meinen Namen aus alldem herauszuhalten.«

»Sie wollen mir also helfen?«

»Ja. Obwohl ich sagen muss, dass ich mir noch kein Gesamtbild machen konnte. Daher folgender Vorschlag: Wenn Sie wollen, könnte ich einen Teil des Materials hier an mich nehmen, um es meinem Dad zu zeigen. Er ist zweiundsiebzig und erinnert sich sicher noch an den Fall, vor allem wenn mein Onkel damit zu tun hatte. Vielleicht fallen ihm ja ein paar Dinge ein, die wir noch gar nicht in Betracht gezogen haben.«

»Sie haben doch nicht etwa vor, selbst ein Buch darüber zu schreiben?«, fragte Flurry argwöhnisch.

Bree schüttelte den Kopf. »Gar nicht dran zu denken. Es bereitet mir schon genug Schwierigkeiten, ein juristisches Schriftstück aufzusetzen. Ein Buch würde ich nie zustande bringen. Wie lang wird Ihres denn werden?«

»Mindestens hunderttausend Wörter.«

Bestürzt riss Bree die Augen auf. »Das wäre wirklich nichts für mich. Aber ich mag Rätsel und mein Dad ebenfalls. Und da dieses unsere Familiengeschichte berührt, dürfte es sehr spannend sein, es zu lösen.«

»Dann sind wir uns also einig?«

»Ja.« Bree fasste über den Tisch, um Flurry die Hand zu schütteln. Zu ihrer Überraschung hinderte Dent sie daran, indem er sie beim Handgelenk packte. Die beiden Frauen sahen ihn erstaunt an.

»Sehen Sie sich mal an, wer da alles noch so im Restaurant sitzt«, sagte Dent.

Flurry drehte sich auf ihrem Stuhl um. »O mein Gott! Da ist ja Phillip.«

»Und dort sitzen Tyra und Hatch«, sagte Dent. »Jede Menge Leute vom Set.« Er machte ein finsteres Gesicht. »Dieser Mistkerl Vincent White ist auch da.«

Bree winkte Justine zu, die abseits der anderen saß und irgendwie verloren wirkte.

Dent stieß ein Grunzen aus. »Sie müssen für heute Schluss gemacht haben. Übrigens würde ich gern wissen, wer die Leute da drüben sind. Den Blicken nach zu urteilen, die sie auf uns abschießen, müssten es Indianer sein. Und wir sind Custer.«

Flurry brach in ein nervöses Lachen aus. »Wo nimmst du bloß immer diese Ausdrücke her, Willy?«

»Es überrascht mich, dass Sie ihn nicht erkennen, Dent«, sagte Bree. »Das ist doch unser hochgeschätzter Payton McAllister. Und neben ihm sitzt meine Lieblingsklientin des Jahres, Sammi-Rose Waterman.«

»Die in dem Hosenanzug aus Polyester ist die zweite Schwester«, erklärte Flurry. »Marian Cicerone. Haben Sie schon mal ein verkniffeneres Gesicht gesehen?«

Bree beugte sich vor, um besser sehen zu können. »Sie haben recht, Dent. Wenn Blicke töten könnten, lägen wir schon längst mausetot auf dem Fußboden. Es schmeckt ihnen nicht, uns zusammen zu sehen, Flurry. Hm. Die beiden Schwestern stehen auf. Beziehungsweise Sammi-Rose steht auf, und jetzt – Marian versucht sie zurückzuhalten.«

»Die wollen doch nicht etwa herkommen?«, sagte Flurry nervös. »Ich hasse Szenen. Na ja, nicht alle Szenen. Nur Szenen, wo ich angebrüllt werde. Manche Szenen sind auch ganz interessant.«

»Hör auf, so wirres Zeug zu reden«, sagte Dent in einem Ton, der nicht unfreundlich klang. »Sie kommen übrigens nicht hierher. Sie wollen gehen.«

»Ich will auch von hier weg.« Flurry trank ihr zweites Glas Wein aus. »Aber ich will nicht zur gleichen Zeit wie die rausgehen. Deshalb trinke ich noch ein Glas und warte, bis die beiden …« Sie sank förmlich auf ihrem Stuhl zusammen. »Hast du nicht eben gesagt, die kämen nicht her? Von wegen!«

Sammi-Rose Waterman schien zum Dinner mehr Wein als Essen zu sich genommen zu haben. Ihre Augen waren ein wenig glasig, ihre Vorderzähne mit rotem Lippenstift beschmiert. Marian Cicerone sah aus, als sei sie nüchtern, wirkte aber nervös und unzufrieden. Sie trug einen billigen pinkfarbenen Hosenanzug sowie ein T-Shirt mit Blumenmuster, das ihrer Taille nicht gerade schmeichelte. Payton folgte den beiden Frauen.

Als sich die Gruppe dem Tisch näherte, stand Dent auf. Payton blieb ein Stück zurück, mit einer Miene, als hätte er gerade einen Steuerbescheid vom Finanzamt erhalten.

»Sie halten sich wohl für clever, was?«, zischte Sammi-Rose, die auf nicht mehr ganz sicheren Füßen stand. Sie drehte sich schwankend zur Seite und drohte Flurry mit der Faust. »Und Sie kleines Miststück werde ich auch noch fertigmachen! Beschuldigen meine arme alte Großmutter des Mordes! Diffamieren die Flami… die Familie! Er wird Sie wegen übler Nachrede verklagen.«

»Stimmt«, sagte Marian. »Wir werden Sie auf jeden Penny verklagen, den Sie haben.«

»Sie meinen Verleumdung«, entgegnete Flurry keck. »Aber wenn es der Wahrheit entspricht, ist es keine Verleumdung. Ich kann alles beweisen, Mrs. Waterman.«

»Einen Dreck können Sie!«

»O doch!«

»Und worin bestehen diese Beweise?«

»Das werden Sie schon sehen, wenn Sie das Buch lesen.«

»Ich scheiße auf dieses gottverdammte Buch!«

»Mrs. Waterman«, mischte sich Payton ein. »Wir sollten jetzt lieber gehen.«

»Verschwinden Sie. Ich rede gerade mit der stinkvornehmen Miss Beaufort, dieser Schmuckdiebin.« Sie beugte sich vor, sodass ihr nach Wein riechender Atem Bree ins Gesicht schlug. »Wir werden Sie fertigmachen. Und zwar gerade dann, wenn Sie es am wenigsten erwarten. Kapiert?«

»Jetzt reicht's aber«, sagte Dent. Für jemanden, der so müde und erschöpft war wie er, bewegte er sich erstaunlich schnell. Bevor Sammi-Rose noch ein weiteres Wort sagen konnte, hatte er ihr den rechten Arm nach hinten gedreht und sie bei der Schulter gepackt. Dann schob er sie durchs Restaurant und zur Tür hinaus. Alles ging so rasch, dass Payton sich in Trab setzen musste, um sie einzuholen. Marian stapfte hinter den anderen her.

»Nicht schlecht«, sagte Flurry. »Hey, ob ich vielleicht recht hatte? Dass Dent in seiner bewegten Vergangenheit Cop war, meine ich. Jedenfalls sah das eindeutig nach einem Polizeigriff aus.«

»Ich hoffe, dass er zu den guten Cops gehört hat«, erwiderte Bree. Der fehlende Zeuge beunruhigte sie.

Kurze Zeit später tauchte Dent wieder auf und blieb an Mercurys Tisch stehen, um mit Justine zu sprechen.

Diese zog ihn am Arm näher zu sich heran und flüsterte auf ihn ein, wobei er gelegentlich nickte.

»Was die gute Alte wohl von ihm will?«, sinnierte Flurry. »Sie hätten sie heute auf dem Set erleben sollen. Sie hatte diese verdammte Brosche nicht mehr, die angeblich Consuelo gehört hat, und wir mussten eine einzige Einstellung x-mal wiederholen. Mindestens eine Stunde hat das gedauert. Dabei war es eine Reaktionseinstellung, Herrgott noch mal, ohne Dialog.«

»Reaktionseinstellung?«

»Sie steht am Flussufer und beobachtet, wie Hatch alias Alexander Bulloch den Karren mit Haydee die Straße entlangschiebt.«

»Sie ist sicher keine schlechte Schauspielerin«, erwiderte Bree. »Zu ihrer Zeit hat sie einige bemerkenswerte Filme gedreht.«

Flurry machte eine wegwerfende Handbewegung. »Schon möglich. Sehen Sie sich manchmal diese alten Filme aus den Sechzigern an? Nicht solche New-Wave-Sachen wie *Easy Rider* oder *Ein Mann sucht sich selbst*. Die haben sich ja ziemlich gut gehalten. Ich meine eher den ganzen Schrott alten Stils. Versuchen Sie doch mal, *Drei Münzen im Brunnen* oder *Der Kommandeur* oder ähnlich schlichte Produktionen über sich ergehen zu lassen. Die Darsteller sind viel zu theatralisch, die Farben unnatürlich, die Regie phantasielos und abgedroschen, und die Frauen sehen alle so aus, als trügen sie Hüftgürtel.«

»Das taten sie ja auch«, sagte Bree. »Meine Großmutter zum Beispiel trug einen.«

»Das ist Justines Bezugspunkt, und daran wird sich nichts mehr ändern.« Flurry seufzte. »Ich weiß auch nicht. Wenn sie vierzig Jahre jünger wäre, könnte sie ihr Metier vielleicht neu erlernen. Aber jetzt ist es dafür zu spät. Und Sie als ihre Rechtsanwältin sollten mal ins Auge fassen, ihren Schönheitschirurgen zu verklagen, Bree. Ich meine, ich weiß ja, sie will jünger aussehen … Aber ein Facelifting sollte wirklich reichen!«

»Das ist nicht nett von Ihnen.«

»So? Na ja, stimmt. Im Filmgeschäft geht's eben hart zu.«

Justine ließ Dents Ärmel los, und er kam zum Tisch zurück. »Sie ist völlig fertig mit den Nerven«, erklärte er, während er Platz nahm. »Sagt, ohne die Brosche könne sie nicht spielen. Ich habe ihr erzählt, dass Sie die Brosche noch haben, sie ihr aber nicht geben können. Das sieht sie nicht ein.«

»Ich wünschte, ich könnte es«, sagte Bree. »Morgen muss ich eine eidesstattliche Erklärung einreichen. Ich werde darum ersuchen, dass man eine schnelle Entscheidung trifft, aber wahrscheinlich wird die Brosche zu Mrs. Bulloch ins Grab kommen.«

»Sie meinen, das Ding ist wirklich echt?«, fragte Flurry.

»Wert zwanzigtausend Dollar.«

Nachdem Dent zum Tisch zurückgekehrt war, blieben sie nicht mehr lange. Bree bezahlte die Rechnung. Scheinbar widerstrebend nahm sie die Fächermappe, die Flurry mitgebracht hatte, an sich und versprach, am kommenden Morgen im Büro die Unterlagen runterzuladen, die Flurry ihr mailen wollte.

Flurry lehnte es ab, sich ins Hotel zurückfahren zu lassen. »Ich wohne im Hyatt. Das ist gleich um die Ecke.« Dann schlenderte sie zu den Tischen hinüber, an denen die Schauspieler und die Crew von *Bitter Tide* saßen.

»Lassen Sie uns für heute Schluss machen«, schlug Bree vor. »Es war ein langer Tag. Ich möchte mich jetzt nur noch zu Hause aufs Sofa kuscheln und mir irgendwas Geistloses im Fernsehen ansehen.«

Dent blieb zusammengesunken auf seinem Stuhl sitzen.

»Alles in Ordnung?«

»Klar.«

»Flurry hat einen Zeugen erwähnt, der niemals vor Gericht erschien. Erinnern Sie sich daran?«

Er fuhr sich mit den Händen übers Gesicht. »Nur sehr vage. Ich hab ja schon gesagt, dass ich damals eine Menge getrunken habe. Und dass wir unbedingt zu Bobby Lee rausfahren müssen.« Dann schwieg er einen Moment. »Sie hat gesagt, dass meine Ermittlungen lausig waren«, fügte er hinzu.

»Ja, das hat sie gesagt.« Es würde nichts nützen, diesem schmerzlichen Thema auszuweichen.

»Glauben Sie, sie hat das von Bobby Lee, dass ich ein Trunkenbold war?«

»Denkbar wäre es. Aber das spielt ja eigentlich keine Rolle, nicht? Wichtig ist, dass wir herausfinden, was wirklich geschehen ist, und nach Möglichkeit versuchen, alles in Ordnung zu bringen. Wir stecken aus guten Gründen in dieser Sache drin, Dent, nämlich um Consuelos Interessen zu vertreten – und auch, damit Sie Ihr Programm absolvieren können.« Sie berührte seinen Arm. »Warum gehen Sie nicht nach Hause und legen sich schlafen? Morgen können wir uns dann weiter unterhalten.«

»In Ordnung.« Dent stand auf. »Soll ich Sie zurückfahren?«

Bree blickte aus dem Fenster. »Ich kann das Haus von hier aus sehen. Ich brauche bloß über die Straße zu gehen.«

»Dann bis morgen.«

Sie sah ihm hinterher, als er davonging. Sie war noch nie zuvor einem Menschen begegnet, der so einsam und allein wirkte wie William Dent. Ein vierschrötiger, erschöpfter Mann, der die Schlacht verloren hatte. Nun, sie würde ihr Möglichstes tun, damit er den Krieg gewann.

Plötzlich sehnte sie sich nach Sam Hunter. Sie holte ihr Handy heraus und drückte auf die Kurzwahltaste. Er nahm schon beim ersten Klingeln ab, was ein gutes Zeichen sein konnte (er sehnte sich ebenfalls nach ihr), aber auch ein schlechtes (er war sauer, weil sie ihn nicht schon früher angerufen hatte).

»Bree!«, sagte er erfreut.

»Hey!«

»Seit wann bist du wieder hier?«

»Tonia und ich sind gleich nach Neujahr zurückgekommen. Aber da warst du mit dieser Schießerei in der Schule beschäftigt. Wie ich gehört habe, hast du den Fall inzwischen abgeschlossen. Ist denn alles gut gelaufen?«

»Na ja, so gut eine Sache eben laufen kann, in die ein eifersüchtiger Stiefvater, ein überbesorgter Geschichtslehrer und ein von seinen Hormonen gebeutelter Teenager verwickelt sind.«

»Aber es ist niemand umgekommen?«

»Es ist nicht mal jemand ernsthaft verletzt worden. Du hast nicht zufällig angerufen, um mir zu sagen, dass du heute Abend frei bist?«

»Nicht nur das. Antonia hat bis zum späten Abend im Theater zu tun. Was hältst du davon vorbeizukommen?«

Bree hoffte, dass sie das am anderen Ende der Leitung eintretende Schweigen richtig deutete. Aber sie und Hunter waren lange genug um den heißen Brei herumgeschlichen. Sie wollte einen realen Menschen in ihrem Leben, in ihrem Bett und auch in ihrem Herzen haben. Sie wünschte sich ein eigenes Leben.

»Bin in fünf Minuten bei dir.«

Ihr Herzschlag beschleunigte sich, und ein unbändiges Glücksgefühl durchströmte sie. »Hast du schon gegessen? Ich bin gerade bei B. Matthew's und könnte dir was mitbringen.«

»Fisch-Tacos«, sagte er wie aus der Pistole geschossen. »Wir treffen uns an deiner Haustür.«

Draußen hatte es sich inzwischen so erwärmt, dass Bree ihren Wintermantel nicht zuknöpfte. Sie klemmte sich den Karton mit Hunters Essen unter den Arm, blieb an der Ampel stehen und drückte auf den Fußgängerknopf. Von der anderen Straßenseite winkte ihr jemand zu. Bree kniff die Augen zusammen, um den betreffenden besser erkennen zu können. Es war Hunter. Er trug eine schwarze Lederjacke, die er wegen der milden Temperatur ebenfalls offen gelassen hatte. Seine große Gestalt strahlte etwas Solides und Beruhigendes aus. Sie winkte zurück. Er warf ihr eine Kusshand zu, was so untypisch für Hunter war, dass sie lachen musste.

Als das kleine weiße Männchen erschien, setzte sie den Fuß auf die Straße. Hinter sich vernahm sie ein leises Geräusch.

Dann wurde alles um sie herum schwarz.

10

… Sie bedarf
Des Beicht'gers mehr noch als des Arztes.
William Shakespeare, *Macbeth*

Als Bree wieder zu sich kam, lag sie flach auf dem Rücken und starrte in einen fremden Himmel hinauf. Ihre ausgestreckten Arme befanden sich dicht an ihrem Körper. Ihre Brüste und Beine hüllte ein weißlicher Nebel ein. Das Licht war sanft und golden, so als scheine die Sonne durch die Bäume eines Waldes. Es duftete nach Rosen.

Ich bin in der Sphäre.

Ein Glücksgefühl durchströmte sie.

Sie war von fünf Lichtsäulen umgeben, die unterschiedlich gefärbt und auch unterschiedlich hoch waren, sich jedoch alle wie in einem Luftstrudel drehten.

»Nun, Kind.« Sie erkannte die sanfte Stimme, die aus der violetten Lichtsäule kam.

»Lavinia?«, fragte Bree. Oder versuchte es zumindest, denn ihre Lippen waren steif und starr. Und ihr ganzer Körper tat ihr schrecklich weh. Sie kniff die Augen zusammen, weil das violette Licht sie blendete. Aus irgendeinem Grund war es wesentlich heller als die anderen.

»Meine liebe Bree«, sagte die mattsilberne Säule, die Petru entsprach.

Bree versuchte, ihm die Hand entgegenzustrecken, konnte den Arm jedoch nicht bewegen.

»Wir sind alle da«, meldete sich Professor Cianquino zu Wort, der in Gestalt einer gleichmäßig brennenden blauen Flamme auftrat. »Leider können wir nichts für Sie tun, meine Liebe. Nur hoffen.«

»Das glaube ich nicht.« Die blaugrüne Lichtsäule, hinter der sich Ron verbarg, klang gereizt.

»Sie kennen ja die Regeln.«

Die feurige Säule da – war das Gabriel? Sie hatte ihn schon lange nicht mehr gesehen. Gabriel mit seinen kupferfarbenen Augen.

»Das ist eine irdische Angelegenheit«, stellte Gabriel mit ruhiger Stimme fest. »Da dürfen wir uns nicht einmischen.«

»Aber wir dürfen doch hoffen«, sagte Ron.

Sie spürte, wie er lächelte. Wie alle lächelten. Das war besser, als nur zu hoffen …

Und dann verlor sie erneut das Bewusstsein.

Als Bree wieder zu sich kam, lag sie flach auf dem Rücken und starrte zu einer fremden Zimmerdecke hinauf. Ihre ausgestreckten Arme befanden sich dicht an ihrem Körper. Ihre Brüste und Beine hüllte ein weißes Laken ein. Das Licht war grell und bläulichweiß. Auf jeder Seite schlossen sie Stangen aus rostfreiem Stahl ein. Es roch unangenehm nach irgendeinem Desinfektionsmittel.

Sie stemmte die Hände auf die Unterlage und setzte sich hoch. Irgendetwas zerrte an ihrem Arm, und dann spürte sie einen Stich wie von einer aufgebrachten Wespe. Automatisch schlug sie danach. Erst dann nahm sie die Stelle in Augenschein. An ihrem Arm war mit Klebeband eine Kanüle befestigt, aus der eine Nadel ragte. Die Nadel bohrte sich jedoch in Haut, die nicht die ihre war: hellrosa, hier und da schwärzlich verfärbt, bedeckt mit einem öligen Film.

Am ganzen Körper hatte sie Schmerzen.

»Na, da sind Sie ja. Wie fühlen Sie sich?« Über ihr schwebte ein melancholisches Gesicht, das eher dem eines Bassets als dem eines Menschen glich. Das Gesicht gehörte zu einem Körper in weißer Krankenhauskleidung. Bree las den Namen auf dem Schildchen: Ollie.

»Weiß nicht so recht«, erwiderte sie zögernd. »Wo bin ich, Ollie?«

»Im Krankenhaus«, sagte er. »Im Savannah General. Was in Georgia liegt«, fügte er unnötigerweise hinzu. »Obwohl ich Ihnen nicht zu viel sagen darf, bevor Sie mir nicht gesagt haben, wer Sie sind.«

»Das wissen Sie nicht?«

»Natürlich weiß ich es, meine Liebe. Es geht aber darum, ob *Sie* es wissen, verstehen Sie? Ihren Namen, Ihr Alter, das Datum von heute. Man nennt das Orientierungsprobe.« Er lächelte, wobei sich seine Hängebacken nach oben zogen. Er musste etwa Ende vierzig sein – Bree konnte so etwas nicht gut schätzen – und hatte ein ziemlich verlebtes Gesicht.

»Brianna Winston-Beaufort. Ich bin neunundzwanzig, Rechtsanwältin und habe eine Kanzlei in Savannah. Und heute ist der fünfzehnte Januar.«

»Richtig«, sagte Ollie. »Bloß dass heute der siebzehnte ist. Haben Sie Schmerzen?«

»Der siebzehnte!«, wiederholte sie verwirrt. Wo waren denn die zwei Tage geblieben?

»Sie *haben* Schmerzen«, sagte er voller Mitgefühl.

»Kaum.« Was nicht ganz stimmte. Unterschwellig mochten die Schmerzen durchaus da gewesen sein, aber sie war sich ziemlich sicher, dass das, was da in ihren Arm gluckerte, auch ein schmerzstillendes Mittel enthielt. »Danke der Nachfrage.« Bree sank aufs Kopfkissen zurück, das hart und flach war. Sie hasste es, sich in der Horizontale zu befinden, wenn sich alle anderen in der Vertikale befanden. Krankenhausbetten konnte man doch hochstellen, oder? Sie fummelte an der Matratze herum, konnte jedoch keinen Knopf entdecken.

»Wollen Sie sich aufsetzen?«, fragte Ollie freundlich. »Ich denke, das können wir wagen.« Er drückte auf einen Knopf und stellte Brees Bett ein Stück hoch.

Das Zimmer, in dem sie lag, war klein. Mattgraue Fliesen bedeckten den Fußboden. Hinter einer halb offenen Tür erblickte sie ein Badezimmer, das mit einer hohen Toilette, Haltegriffen aus rostfreiem Stahl und einer behindertengerechten Dusche ausgestattet war. Das schmale, vom Fußboden bis zur Decke reichende Fenster ging auf einen Parkplatz hinaus. Dem Stand der Sonne nach zu urteilen war es später Nachmittag. Auf einem orangefarbenen Plastikstuhl lag eine prallvolle Tragetasche. Diese Tasche kannte Bree. Sie gehörte ihrer kleinen Schwester Antonia. Sie wusste in der Tat, wer sie war und wo sie war. Bree ließ sich gegen das Kissen sinken. Das Umherblicken im Zimmer hatte sie, obwohl nicht besonders anstrengend, etwas erschöpft.

»O mein Gott! Du bist wach!«

Antonia stürmte ins Zimmer, blieb abrupt stehen und riss die Arme hoch. »Ich gehe kurz mal zum Getränkeautomaten runter – und was passiert?«

»Ich komme zu mir.«

»Du kommst zu dir!«

Antonia sah aus, als hätte sie eine Woche lang nicht geschlafen. Ihr graues Sweatshirt mit der Aufschrift *University of North Carolina* wies etliche Kaffeeflecken auf, und offenbar hatte sie sich auch einige ihrer sorgfältig manikürten Fingernägel abgekaut. All das bemerkte Bree auf einen Blick. »Mir geht's bestens, weißt du«, sagte sie.

»Natürlich«, erwiderte Antonia.

Dann brach sie in Tränen aus.

»Oje«, sagte Ollie. Er nahm Antonias Tasche vom Stuhl und legte ihr sanft die Hand auf die Schulter. »Setzen Sie sich, setzen Sie sich doch. Und hören Sie auf, Ihre Schwester anzufassen. Lassen Sie ihren Fuß los. Patienten mit Verbrennungen darf man nicht berühren. Wegen der Infektionsgefahr. Lassen Sie sie bitte in Ruhe.«

Antonia ließ Brees Fuß los und sank auf den Stuhl. Sie wischte sich mit dem Unterarm über die Augen. »Alles klar.«

Bree betastete ihre Wangen. Ihre Gesichtshaut war unversehrt, wenn auch sehr empfindlich. Ihr linker Unterarm war mit Gaze umwickelt, ihre Hände schienen aber okay zu sein. Ihr rechter Unterarm – der, in dem die Kanüle steckte – sah wie nach einem besonders schlimmen Sonnenbrand aus. Als sie ihre Beine unter dem Laken bewegte, stellte sie fest, dass diese geschient waren.

»Jetzt, wo sie wach ist, sollte ein Arzt nach ihr sehen, Ollie«, sagte Antonia. »Holen Sie bitte einen. Sofort.«

»Herrgott noch mal, Tonia, du kannst die Leute doch nicht einfach so rumkommandieren.«

»Hör auf, *Herrgott noch mal* zu mir zu sagen! Drücken Sie auf das kleine Ding da, Ollie. Auf den Notfallknopf.«

Ollie zwinkerte Bree zu. »Bleiben Sie, wo Sie sind, Ms. Beaufort. Bin gleich wieder da.« Er schloss die Schwingtür behutsam hinter sich. Unmittelbar darauf öffnete sie sich von Neuem. Hunter trat ins Zimmer. Er hatte schwarze Ringe unter den Augen und sah genauso erschöpft aus wie Antonia.

»Sie schon wieder!«, stellte Antonia fest. »Nicht jetzt. Sie ist gerade erst aufgewacht. Kommen Sie später wieder, Lieutenant. Es sei denn, Sie wollen uns mitteilen, dass Sie den Kerl, der ihr das angetan hat, erschossen haben.«

»Noch nicht.« Hunter ging zum Fuß des Bettes und ließ den Blick über die Verbände, den Tropf und Bree selbst schweifen. Obwohl sein Gesicht völlig ausdruckslos war, bemerkte Bree ein Glitzern in seinen Augen, das sie dort noch nie zuvor gesehen hatte. Wut? »Ich würde dich ja fragen, wie du dich fühlst, aber du machst einen ziemlich zugedröhnten Eindruck.«

»Ich fühle mich ganz gut«, erklärte Bree. »Vielleicht ein bisschen benommen.« Sie lächelte. »Tut mir leid, dass ich dir nicht deine Fisch-Tacos bringen konnte.«

»Ja.« Er senkte den Kopf. Weinte er etwa? Bree versuchte sich aufzurichten.

»Liegen geblieben, Schwesterherz!« Antonia sprang vom Stuhl hoch und gesellte sich zu Hunter ans Fußende des Bettes. »Mir ist schleierhaft, warum Sie die ganze Zeit hier herumhängen, Hunter. Sie sollten lieber rausgehen und den Kerl erschießen, wie ich vorhin schon gesagt hab. Sie braucht Schlaf. Sie braucht einen Arzt. Sie braucht auch meine Mutter, die gleich hier sein wird. *Sie* braucht sie nicht.«

»Ach du liebe Zeit«, sagte Bree. Francesca und Royal wohnten auf Plessey, etwa dreihundert Kilometer entfernt. »War es denn wirklich nötig, sie herzuholen, Tonia?« Dann fügte sie hinzu: »Was für einen Kerl denn?« Sie schloss die Augen und versuchte sich zu erinnern. »Was ist eigentlich passiert?«

»O mein Gott!« Antonia kaute sich einen weiteren Fingernagel ab. »Sie hat einen Hirnschaden. Ich wusste es. Wo bleibt bloß dieser verdammte Arzt?«

»Bin schon da.« Die Tür öffnete sich, und ein korpulenter Mann, den Bree nicht kannte, kam herein. Er trug einen weißen Arztkittel und hatte ein Stethoskop um den Hals hängen. Ihm folgte eine schmächtige dunkelhaarige Gestalt, die Bree sofort wiedererkannte. »Dr. Lowry!«

Die Pathologin grinste und winkte Bree zu.

Am Fuß des Bettes nahm der Arzt die Patientenakte an sich und blätterte sie durch. »Sie kennen die Patientin, Dr. Lowry?«

»Bree Beaufort? Klar. Ich hab ihr mal bei einem Fall geholfen.« Sie kam zum Kopfende des Bettes, um Bree in die Augen zu sehen. »Wie fühlen Sie sich?«

»Ganz gut«, erwiderte Bree. »Und wie steht's bei Ihnen, Megan? Haben Sie schon eine feste Anstellung beim Coroner?«

»Sie meinen, ob ich hier bin, um festzustellen, wie schnell ich Ihre Leiche in die Finger bekomme? Nein. Ich bin dort nach wie vor nur Teilzeitkraft und helfe meinem Bruder in seiner Praxis.«

»Entschuldigung.« Der Arzt, auf dessen Namensschildchen *Frederick Ashe Causton* stand, schob Megan beiseite. Er schaltete sein Ophthalmoskop ein und leuchtete Bree damit in die Augen.

»Sie machen bemerkenswerte Fortschritte«, versicherte ihr Megan. »Aber bei jemandem, der so in Form ist wie Sie, würde ich auch gar nichts anderes erwarten. Jedenfalls habe ich es noch nie erlebt, dass Verbrennungen so schnell heilen! Ich hatte gedacht, dass Sie mich vielleicht ein paar Gewebeproben nehmen lassen, damit ich sie unten im Labor untersuchen kann.«

»Hoffen Sie darauf, eine große Entdeckung zu machen?«, fragte Causton in sarkastischem Ton. Nachdem er sein Ophthalmoskop abgeschaltet hatte, betastete er mit kühlen trockenen Fingern Brees Hals und fühlte ihr anschließend den Puls.

»Man kann nie wissen«, gab Megan eifrig zurück. »Zellgewebe ist was Erstaunliches.«

Megan Lowry war außergewöhnlich dürr und ziemlich klein und trug eine dicke Schildpattbrille. Bree war sich sicher, dass sie nicht viel älter sein konnte als Antonia. Schon bei ihrer ersten Begegnung – im Zusammenhang mit dem Fall O'Rourke – hatte Bree vermutet, dass Megan eine Art medizinisches Wunderkind war, und die Gereiztheit, mit der Causton sie behandelte, bestätigte das nur. Etablierte Ärzte mochten es nicht, wenn ihnen ehrgeizige junge Neulinge Konkurrenz machten. »Causton fühlt Ihnen den Puls selbst, weil er den Apparaten nicht traut. Sie werden sich wundern, Causton. Diese Frau ist die fitteste Patientin, die ich je gehabt habe.«

»Haben Sie schon mal richtige Athleten behandelt, Lowry? Zum Beispiel die Jungs vom Basketballteam der Duke University. Sie würden einfach nicht glauben, wie schnell bei denen der Heilungsprozess abläuft. Weil sie jung und gesund und hochmotiviert sind. Das spielt nämlich alles eine Rolle.«

Megan schob sich ihre Brille mit dem Zeigefinger nach oben. »Nein, hab ich nicht.«

»Dann würde ich an Ihrer Stelle meine klugen Ideen für mich behalten.« Er musterte Bree. »Aber der Heilungsprozess schreitet bei Ihnen in der Tat bemerkenswert schnell voran.«

Sam ging zur anderen Seite des Bettes und nahm Brees unversehrte Hand in die seine. »Im Aufnahmebericht ist von umfangreichen Verbrennungen an den Beinen, den Unterarmen und am Rücken die Rede. Ihr rechtes Schienbein ist gebrochen, ihr Schlüsselbein angeknackst. Ich möchte Ihre Prognose hören.«

»Außerdem hat sie eine Gehirnerschütterung«, fügte Megan genüsslich hinzu. »Sie haben einen Schlag auf den Hinterkopf bekommen, der einem Pferd den Garaus gemacht hätte, während Sie nur ein paar Tage weggetreten waren!«

»Außerdem möchte ich die Ursache von jeder einzelnen Verletzung erfahren«, fuhr Hunter fort.

Causton warf einen missbilligenden Blick auf Megan. »Das kann *sie* Ihnen am besten erzählen.«

»Das sehe ich anders«, erwiderte Hunter. Irgendetwas in seinem Ton veranlasste Causton, sich aufzurichten. »Kooperation ist immer besser, das gilt in der Medizin ebenso wie bei der Arbeit der Polizei. Ich möchte hören, was *Sie beide* zu sagen haben.«

»Sie waren nicht dabei, als sie in die Aufnahme kam, Causton«, sagte Megan. »Zunächst war es durchaus fraglich, ob sie durchkommen würde.«

Der Druck von Sams Hand, mit der er die ihre hielt, verstärkte sich schmerzhaft.

»Deshalb bin ich auch so schnell wie möglich hergekommen. Ich meine, sie ist eine Patientin von mir, Herrgott noch mal! Außerdem dachte ich, ich könne vielleicht gleich eine Gewebeprobe entnehmen. Sie ist mit Gehirnerschütterung, Frakturen et cetera, et cetera eingeliefert worden. Ganz wie Sie gesagt haben, Lieutenant Hunter. Jedenfalls habe ich mit einem von den Sanitätern gesprochen. Die Fahrt zum Krankenhaus hat zwölf Minuten gedauert, und in dieser Zeit gab es bereits sichtbare Anzeichen dafür, dass die Verbrennungen heilten.«

»Der Heilungsprozess setzt immer sofort ein«, entgegnete Causton. »Daran ist nichts Ungewöhnliches.«

»Aber nicht so, dass man es mit dem bloßen Auge erkennen kann!«

Causton machte eine wegwerfende Handbewegung.

»Erzählen Sie mir von der Kopfverletzung«, forderte Sam.

Caustons Finger strichen überraschend sanft über Brees Hinterkopf. »Eine Impressionsfraktur. Genau hier.«

»Kann das passiert sein, als sie von dem Auto angefahren wurde?«

»Ich wurde von einem Auto angefahren?«, fragte Bree.

Causton runzelte die Stirn. »Schon möglich.«

»Völlig ausgeschlossen«, meinte Megan.

Causton war am Ende seiner Geduld. »Verdammt

noch mal, Lowry, Sie scheinen ja wirklich alles besser zu wissen. Also äußern Sie sich schon.«

»Als sie in der Notaufnahme war, habe ich erst mal ein paar Proben genommen. Das Blut und das Gewebe aus dem Schädelbereich, beides wies Spuren auf von … na, was meinen Sie?«

Eine lastende Stille senkte sich herab.

»Von Gusseisen!«

»Gusseisen?«, sagte Hunter.

»Ja. Von der Art, wie man es bei Bratpfannen verwendet. Ich bin mir sogar ziemlich sicher, dass es eine war.«

»Jemand hat mir mit einer Bratpfanne eins übergezogen?« Bree schloss die Augen. »Wissen Sie was? An der Wand des Restaurants hing eine gusseiserne Bratpfanne. Zusammen mit verschiedenen anderen Dingen.«

»Kannst du dich an noch etwas erinnern?«, fragte Antonia.

»Hör auf, an deinen Fingernägeln rumzukauen«, sagte Bree. »Nein. Von dem Unfall ist mir nicht das Geringste in Erinnerung geblieben. Was ist denn nun eigentlich passiert?«

Hunters Hand hielt nach wie vor die ihre fest. Seine Stimme klang ein wenig heiser. »Du hast auf den Knopf an der Ampel gedrückt, um die Bay Street zu überqueren. Gerade als das weiße Zeichen erschien, kam ein Bierlaster über die Kreuzung. Als der Laster vorüber war, sah ich dich auf der Straße liegen. In dem Moment sauste ein Auto um die Ecke, wich aus, um dich nicht zu überfahren, überschlug sich und ging in Flammen auf. Ich rannte über die Straße und habe dich unter dem Wagen hervorgezogen.«

»Was ist mit dem Fahrer?«, fragte Bree.

»Der konnte noch rechtzeitig rausspringen. Und sonst war glücklicherweise niemand im Wagen. Andernfalls hätte ich zwei Unfallopfer zusammenflicken müssen.« Causton stopfte sich das Ende des Stethoskops in die Brusttasche seines Kittels und verschränkte die Arme. »Sie glauben, jemand habe sie von hinten niedergeschlagen, bevor sie angefahren wurde?«

»Da bin ich mir ganz sicher. Niedergeschlagen, damit sie direkt vors Auto fällt. Wir haben den Fahrer wegen fahrlässigen Fahrens und etlicher anderer Verstöße einkassiert.«

»Den würde ich zu gern in die Finger bekommen«, sagte Antonia.

»Bis der Unfallbericht vorliegt, sitzt er im Gefängnis von Chatham County.«

»Ist es jemand, den ich kenne?«, fragte Bree.

Hunter nickte. »Phillip Mercury.«

»Ach was.« Bree geriet ins Grübeln.

»Behauptet, er habe sein Möglichstes getan, um dir auszuweichen.«

»In den Zeitungen steht, er sei betrunken gewesen«, sagte Antonia. »Oder high. Sie haben ihn doch auch wegen Trunkenheit am Steuer festgenommen, nicht wahr, Sam?«

»So ist es.«

»Dann wird er für eine ganze Weile ins Gefängnis

kommen. Natürlich würde er noch länger sitzen müssen, wenn …« Antonia brach in Schluchzen aus.

»Reiß dich zusammen, Schwester«, sagte Bree. »Ich bin ja noch am Leben.«

In diesem Moment flog die Tür auf, und eine kleine Frau mit rotgoldenem Haar stürmte ins Zimmer, gefolgt von einem großen grauhaarigen Mann.

»Mama!« Antonia warf sich Francesca in die Arme. »Da bist du ja, Mama. Sie wird wieder gesund. Sie wird nicht sterben! Ich war schon so sicher, dass sie sterben würde!«

Bree lächelte Royal Winston-Beaufort zu, den sie in ihrem Herzen als ihren eigentlichen Vater betrachtete. »Hey, Daddy. Theatralisch wie immer, meine Schwester. Dabei geht's mir bestens. Wie heißt es doch so schön? Bin mit einem blauen Auge davongekommen.«

»Mein liebes Mädchen«, sagte ihre Mutter. »Wir sind hier, um dich nach Hause zu holen.«

11

Denn noch bis jetzt gab's keinen Philosophen,
Der mit Geduld das Zahnweh konnt' ertragen.
William Shakespeare, *Viel Lärmen um nichts*

»Ich werde keine Minute länger im Bett bleiben!«, rief Bree. Sie war äußerst schlecht gelaunt. Sascha lag zusammengerollt neben ihr auf dem Fußboden. Ab und zu hob er den Kopf und stupste sie gegen die Hand.

Drei Tage lang hatte Bree zäh darum gekämpft, aus dem Krankenhaus entlassen zu werden, und ein noch zäherer Kampf war es gewesen, sich der Absicht ihrer Eltern, sie mit nach Plessey zu nehmen, zu widersetzen. Wenigstens war sie jetzt in ihrem Haus. Ihre Mutter und ihr Vater hatten sich in Antonias Schlafzimmer einquartiert, während Antonia mit der Ausziehcouch im Wohnzimmer vorliebnehmen musste. Bree selbst lag in ihrem eigenen Bett und kam sich so hilflos wie ein bratfertig gemachter Truthahn vor.

Was sie verdross, war nicht so sehr die Tatsache, dass ihre tägliche Routine unterbrochen war.

Sie ärgerte sich, dass die Brosche verschwunden war. Und sie war nicht in der Lage aufzustehen, um danach zu suchen.

Das Fehlen des Schmuckstücks hatte Bree bereits im Krankenhaus entdeckt, als sie den Inhalt ihrer Handtasche und ihrer Aktentasche überprüft hatte. Flurrys Fächermappe war da. Ihr Handy, ihre Kreditkarten sowie ihr Führerschein waren ebenfalls noch vorhanden. Desgleichen das Geld, das sie bei sich gehabt hatte – etwas über hundert Dollar.

Das Verschwinden des Schmuckstücks warf zahlreiche Fragen auf, die Bree beantwortet haben wollte.

»Hörst du, Sascha? Ich steh jetzt auf.« Die Tür ihres Schlafzimmers stand halb offen. Sie hörte, wie ihre Mutter in der Küche herumwerkelte. »Meine Eltern müssen wieder nach Plessey zurückfahren. Und wenn ich sie eigenhändig ins Auto verfrachten muss. Dieses Eingesperrtsein macht mich noch wahnsinnig.«

Bree mochte ihr Zimmer zwar, aber doch nicht so sehr, dass sie sich damit abfinden konnte, eine unbestimmte Anzahl von Tagen darin eingesperrt zu sein. Das Haus gehörte seit der Zeit vor dem Bürgerkrieg ihrer Familie. Davor hatte es die Büroräumlichkeiten eines Lagerhauses beherbergt. Das Zimmer hatte noch die schmalen Holzdielen von damals, auf denen jetzt ein Teppich mit Rosenmuster lag. Dem Bett gegenüber stand eine alte Kommode mit Spiegelaufsatz, sodass Bree sich betrachten konnte. Die Haut an ihrem Arm war zwar noch etwas gerötet, aber nicht mehr so unnatürlich rosa wie zuvor. Ihr Haar hielt sie unter einer Gazehaube verborgen. Vorsichtig schob sie die Finger unter die Haube und betastete ihren Hinterkopf. Man hatte ihr einen Teil des Haars abrasiert. Ihre Wangen glänzten rosig. Causton hatte ihr erklärt, das komme von der Hitze der Flammen, die ihre Arme und Beine versengt hatten.

Die Beine. Ihre Mutter hatte sie mit einer dünnen Decke bedeckt. Bree zog die Decke beiseite. Da die Verbrennungen gut verheilten, hatte man die Schiene am rechten Bein entfernt. Ihr linkes Bein steckte jetzt in einer Art Kunstharzverband. Ihr Knie war leicht angewinkelt.

»Ich stehe jetzt auf, Sascha«, wiederholte sie. »Das ist mein voller Ernst.«

»Was redest du denn da, Liebes?« Ihre Mutter kam gerade mit einem Stapel frisch gewaschener Handtücher ins Zimmer gewuselt. Francesca war klein und rundlich und eine ausgesprochene Frohnatur. Ihr rotgoldenes Haar, das Royal Winston-Beaufort einst in der Mensa der Duke University ins Auge gestochen hatte, frischte sie inzwischen mit einer Tönung ein wenig auf. Doch ihre helle, angenehme Stimme war vom Lauf der Zeiten unberührt geblieben.

»Wie fühlst du dich, Liebling?«

»Bestens.«

»Du siehst auch viel besser aus. Wer hätte gedacht, dass du so erstaunlich aktive Zellen hast!«

Bree lachte. Ihr Gesicht tat nicht mehr so weh wie zuvor. »Du hast mit Megan Lowry gesprochen.«

»Die von der ganzen Angelegenheit rundum entzückt ist. Sie sagt, deine Knochen heilen schneller als die eines kleinen Kindes. An Einzelheiten kann ich mich zwar nicht mehr erinnern, aber offenbar heilen sehr junge Knochen wesentlich schneller als die von Erwachsenen.«

Bree versuchte, ihr Knie zu beugen, was höllisch wehtat. »Nicht schnell genug.«

»Geduld, Liebes. Möchtest du etwas Suppe?«

»Ich möchte aufstehen.«

»Das geht nicht.«

»Megan Lowry hat dir sicher auch erzählt, dass es schädlich ist, nur herumzuliegen. Für die Muskeln, meine ich.«

Francesca tat, was sie immer tat, wenn sie Verstärkung brauchte. »Royal! Komm doch bitte mal her! Deine Tochter macht schon wieder Theater. Royal! Wo steckt der Mann denn bloß? Bleib ja, wo du bist, Bree!« Francesca trabte aus dem Zimmer. Bree beugte sich über die Bettkante und sah Sascha in die goldgelben Augen. »Ich brauche Hilfe«, sagte sie. »Ganz im Ernst, Sascha. Die zwei müssen unbedingt nach Hause fahren. Ich muss diese Brosche wiederfinden. Du weißt doch, was ich glaube, nicht wahr? Ich glaube, Justine hat mich mit der Bratpfanne aus dem Restaurant niedergeschlagen und die Brosche aus meiner Aktentasche gestohlen. Das hier …«, sie zeigte auf ihr Gesicht und ihre Beine, »… ist eine unbeabsichtigte Folge ihrer Tat.«

Sascha legte den Kopf schief, gähnte und stand auf.

Nachdem er Bree einen Moment lang angesehen hatte, drehte er sich um und trottete davon.

Ihr Vater kam mit sanftem Lächeln ins Zimmer, gefolgt von ihrer Mutter. »Bist du ein bisschen zappelig, Schätzchen?«

»Ich komme mir immer weniger wie eine Erwachsene und immer mehr wie ein Kleinkind vor. Wenn ich nicht sofort aufstehe, werde ich mich noch vollends zurückentwickeln. Wo sind übrigens all meine Unterlagen?«, fügte sie verdrossen hinzu.

»Dein Vater hat sie sich angesehen«, erklärte Francesca. »Darum hattest du ihn ja gebeten.«

»Hat er auch die Downloads bekommen?«

»Mrs. Billingsley hat sie sofort hergebracht.«

»Als sie mich besuchte, hat sie mir gar nichts davon erzählt.«

»Darum haben wir sie auch gebeten. Du brauchst Ruhe, Liebes. Deine Arbeit wühlt dich viel zu sehr auf.«

Royal legte Francesca die Hände auf die Schultern. »Ich glaube, wir sollten ihr doch aus dem Bett helfen, Chessie.«

»Aber die Ärzte haben gesagt ...«

»Die Ärzte kommen lediglich her, um unser liebes Mädchen zu bestaunen. Sie haben gesagt, dass sie wunderbare Fortschritte macht. Okay, Bree. Setz dich auf die Bettkante!«

»Moment!«, kreischte Francesca. »Die Krücken!«

Bree stand auf, hielt einen Moment inne, um sich mit den Krücken vertraut zu machen, und ging dann zügig ins Wohnzimmer. Sascha trottete geduldig hinter ihr her. Antonia war nicht da. Unter dem Sofapolster lugte der Zipfel eines Bettlakens hervor. Ihre arme Schwester. Bree selbst hatte auch schon auf diesem Sofa geschlafen, das alles andere als bequem war.

Bree steuerte auf den Schaukelstuhl am Kamin zu und ließ sich darin nieder. Sascha setzte sich neben sie, sprang jedoch gleich wieder auf und wedelte wie wild mit dem Schwanz.

Es klingelte an der Haustür.

»Ach je«, murmelte Francesca. »Hoffentlich nicht noch mehr Blumen. Und wenn das schon wieder Sam Hunter ist, dann kann er gleich wieder kehrtmachen. Der Mann ist die reinste Plage, Bree.«

»Ich dachte, du magst Hunter.«

»Natürlich tu ich das. Aber er sitzt nur da, hält deine Hand und macht ein finsteres Gesicht. Und Antonia fragt ihn dauernd, ob er Phillip Mercury schon erschossen hat. Das trägt alles in keiner Weise zu deiner Genesung bei.« Grummelnd verschwand Francesca in die Eingangshalle, aus der sie kurze Zeit später freudestrahlend zurückkehrte. Sascha sauste mit aufgestellten Ohren an ihr vorbei. »Ich hätte nicht gedacht, dass ich ihn doch noch persönlich kennenlerne«, sagte sie. »Was für ein gut aussehender junger Mann. Du hast Besuch, Bree.«

Ron und Lavinia kamen ins Zimmer. Bree machte schon Anstalten, sich zu erheben, doch ihr Vater legte ihr die Hände auf die Schultern und drückte sie zurück.

Ron wirkte so energiegeladen wie eh und je. Er strahlte ihre Mutter an, die zurückstrahlte. Lavinia wirkte dagegen irgendwie ... durchsichtig, anders konnte Bree es nicht bezeichnen. Sie wusste, dass es ihre Engel viel Kraft kostete, sich in der irdischen Welt zu manifestieren. Sie hoffte, dass es ihre alte Freundin nicht allzu sehr strapazierte.

»Sie armes Kind.« Lavinia humpelte in ihrer abgetragenen Strickjacke auf sie zu. »Ron wollte nicht, dass ich mitkomme, aber das konnte ich mir nicht nehmen lassen.« Voller Stolz lächelte sie. »Obwohl ich schon seit Jahren nicht mehr draußen gewesen bin.«

»Mama, Daddy, das ist Lavinia Mather, meine Hauswirtin in der Angelus Street und außerdem eine liebe Freundin. Mama, du hast ja schon öfter mit Ron telefoniert. Ron, das ist mein Vater.«

Ron schüttelte Royal die Hand, umarmte Francesca und beugte sich zu Bree hinunter. »Lavinia hat darauf bestanden mitzukommen«, flüsterte er ihr ins Ohr. »Ich werde darauf achten, dass sie nicht zu lange bleibt.«

»Sie sieht ... etwas mitgenommen aus«, stellte Bree besorgt fest.

»In ihrem Alter erfordert so was sehr viel Kraft.« Ron trat zurück und fuhr in normaler Lautstärke fort: »Sie sehen ja recht munter aus, Boss.«

»Ich fühle mich auch gut. Wollt ihr mal was Beeindruckendes sehen?« Sie sprang auf einem Bein vom Stuhl hoch, schnappte sich die Krücken und ging damit flott im Zimmer auf und ab.

Lavinia strahlte. »Scheint ja wirklich zu stimmen, dass Sie rapide Fortschritte machen.«

»Wird nicht lange dauern, dann komme ich wieder ins Büro.«

»Das wird man sehen«, murmelte Francesca. »Aber wo bleiben denn meine Manieren? Bitte setzen Sie sich doch alle. Darf ich Ihnen einen Tee bringen, Mrs. Mather?«

»Das wäre schön«, erwiderte Lavinia. »Aber machen Sie sich bitte keine Umstände. Ich bleibe sowieso nicht lange.«

»Setzen Sie sich neben Royal aufs Sofa. Trinken Sie Ihren Tee mit Zitrone oder mit Zucker?«

»Ich hätte gern Zucker. Danke vielmals.« Lavinia hockte sich auf die Sofakante und sah sich im Zimmer um. »Meine Güte, hier hat sich ja kaum was verändert.«

»Wann waren Sie denn das letzte Mal hier, Mrs. Mather?«, fragte Royal.

Oh, so um 1754, dachte Bree. Als sie zusammen mit den anderen verkauften Sklaven ins Büro des Zahlmeisters gekommen war.

»Das ist schon ein Weilchen her«, antwortete Lavinia mit versonnenem Lächeln. Sie nahm die Tasse Tee, die Francesca ihr reichte. »Ich musste einfach herkommen und mich davon überzeugen, dass sie so gute Fortschritte macht, wie Ron behauptet hat. Wenn etwas wirklich wichtig ist, sehe ich's mir gern selbst an.« Sie stellte die Teetasse auf den Beistelltisch und wandte sich Royal zu. »Bree hat uns erzählt, Sie hätten einen

Blick auf all die Dokumente geworfen, die Florida Smith über den Fall Haydee Quinn zusammengetragen hat.«

Bree hatte eigentlich nicht die Absicht gehabt, ihrem Vater die Dokumente zu übergeben – obwohl sie Florida Smith gegenüber das Gegenteil behauptet hatte. Aber da er zu einer gewissen Rastlosigkeit neigte, vor allem wenn er keine Beschäftigung hatte, hatte sie ihm die Unterlagen schließlich doch überlassen, um ihn gewissermaßen ruhigzustellen.

»Ja, in der Tat. Sehr interessant, das alles.«

»Ergibt das Ganze für Sie mehr Sinn als für Bree?«

Royal klopfte seine Jackentaschen ab, erinnerte sich wieder einmal, dass er das Pfeiferauchen schon vor Jahren aufgegeben hatte, und begnügte sich damit, sich nachdenklich über das Kinn zu streichen. »1952 war ich zwölf Jahre alt, und ich habe die Verbrennung von Haydees Leiche sogar selbst miterlebt.«

»Tatsächlich?«, sagte Bree. »Ach du liebe Zeit.«

Francesca erschauderte. »Was für ein Anblick für einen Jungen.«

»Tja, wie ihr wisst, haben wir den vierten Juli gewöhnlich hier am Fluss verbracht.« Er deutete ein Lächeln an. »Und das … äh … das Spektakel war auch einer der Gründe dafür, dass wir damit aufgehört haben. Jedenfalls habe ich Alexander Bulloch gesehen. Das werde ich nie vergessen. Der arme junge Mann war ganz außer sich vor Schmerz. Natürlich interessierte mich der Fall ungemein, deshalb habe ich auch alles darüber gelesen, was ich in die Hände bekommen konnte. Und habe, sooft es ging, die Gespräche der Erwachsenen belauscht. Deine Großmutter und dein Großvater verkehrten mit den Bullochs, Bree, und natürlich war die ganze Geschichte ein Riesenskandal und wochenlanges Gesprächsthema bei jedem Zusammentreffen. Meine eigene Hypothese über den Fall könnte also durch das, woran ich mich erinnere, etwas eingefärbt sein. Obwohl ich versucht habe, mich von allen Vorurteilen freizumachen, die ich mir als Junge möglicherweise angeeignet habe.«

»Und wer hat nun Haydee Quinn getötet?«, fragte Francesca.

Royal legte die Fingerspitzen aneinander und klopfte sich damit gegen das Kinn. »Bevor ich mich dazu äußere, müssen wir zunächst zwei Fragen klären. Nun, Bree, was für Fragen sind das wohl?«

»Wo sie hingegangen ist, nachdem sie sich verwundet aus dem Nachtclub geschleppt hat«, erwiderte Bree prompt. »Und wer sie begleitet hat.«

»Genau. Da liegt jedenfalls die Lösung, falls es tatsächlich zu einem Justizirrtum gekommen ist – was ich vermute. Du musst rekonstruieren, was danach geschehen ist, Bree.«

»Der fehlende Zeuge«, sagte sie. »Natürlich. Ron, glauben Sie, Petru könnte herausfinden, wer damals alles im Nachtclub angestellt war?«

»1952?«, fragte Royal. »Das würde gewaltige Recherchen erfordern.«

»Stimmt«, pflichtete ihm Bree bei. »Aber du kennst Petru eben nicht. Wenn es irgendwo Unterlagen darüber gibt, macht er sie auch ausfindig.«

»Glaubst du, der Barkeeper oder eine der Tänzerinnen könnten Haydee gesehen haben, als sie sich verwundet davongeschleppt hat?«

Brees Herz schlug höher. Die Klärung dieser Frage konnte tatsächlich zu einem Durchbruch führen. »Ist doch nicht ganz unwahrscheinlich, oder? Das Tropicana Tide muss, wie Dent gesagt hat, ein Treff für allerlei Pack gewesen sein.«

»Wer ist Dent?«, erkundigte sich Francesca. »Ist das dieser arme, bedauernswerte Mensch, der immer Gänseblümchen für dich abgibt?«

»Ach, von ihm kommen die?«, rief Bree. »Jedenfalls möchte ich bezweifeln, dass ein Angestellter von William Norris großes Interesse daran gehabt hätte, der Polizei zu helfen, Daddy.«

»Ganz recht«, sagte Royal.

Lavinia gab ein beifälliges Murmeln von sich. Bree sah sie an. Bildete sie sich das nur ein? Oder war Lavinias Gestalt gerade dabei, ein wenig an Kontur zu verlieren? Sie warf Ron einen beunruhigten Blick zu.

Ron reagierte unverzüglich. »Klingelt da nicht irgendwo das Telefon?«

»Ich habe nichts gehört«, erwiderte Francesca, »aber ich habe es auch leise gestellt, damit Bree nicht gestört wird. Vermutlich ist das wieder Florida Smith. Sie versucht schon seit einer ganzen Weile, dich zu erreichen. Ich hab ihr allerdings gesagt, dass das Geschäftliche erst mal warten muss.«

»Mutter!«, empörte sich Bree. »Du kannst doch nicht einfach alle Anrufe für mich abschmettern!«

»Ah! Jetzt höre ich's auch. Was für ein scharfes Gehör Sie haben, Ron.« Sie stand auf und durchquerte das Wohnzimmer, um den Hörer abzunehmen.

Lavinia legte Royal die Hand aufs Knie. »Kann das Kind sich denn einigermaßen bewegen, Mr. Royal? Kann sie allein duschen und so?«

»Sie hat bemerkenswerte Fortschritte gemacht.«

»Gut sieht sie aus«, stellte Lavinia fest, »auch wenn sie ein bisschen herausgefüttert werden muss, aber das ist ja nichts Neues. Übrigens habe ich wieder mein Brunswick Stew für sie gemacht. Sobald sie ins Büro zurückkommt, werde ich dafür sorgen, dass sie tüchtig davon isst.«

»Im Büro ist zurzeit nicht viel los«, warf Ron ein. »Aber wenn sie zu lange wegbleibt, wird sich die Arbeit natürlich immer mehr anhäufen.«

»Das wäre zu anstrengend«, pflichtete ihm Lavinia bei. »Deshalb sollte sie lieber nicht zu lange mit ihrer Rückkehr warten.«

Die zwei Engel lächelten Royal an. Bree kannte diese Art des Lächelns. Sie blickte zu Sascha hinunter, der auf eine irgendwie verschmitzte Weise mit dem Schwanz auf den Fußboden klopfte.

Francesca kam zurück. »Das war ein Anruf von zu Hause. Bei der Grundvermögensbewertung von Plessey gibt es ein steuerliches Problem. Und die große alte Eiche ist umgestürzt und blockiert den Bach. Art Johnson macht ein Riesentrara. Behauptet, seine Weide würde überschwemmt werden. Gurney sagt, wir sollten sofort nach Hause kommen, aber ich habe gesagt, das geht nicht, solange mein liebes Mädchen noch bettlägerig ist.«

»Ihr liebes Mädchen kommt doch bestens zurecht«, sagte Ron. »Besorgungen kann ich für sie machen …«

»… und ich kann sie mit gutem Essen vollstopfen«, setzte Lavinia hinzu, »und ihr die Haare waschen, falls sie Hilfe braucht.«

»Und Antonia kann sich um alles andere kümmern«, sagte Bree. »Bitte, Mama! Ich liebe dich sehr, aber du machst mich noch wahnsinnig. Ich muss mich doch wieder meiner Arbeit widmen.«

»Es ist Zeit zu gehen, Chessie.« Brees Vater stand auf und schloss Francesca in die Arme. »Sie wird schon zurechtkommen.«

Francesca seufzte, ließ den Blick zwischen Ron und Lavinia hin- und herwandern und riss die Arme hoch. »Okay, okay. Ich gebe nach. Aber *sobald* irgendetwas schiefgeht, komme ich zurück und falle wie eine Medusa über euch her.«

Wie vieles von dem, was Francesca sagte, ergab das zumindest annähernd einen Sinn.

12

… und das lehr uns,
Dass eine Gottheit unsre Zwecke formt,
Wie wir sie auch entwerfen …
William Shakespeare, *Hamlet*

»Mir ist nicht so ganz klar, was uns das verschwundene Schmuckstück angeht«, sagte Petru. »Das ist doch ein irrdisches Problem. Beaufort & Compagnie sind aber ausschließlich für himmlische Angelegenheiten zuständig.«

Brees rechtes Bein war auf einen Stuhl gebettet. Sie, Ron und Petru saßen am Konferenztisch in der Angelus Street. Lavinia war oben, Sascha schnüffelte draußen auf dem Friedhof zwischen den Grabsteinen herum. Ihre Eltern waren endlich nach Hause gefahren.

Ron und Petru waren sich darin einig, dass es nicht zu den Aufgaben der Compagnie gehörte, nach der verschwundenen Brosche zu suchen. Bree war da allerdings anderer Ansicht.

Unter dem Verband juckte und kribbelte es. Ihr Knie tat höllisch weh. Obwohl sie sich freute, wieder im Büro zu sein, war sie ständig gereizt. »Das Schmuckstück ist aber der Kontaktpunkt für unsere Klientin, Petru. Wie soll ich denn sonst mit ihr in Verbindung treten?«

Petru schüttelte den Kopf. »Wer immerr die Brosche an sich genommen haben mag, hat einen Diebstahl begangen. Das wird natürlich am Ende der Tage des Betreffenden ins Gewicht fallen, aber vorerrst hat das nichts mit himmlischen Belangen zu tun.«

»Stimmt schon.« Bree schob ihren Kugelschreiber unter den Verband und kratzte sich am Bein, was aber nichts half. »Okay. Dann führe ich die Untersuchung des Diebstahls eben von der Kanzlei in der Bay Street aus durch.«

»Haben Sie Lieutenant Hunter erzählt, dass die Brosche verschwunden ist?«, fragte Ron. »Das ist doch eigentlich ein Fall für die Polizei, oder?«

»Nein, hab ich nicht.« Bree kritzelte auf ihrem Notizblock herum. »Ich möchte es fürs Erste noch vermeiden, mich an die Polizei zu wenden. Ich glaube nämlich, dass es Justine war, die mir eins übergebraten hat.«

Petrus Augenbrauen schossen in die Höhe. »Die alte Schauspielerin?«

»Sie wollte die Brosche unbedingt zurückhaben. Sie hat Angst, ihren Job zu verlieren, und hat sicherlich völlig unbedacht gehandelt. Sie wollte mich ganz gewiss nicht vor Mercurys Auto stoßen.«

»Hm.« Petru zupfte an seinem Bart.

»Sie wissen, dass ich voll und ganz hinter unserem Rechtssystem stehe, sowohl dem irdischen als auch dem himmlischen. Aber ich will Justine nicht den Wölfen zum Fraß vorwerfen. Die arme Frau hat schon genug ausgestanden.«

»Vielleicht war es ja auch gar nicht Justine, sondern Sammi-Rose Waterman«, sagte Ron. »Nach dem, was Sie mir erzählt haben, war sie betrunken genug, um etwas so Dummes anzustellen. Oder möglicherweise war es auch ihre so verkniffen aussehende Schwester, Marian Lee.«

»Als Sammi-Rose das Restaurant verließ, war Payton bei ihr«, entgegnete Bree. »Vermutlich könnte es also auch Payton getan haben oder sogar alle drei zusammen, aber das ergibt nicht viel Sinn. Payton ist zwar ein Dreckskerl, aber er ist bestimmt nicht gewalttätig. Und er würde mächtigen Ärger mit John Stubblefield bekommen, wenn er zuließe, dass eine ihrer Klientinnen jemanden tätlich angreift und schwer verletzt. Damit will ich natürlich nicht sagen, dass es unmöglich ist. Es ist nur einfach unwahrscheinlich. Jedenfalls werde ich der Sache nachgehen.« Sie beendete ihre Kritzeleien und lehnte sich zurück. »Na gut. Wenden wir uns dem Fall Haydee Quinn zu. Bevor meine Eltern abgefahren sind, hatte ich eine lange Unterredung mit meinem Vater. Außerdem habe ich mir endlich Floridas Material angesehen. Ihre Hintergrundrecherchen sind wirklich ganz hervorragend, außerdem hat sie die Geschehnisse bis zu Haydees Tod genauestens aufgelistet.«

Sie trat zu der weißen Kunststofftafel, die zwischen den Fenstern hing, stützte sich auf ihre Krücke und nahm einen roten Filzstift in die Hand.

2. Juli 1952
19^{30}: Tropicana Tide. Haydee und Bagger Bill Norris streiten sich wegen Haydees Affäre mit Alexander Bulloch.

»Dafür gab es mehrere Zeugen«, erklärte Bree. »Ein junges Revuegirl namens Charis Jefferson, eine Kellnerin namens Darcy, Nachname unbekannt, und dann noch den Barkeeper Moses Busch. Busch hat folgende Aussage gemacht: *Billy sagte, bevor er sie gehen lasse, würde er sie und sich selbst töten.*« Bree nahm den Filzstift wieder in die Hand und schrieb:

20^{00}: Haydee führt vor vollem Haus den Tanz der sieben Schleier auf. Alex Bulloch sitzt im Publikum, zusammen mit drei Freunden. Er sieht sich alle drei Aufführungen an.

»Dafür gab es über vierzig Zeugen«, sagte Bree. »Seine drei Freunde gingen anschließend in andere Bars. Für die Zeit nach dem Angriff auf Haydee haben sie alle Alibis.«

3. Juli
00^{45}: Haydee kommt mit Alex Bulloch aus ihrer Garderobe. Teilt Norris mit, dass sie kündige, um Alex zu

heiraten. Daraufhin lautstarke Auseinandersetzung. Haydee schickt Alex nach Hause. Alex fährt in seinem Buick Roadster weg.

»Moses Busch gab Folgendes zu Protokoll«, las Bree weiter vor. »*Alle drei hatten viel getrunken, und es gab Krach. Haydee schmiss den Jungen raus, damit Billy ihn nicht zu Brei schlug.*« Bree blickte auf. »Dreißig Minuten später wurde Alexanders Buick vor dem Haus der Bullochs gesichtet. Und zwar von der Mannschaft eines Streifenwagens.«

1^{00}: Norris schließt den Club. Schickt alle Angestellten nach Hause.
$1.^{15}$: Mannschaft eines Streifenwagens sichtet roten Buick Roadster vor dem Haus der Bullochs, Washington Square 742.
1^{20}: Norris und Haydee streiten sich heftig. Er schnappt sich ein Fleischermesser von der Bar und sticht sie mehrmals in die Brust. Haydee rennt zur Eingangstür hinaus.
2^{00}: Washington Square 742. Alex Bulloch und seine Mutter Consuelo Bulloch streiten sich heftig wegen seiner Affäre mit Haydee Quinn.

»Dafür gab es eine Zeugin, nämlich die Haushälterin Marie Toussaint«, erklärte Bree, »die Folgendes ausgesagt hat: *Die waren so laut, dass ich aufgewacht bin. Glaube, die haben sich mit Aschenbechern beworfen. Jedenfalls war am Morgen alles verdreckt.*«

4^{30}: Haydee im Fluss gefunden.

»In der Front Street 230 stand ein gewisser Alvin Carpenter am Ufer und angelte. Der Angelhaken verfing sich in Haydees Haar. Carpenter holte einen Streifenpolizisten. Haydee wurde aus dem Fluss gezogen. Halb tot.« Bree drehte die Tafel um und schrieb weiter.

5^{15}: Haydee wird ins Savannah General Hospital eingeliefert.
6^{20}: Alex Bulloch, Consuelo Bulloch und der Hausarzt John Warren kommen ins Savannah General.
8^{20}: Lt. Eddie O'Malley und Sgt. Robert E. Lee Kowalski kommen ins Tropicana Tide. Finden William Norris bewusstlos auf dem Fußboden der Bar vor. Entdecken das Messer, die Mordwaffe, wie man später vermutet. Norris ist mit Blut besudelt, das, wie man später feststellt, vom selben Typ ist wie das des Opfers (A).
11^{20}: Haydee für tot erklärt.
12^{15}: Leiche wird zu einem Bestattungsunternehmen in Belle Glade gebracht.
15^{00}: Norris gesteht den Mord.

4. Juli
5^{00}: Cecil Brewster, Mitarbeiter des Bestattungsunternehmens, entdeckt, dass Haydees Leiche verschwunden ist.
19^{05}: Alexander Bulloch wegen Leichenschändung ver-

haftet. Überreste der Leiche werden ins Leichenschauhaus von Chatham County gebracht.

5. Juli:
Autopsie von Haydee Quinn.

Bree warf den Filzstift auf den Konferenztisch. »Die Frage ist also: Wo war Haydee am Morgen des 3. Juli zwischen ein Uhr dreißig und vier Uhr dreißig?«

»Hat die Polizei in der Stadt herumgefrragt?«, wollte Petru wissen. »Um herauszufinden, ob sie irgendwo gesehen wurde?«

»Sie haben zumindest hier und da Erkundigungen eingezogen. Der Nachtclub befand sich etwa einen Kilometer flussabwärts von der Stelle, an der man Haydee entdeckte. Und es war gerade Flut. Es wäre also durchaus möglich, dass sie in der Dunkelheit umhergestolpert und in den Fluss gefallen ist, aus dem sie dann nicht mehr herauskam. Aber ich kann mir kaum vorstellen, dass sie sich sehr lange hätte über Wasser halten können. Flurry hat äußerst anschaulich rekonstruiert, wie die Stadt damals beschaffen war.« Bree lächelte. »In vielerlei Hinsicht ist Savannah eine ewige Stadt; alles ändert sich, und gleichzeitig ändert sich überhaupt nichts. Damals gab es hier noch eine ziemlich rege Handelsschifffahrt, zahlreiche Lagerhäuser, Kräne und dergleichen. O'Malley und Kowalski befragten drei oder vier Nachtwächter, ein paar Wachleute sowie mehrere der Gäste, die Norris um ein Uhr aus der Bar geschmissen hatte. Aber jetzt kommt etwas wirklich Interessantes, Gentlemen!« Bree streckte einen Finger in die Höhe. »Und ich hoffe, dass Flurrys Buch ein Bestseller wird. Weil sie sich den Hintern aufgerissen hat, um die Zeugen ausfindig zu machen. Hören Sie sich das mal an.« Bree hatte sich auf ihrem BlackBerry Notizen gemacht. Sie tippte auf die Tastatur und las vor: »Lucille Baxter, Putzfrau im Nachtclub. Sagt, sie habe niemanden gesehen. Lucille verdiente damals fünfunddreißig Cent in der Stunde. Gegen zwei Uhr dreißig morgens machte sie Feierabend. Sechs Monate nach dem Mord kaufte sich Lucille in der Flatiron Road ein Haus, für das sie viertausendsechshundertfünfzig Dollar zahlte. In bar. Und dann war da noch Lionel Woods, ein Müllmann, der um drei Uhr morgens seine übliche Runde machte und O'Malley und Kowalski zufolge nichts Ungewöhnliches bemerkt hatte. Sein Stundenlohn betrug fünfundvierzig Cent.«

»Und welchen Luxus konnte er sich leisten?«, fragte Petru.

»Einen funkelnagelneuen Cadillac El Dorado.«

Ron fuhr sich mit der Hand durch die blonden Locken. »Wow!«

»In der Tat. Puh! Muss mich erst mal hinsetzen.« Sie ließ sich auf ihren Stuhl fallen und legte sich die Krücke unbeholfen auf den Schoß. »Florida Smith hat eine Zeugenaussage aufgestöbert.«

Rons Gesicht hellte sich auf. »Von jemandem, der Haydee gesehen hat, bevor sie im Fluss landete?«

»Denke schon.«

»Und diese Aussage belastet Consuelo Bulloch?«, fragte Petru.

»Das behauptet Flurry zumindest.«

»Diese Aussage liegt uns aber nicht vorr«, mutmaßte Petru.

»Das ist wahr. Die hebt sich Flurry für ihr Buch auf.«

»Oje«, sagte Ron. »Weshalb denn nur? Ich meine, wenn sie damit einen Mörder überführen könnte, ist sie moralisch doch verpflichtet, den Behörden die Aussage vorzulegen.«

»Und wozu, Ron?«, erwiderte Bree aufgebracht. »Consuelo ist seit Langem tot. Nehmen wir an, es war nicht Consuelo, nehmen wir an, sie ist unschuldig. Aber wer auch immer Haydee getötet hat, wird ebenfalls seit Langem tot sein. Flurry ist nicht auf der Suche nach einem Mörder, um ihn vor Gericht zu bringen. Sie versucht, einen historischen Kriminalfall zu klären. Von ihrem Standpunkt aus hat sie durchaus das Recht, die Aussage zurückzuhalten, bis das Buch erscheint.«

»Sergeant Kowalski ist noch am Leben«, sagte Petru. »Vielleicht ist er ja derjenige, der die Tänzerin abegmurrkst hat?«

»Sie meinen, die Polizei hat das Ganze vertuscht, um einen der Ihren zu schützen? Auch dies hat Flurry in Betracht gezogen. Das wäre wahrhaftig ein sensationelles Ergebnis. Aber Sergeant Kowalski befand sich in der bewussten Samstagnacht auf dem Rückweg nach Savannah. Mit einem Schulbus voller Boy Scouts.

Er kam gerade noch rechtzeitig in die Stadt, um zusammen mit O'Malley seine Schicht anzutreten. Außerdem kennen Sie die Mordakte nicht. Der arme Dent mag ja ein lausiger Cop gewesen sein, aber Kowalski war mit Herz und Seele Polizist. Das geht aus den Notizen hervor, die er sich gemacht hat und die sehr ausführlich und dazu auch noch sehr ordentlich sind. Und er hat alles aufgehoben, was irgendwie mit dem Fall in Verbindung stehen konnte. Dass Dent nicht rausgeschmissen wurde, hat er nicht zuletzt der Kompetenz seines Partners zu verdanken.« Bree kratzte an ihrem Verband herum. »Dieses Jucken macht mich noch ganz verrückt.«

»Versuchen Sie's mal mit einer Stricknadel«, schlug Ron vor. »Lavinia hat sicher eine.«

»Geht es ihr eigentlich gut?«, erkundigte sich Bree. »Ich habe mich so gefreut, dass Sie beide mich am Sonnabend zu Hause besucht haben, Ron. Aber sie sah ...«, Bree suchte nach dem passenden Ausdruck, »... sehr gebrechlich aus. Und sie ist nicht zu unserer heutigen Besprechung gekommen.«

Ron und Petru wechselten Blicke. Petru machte eine Geste, die *nur zu* zu besagen schien.

»Unsere Zeit auf Erden ist nicht unbegrenzt«, erklärte Ron.

»Was wollen Sie damit sagen?«, fragte Bree in scharfem Ton. »Lavinia schwindet immer mehr dahin. Was geschieht denn mit ihr?«

Petru schürzte die Lippen. »In Errmangelung eines verständlicheren Begriffs könnte man sagen, dass sie die Reise nach oben angetreten hat. Jede Existenz ist eine Reise. Für diejenigen, die auf dem himmlischen Pfad wandeln, endet die Reise in Frieden und Stille. Für diejenigen aber, die auf dem anderen Pfad wandeln, in Feuer und Stille.«

Bree traten Tränen in die Augen. »Was erzählen Sie denn da?«

»Etwas Erfreuliches.« Petru beugte sich vor und tätschelte Bree die Hände. »Lavinia wirrd uns noch eine Weile erhalten bleiben. Aber um sich vor Ihren Eltern zu manifestieren, hat sie viel Energie gebraucht. Das hat dazu geführt, dass sie ein weiteres Stück auf dem Pfad vorangekommen ist. So geht es uns allen. Aberr sprechen wir nicht mehr davon. Ihre Traurigkeit ist übrrigens ganz unangemessen.«

»Unangemessen!« Bree holte ein Papiertaschentuch aus ihrer Rocktasche und schnäuzte sich.

»Wirr haben eine Klientin zu vertreten«, rief ihr Petru in Erinnerung. »Ich würrde vorschlagen, dass wir uns jetzt wieder unserem Fall zuwenden. Wenn Sie weitere Fragen zu diesen anderen Dingen haben, sollten Sie sie bei der nächsten Zusammenkunft der Compagnie vorbrringen. Am besten wenden Sie sich damit an Professor Cianquino.«

»Als ob das was nützen würde«, brummelte Bree. Cianquino war ein Anhänger der Lehrmeinung, dass man von selbst auf Erkenntnisse kommen und bestimmte Dinge eigenständig herausfinden müsse. Sie schnäuzte sich erneut, warf das Papiertaschentuch in den Papierkorb und sagte: »Okay. Machen wir uns wieder an die Arbeit. Es ist durchaus möglich, dass sich Kowalski an irgendetwas erinnert. Nach allem, was Dent erzählt und was aus Flurrys Material hervorgeht, ist es höchst unwahrscheinlich, dass er korrupt war. Dent und ich werden ihn heute Nachmittag besuchen.«

»Angenommen, er erinnert sich an den verschwundenen Zeugen«, sagte Ron. »Was ist, wenn die Aussage dieses Zeugen Consuelo belastet?«

»Tja, das ist ein Risiko, das wir eingehen müssen. Ich werde jetzt erst mal in die Kanzlei in der Bay Street gehen. Um elf erwarte ich nämlich einen neuen Klienten«, erklärte sie zufrieden. »Nachmittags fahren Dent und ich dann zu Sergeant Kowalski. Ich möchte Sie beide bitten, Consuelos Leben genauestens unter die Lupe zu nehmen. Wir müssen herausfinden, wann und wie oft sie sich in ihrem Leben anständig verhalten hat. Hoffentlich bekommen wir so viel zusammen, dass ihre Strafe herabgesetzt wird.«

»Machen wir, Boss.« Ron schob seine Hand unter ihren Ellbogen und half ihr hoch. »Dent ist draußen. Er wird Sie zur Bay Street bringen.«

»Wunderbar.« Bree hatte sich an Krücken in die Angelus Street geschleppt und freute sich nicht sonderlich darauf, die längere Strecke zur Bay Street ebenfalls an Krücken zurückzulegen. »Hat Mercury ihm freigegeben?«

»Mercury hat ihn gefeuert.«

»Ach du Schreck.«

»Es hat ihm nicht geschmeckt, dass Dent an jenem

Abend zusammen mit Ihnen und Flurry im Restaurant war.«

»Was für eine miese Type!« Bree ging durch das Empfangszimmer, wo nach wie vor der *Aufstieg des Kormorans* über dem Kamin hing. Heute machten die Meereswellen einen noch aggressiveren Eindruck als sonst. Gut so. Auch sie war in aggressiver Stimmung.

»Er fährt also mit Ihrem Wagen. Warten Sie, ich öffne Ihnen die Tür.«

»Hm.«

Bree blieb in der kleinen Eingangshalle stehen, während Ron die Haustür öffnete. Sie warf einen Blick auf die Engel, mit denen die Treppe bemalt war. Der unterste Engel – der mit dem silbernen Haar – hatte einen verbundenen Fuß und hielt einen einfachen Holzstock in der rechten Hand. Bree winkte dem Engel kurz zu und trat dann nach draußen. Dent stand jenseits des schmiedeeisernen Zauns neben ihrem Auto. »Von hier aus schaffe ich es allein«, sagte sie zu Ron.

»Sind Sie sicher?«

»Ja.«

»Dann bis nachher.«

Bree hatte herausgefunden, dass es einem, wenn man auf Krücken ging, besonders schwerfiel, eine Treppe hinauf- oder hinunterzusteigen. Es fehlte ihr an Geduld, den einen Fuß zu heben und dann, gestützt auf die Aluminiumkrücken, Stufe für Stufe nach unten zu hopsen. Die schnellste Methode bestand darin, sich hinzusetzen und – auf ziemlich unelegante Weise –

auf dem Hintern nach unten zu rutschen. Da sie es eilig hatte, tat sie nun genau das.

»Darf ich Ihnen hochhelfen?«

Die Hand, die sich ihr entgegenstreckte, war stark behaart und hatte spitze gelbe Nägel, die mit einer dunkelroten Kruste überzogen waren, über die nachzudenken Bree sich stets verbot.

»Mr. Beazley«, sagte sie und ergriff die ihr entgegengestreckte Hand, stemmte sich mit einem Fuß hoch und stützte sich auf die Krücken. »Und Mr. Caldecott.«

Die beiden Vertreter der Anklage schwebten knapp über dem zum Tor führenden Weg. Beazley war groß und dünn und hatte diese widerwärtigen Hände. Caldecott war klein und kahlköpfig. Es kostete Bree einige Überwindung, Caldecott in die Augen zu blicken. Seine Pupillen waren schwarze vertikale Schlitze, die Iris wirkte so gelb wie die einer Katze oder eines Ziegenbocks.

»Freut mich, dass Sie so gute Fortschritte machen«, sagte Beazley und versuchte, ihr die Hand unter den Ellbogen zu schieben, wovon Bree ihn jedoch mit einem gezielten Blick abhielt. Sie steuerte auf das Tor zu, wo Dent mit beunruhigtem Gesichtsausdruck auf sie wartete.

»Es war doch die Rede von Verbrennungen, Caldecott«, murmelte Beazley. »Halb so wild, wie ich sehe. Und ihr Haar wird schon nachwachsen.« Er blieb stehen und reckte den Hals, um ihren Hinterkopf zu betrachten. »Gute Idee, das mit dem Dutt. Bedeckt die abrasierte Stelle. Notieren Sie das, Caldecott.«

»Allgemeine … Erscheinung … nicht … beeinträchtigt«, las Caldecott vor, während er in ein kleines Notizbuch schrieb. »Mobilität … hervorragend …«

Bree blieb stehen. »Was soll das, Gentlemen?«, fragte sie ungehalten.

Caldecott steckte das Notizbuch in die Brusttasche seiner Anzugjacke und holte eine kleine Kamera heraus. »Fotos? Was meinen Sie, Beazley?«

»Seit es Photoshop gibt, haben die bei Gericht nicht mehr denselben Wert wie früher«, erwiderte Beazley. »Heutzutage lassen sich Fotos zu leicht bearbeiten, nachbessern oder regelrecht fälschen.«

Bree starrte auf einen Punkt hinter Caldecotts Kopf und sagte mit gespieltem Erstaunen: »Na, wenn das nicht Gabriel ist! Wie schön, Sie zu sehen, Gabriel! Und Ihr scharfes Schwert haben Sie auch dabei. Wir sind uns ja ewig nicht begegnet.«

Caldecott fuhr alarmiert zusammen und blickte sich nervös um. »Gabriel? Wo?«

»War nur ein kleiner Scherz«, sagte Bree. »Damit Sie mir Ihre Aufmerksamkeit schenken.« Sie sah die beiden finster an. »Was wollen Sie? Wenn es um den Fall Bulloch geht, da bin ich noch lange nicht so weit, Berufung einzulegen, und auf einen Deal lasse ich mich ganz gewiss nicht ein.«

»Der Fall Bulloch«, murmelte Beazley. »Nein, nein. Der steht noch gar nicht zur Debatte.«

»Wie Sie haben auch wir eine Kanzlei für irdische Fälle …«, erklärte Caldecott. »Von irgendwas muss man ja schließlich seine Rechnungen bezahlen.«

»Hier ist unsere Karte«, sagte Beazley.

Bree nahm die Karte, las sie und starrte die beiden an. »Sie vertreten die Armguard-Versicherungsgesellschaft?«

»Man hat uns engagiert.« Beazley nahm die Karte wieder an sich. »Wir sind im Auftrag des armen Mr. Mercury hier.«

»Dem der Unfall unendlich leidtut …«

»… der aber in keiner Weise für Ihre Verletzungen haftbar ist.«

Bree humpelte zum Tor. »Vergessen Sie's. Ich habe nicht die Absicht, Mercury zu verklagen. Verschwinden Sie.«

»Glauben Sie, sie meint es ernst, Caldecott?«

»Schon möglich, Beazley, schon möglich.«

»Das tu ich«, stellte Bree energisch fest. »Ich habe gar kein Interesse daran, Mr. Mercury zu verklagen.« Sie erreichte das Tor. Dent stand mit geballten Fäusten da. »Mr. Dent«, sagte Bree. »Mir fällt gerade ein, wie gekonnt Sie neulich bei B. Matthew's Sammi-Rose Waterman hinauskomplimentiert haben. Sehen Sie sich in der Lage, mir noch einmal einen solchen Dienst zu erweisen?«

Dent zog sein Sportsakko aus und hängte es über den Zaun. »Bin gern bereit, es zu versuchen.«

»Aber wer wird denn gleich so gereizt sein?«, sagte Caldecott.

»Wir schicken Ihnen eine Verzichtserklärung zur Unterschrift zu«, teilte Beazley ihr mit.

»Vergessen Sie nicht, sie von Zeugen unterschreiben und notariell beglaubigen zu lassen«, fügte Caldecott hinzu. »Verabschieden Sie sich, Beazley. Halten Sie sich zurück, Dent!«

Im nächsten Moment waren beide verschwunden. Nur Caldecotts höhnisches Kichern hing noch in der Luft.

»Sie sind weg«, sagte Dent.

»Wurde auch Zeit. Danke für Ihre Hilfe. Die beiden können ganz schön nerven.« Bree mühte sich durch das Tor. »Lassen Sie uns zur Bay Street fahren.«

Dent nahm sein Sportsakko vom Zaun und zog es langsam wieder an. Bree hatte noch nie jemanden gesehen, der derart erschöpft wirkte. »Sie kennen diese zwei Typen?«

»Leider. Es sind Anwälte der Gegenseite. Bisher musste ich mich schon drei Mal vor Gericht mit ihnen auseinandersetzen.«

Dent schien Schwierigkeiten zu haben, sich zu konzentrieren. »Ach ja? Und wie sieht Ihre Erfolgsbilanz aus?«

»Bei diesen beiden Knallköpfen?« Bree lächelte. »Bisher recht gut. Aber ich bin mir überhaupt nicht sicher, ob ich *diesen* Fall auch gewinne.« Sie blieb stehen und lehnte sich gegen ihr Auto. Dent öffnete ihr die Beifahrertür. Sie drehte sich um, ließ sich rückwärts auf den Sitz nieder und zog ihre Beine nach. Dent nahm auf dem Fahrersitz Platz und fuhr los, wobei er weniger Geschick an den Tag legte als sonst. Bree musterte ihn kurz. Sie wusste nicht, ob sie zur Sprache bringen sollte, dass er entlassen worden war.

Er sah furchtbar aus, war unrasiert. Er hatte dunkle Ringe unter den Augen, und die Falten in seinem Gesicht wirkten ausgeprägter als sonst. Sie würde mit EB besprechen, ob sie ihn nicht als Fahrer anheuern konnten. Sie hatte zwar nicht die Absicht, Phillip Mercury zu verklagen, aber zumindest konnte ihr seine Versicherungsgesellschaft doch einen Fahrer spendieren. »Dieser Zeuge, der offenbar verschwunden ist. Können Sie sich irgendwie an den erinnern?«

Er fuhr zusammen. »Wie?«

»Der verschwundene Zeuge?«

Er strich sich mit der Hand übers Kinn, was ein kratzendes Geräusch verursachte. »Ach, der. Darüber habe ich auch immer wieder nachgegrübelt. Kann sein, dass sie sich direkt an die Verteidigung gewandt hat. Ich glaube nämlich, es war eine Frau. Vor der Polizei hat sie jedenfalls keine Aussage gemacht. Und falls doch, kann ich mich nicht daran erinnern. Beim Prozess war sie nicht dabei, und ich meine mich auch zu erinnern, dass ihre Aussage für unzulässig erklärt wurde. Man munkelte damals, dass der zuständige Richter dem Staatsanwalt einen Gefallen schuldete.«

»Dann würde also nichts davon im Prozessprotokoll stehen.«

»Könnte sein, dass der Verteidiger die Aussage hatte.«

»Guter Gedanke. Ich werde Petru darauf ansetzen. Wenn die Aussage in irgendeinem der Öffentlichkeit zugänglichen Archiv gelandet ist, können wir sie uns beschaffen. Ach ja, und noch etwas. Zwischen dem Zeitpunkt, als Norris auf Haydee einstach, und dem

Zeitpunkt, als sie im Fluss gefunden wurde, liegen drei Stunden. Haben Sie und Kowalski zu klären versucht, was in diesem Zeitraum geschehen ist?«

»Ist mir entfallen.« Seine Stimme war voller Selbstekel.

»Vielleicht weiß Kowalski es ja noch«, sagte Bree. »Wenn Sie ... wenn Sie Zeit haben, können wir heute Nachmittag zu ihm fahren.«

Er machte vor dem Gebäude in der Bay Street halt und parkte in zweiter Reihe. Es herrschte starker Verkehr. Das Heulen von Sirenen zerriss die Luft, und der normale Verkehr schien ins Stocken geraten zu sein. Offenbar hatte es in der Nähe der Montgomery Street einen Unfall gegeben. Hinter ihnen hupte es wütend. »Ich werde mal zur Stadtverwaltung gehen und uns einen Behindertensticker besorgen.« Dent beobachtete im Rückspiegel, wie der Fahrer des Autos hinter ihnen demonstrativ zurücksetzte und sie dann in weitem Bogen umfuhr.

»Nicht nötig«, erwiderte Bree. »Ich bin sicher, dass ich nächste Woche wieder ganz normal laufen kann.«

Dent zuckte die Achseln. »Wie Sie wollen. Soll ich Ihnen helfen, ins Gebäude zu kommen?«

»Nein«, gab Bree unwirsch zurück. Sie öffnete die Wagentür. »Tut mir leid, dass ich Sie eben so angefahren habe. Bin heute sehr gereizt.«

»Soll vorkommen.«

»Tja.«

Beide schwiegen betreten. »Tut mir leid, dass Sie Ihren Job verloren haben, Dent.«

»Wie?«

»Ihren Job. Ron hat mir heute Morgen erzählt, dass Mercury Sie gefeuert hat.«

»Ja, das hat er.« Er vermied es, sie anzusehen, und starrte geradeaus durch die Windschutzscheibe. Es ging offenbar um mehr als nur darum, dass er seine Stelle verloren hatte.

»Was ist denn los?«, fragte Bree. »Bitte sagen Sie es mir doch. Vielleicht kann ich Ihnen ja helfen.«

Er ließ den Kopf gegen das Lenkrad sinken. »Florida Smith ist tot. Vor etwa einer Stunde hat man ihre Leiche im Fluss gefunden.«

13

Wovon, was jetzt geschah, ein Vorspiel ist …

William Shakespeare, *Der Sturm*

Also war es kein Unfall in der Nähe der Montgomery Street. Man hatte den Verkehr umgeleitet, damit die Rettungswagen ungehindert zum Fluss fahren konnten. Bree knallte die Autotür zu und packte Dent so bei der Schulter, dass er sie ansehen musste. »Was ist passiert?«, fragte sie.

»Jemand hat gesagt, dass sie erschossen wurde. Andere haben behauptet, sie sei erstochen worden. Sie wissen ja, was für Gerüchte immer unter den Schaulustigen kursieren. Aber kurz nachdem man sie aus dem Fluss gezogen hatte, ist Lieutenant Hunter aufgekreuzt.«

»Und der gehört zum Morddezernat …«

Dann war es also Mord.

»Erzählen Sie mir ganz genau, was geschehen ist, Dent. Und zwar von Anfang an.«

»Die Filmcrew ist heute wieder am Flussufer, um

ein paar Szenen nachzudrehen. Ich hatte mich um sieben am Set eingefunden. Von sieben bis drei hätte ich Dienst gehabt. Doch ich wurde sofort gefeuert. Victor White war auch da. Ich bin zu ihm gegangen, um mich zu erkundigen, ob er irgendwelche Aufträge habe, und er sagte: *Ja, verschwinden Sie! Was halten Sie von diesem Auftrag?*«

»Das war heute Morgen kurz nach sieben?« Automatisch warf Bree einen Blick auf ihre Armbanduhr. Jetzt war es kurz nach elf. »Haben Sie Florida gesehen?«

»Nein, hab ich nicht. Was aber nicht bedeutet, dass sie nicht da gewesen ist. Sie wissen ja, wie es auf einem Set zugeht. Alle rennen wie aufgescheuchte Hühner rum. Schon möglich, dass sie da war. Sie ist … war … immer pünktlich.«

»Wer war sonst noch da?«

»Tja.« Er fuhr sich mit der Hand übers Gesicht. »Keine Ahnung. Vermutlich alle.« Seine Augen verengten sich zu Schlitzen. »Mrs. Waterman zum Beispiel. Zusammen mit ihrem klugscheißerischen Rechtsanwalt. Und Vince White, wie schon gesagt.«

»Mit welchem Rechtsanwalt? Payton McAllister?«

»Nein, mit dem schmierigen. Diesem Stubblefield.«

»Dent, Sie waren mal Cop. Man hat Ihnen beigebracht, alles aufmerksam zu beobachten.« Sie tippte ihm auf die Schulter. »Würden Sie mich bitte ansehen? Wohin starren Sie überhaupt?« Sie folgte seinem Blick, der auf ein Gebäude ungefähr in der Mitte der Straße gerichtet war: *Bartlett's Bar und Grill. Drinks rund um die Uhr.* »Vergessen Sie's, Dent. Sie trinken nicht mehr. Sie werden mir jetzt helfen herauszufinden, wie Flurry Smith umgekommen ist. Okay?«

»Okay.«

»Geben Sie sich irgendwie die Schuld für das hier? Warum sollten Sie?«

Seine Miene verfinsterte sich. »Wenn ich vor sechzig Jahren ein besserer Cop ... oder wenn ich ein besserer *Mensch* gewesen wäre, dann wäre nichts von dem passiert.«

»Sie glauben, Flurry sei tot, weil sie etwas über den Mord an Haydee wusste, das wir nicht wissen?«

»Was glauben Sie denn?«

»Ich glaube, Sie haben recht. Da muss es eine Verbindung geben. Die mit dem verschwundenen Zeugen zusammenhängt.«

Die Wendungen, die dieser Fall inzwischen nahm, beunruhigten Bree immer mehr. »Hören Sie, ich brauche dringend einen Fahrer. Wollen Sie den Job haben?«

»Klar. Warum nicht?«

»Nun kommen Sie aus Ihrem Tief mal wieder raus, Dent. Dafür haben wir jetzt einfach keine Zeit. Wissen Sie zufällig, *wie* Flurry umgekommen ist? Haben Sie die Leiche gesehen?«

»Ja. Konnte aber nichts feststellen.«

»Okay. Wir müssen runter zum Fluss. Ich werde EB anrufen, um meinen Termin um elf abzusagen. Machen Sie sich inzwischen mal Gedanken darüber, wie Sie mich so nah wie möglich zum Tatort bringen können.« Bree warf einen Blick über die Schulter. Der

Verkehr war immer noch sehr dicht. Und das Auto von vorhin – ein Lexus – war wieder da. Bree wartete ungeduldig darauf, dass es an ihnen vorbeifuhr. Stattdessen machte es neben ihnen halt, was ein wütendes Hupkonzert zur Folge hatte. Eine rundliche Frau mittleren Alters in hellviolettem Kaftan stieg aus dem Fond und klopfte auf Brees Seite ans Fenster.

Mit einer Entschuldigung auf den Lippen öffnete Bree das Fenster.

»Sie sind Ms. Winston-Beaufort, nicht wahr?«

»Ja, bin ich. Tut mir leid, wenn wir hier den Verkehr behindern, aber könnte Ihr Fahrer nicht einfach …«

»Ich bin Dixie Bulloch«, sagte die Frau. »Die dritte Schwester. Ich habe um elf einen Termin bei Ihnen, aber Morris konnte und konnte einfach keinen Parkplatz finden, deshalb sind wir hundert Mal um den Block gefahren, bis ich gesagt habe: *Morris! Da ist ja Ms. Beaufort. Wir halten die Besprechung schnell in ihrem Wagen ab, und anschließend kann sie mich nach Hause fahren.* Was halten Sie davon, Bree? Sie heißen doch Bree, nicht? Dann kann Morris nach Hause fahren und braucht keinen Parkplatz zu suchen.« Sie öffnete die Hintertür und ließ sich auf den Rücksitz fallen. Sie war förmlich in eine Wolke von Parfüm gehüllt, die das Innere des Wagens mit einem scharfen, äußerst unangenehmen Blumenduft erfüllte.

»Sie sind meine neue Klientin?«, fragte Bree.

»Dachte mir, dass meine Schwestern das gewaltig ärgern würde. Ihnen eilt ja ein gewisser Ruf voraus.«

Sie schob ihre mollige, mit Sommersprossen übersäte Hand über die Kopflehne. »Sagen Sie Dixie zu mir.«

Morris fand eine Lücke im Verkehr und fuhr davon.

Bree warf Dent einen hilflosen Blick zu.

»Nun, wie wollen wir's denn machen?«, sagte Dixie munter. »Wollen wir ein bisschen rumfahren? Oder wollen Sie hier einfach im Wagen sitzen und plaudern?« Sie schob den Kopf zwischen die Vordersitze. Ihr Haar war leuchtend rot gefärbt. »Meine Güte, bei diesem Unfall mit Phillip haben Sie ja ganz schön was abbekommen. Obwohl ich sagen muss, dass Sie gar nicht so schlimm aussehen, wie ich erwartet hatte. Sammi-Rose sagte, Ihr Gesicht sei so ziemlich verbrannt. Aber das ist typisch für Sammi-Rose, die immer alles gleich dramatisieren muss, statt sich an Fakten zu halten. Ihr Bein ist aber gebrochen, oder?«

Bree warf einen Blick auf den ärgerlichen Verband. »So ist es, Miss Bulloch. Dixie. Möchten Sie mir nicht endlich erzählen, warum Sie mich eigentlich sehen wollten?«

Dixie machte es sich auf dem Rücksitz bequem. »Also das ist eine lange Geschichte. Ich wäre auch schon viel früher zu Ihnen gekommen, hatte aber in der letzten Zeit einfach zu viel um die Ohren.«

Dent räusperte sich. »Sie sind nicht zufällig eine Freundin von Bill W.?«

»Natürlich bin ich das«, erwiderte Dixie. »Sind Sie auch mit ihm befreundet? Was für ein Zufall! Aber mir war auch so, als hätte ich Ihr Gesicht schon mal gesehen.«

Es freute Bree, dass Dent aus seinem Tief herausgekommen zu sein schien, wenn auch nur vorübergehend. Doch die Zeit verstrich, und im Augenblick war es ihr ziemlich egal, was für gemeinsame Freunde die beiden hatten. »Dixie, könnten Sie wohl kurz zusammenfassen, warum Sie mich sehen wollten? Im Augenblick fehlt es mir ein bisschen an Zeit.« Bree hielt es zwar für unwahrscheinlich, dass Dixie viel von *Kürze* hielt, aber ein Versuch konnte ja nichts schaden. »Dent wird mich ganz in der Nähe des Filmsets absetzen. Danach wird er Sie dann nach Hause fahren. Nicht wahr, Dent?«

»Klar.« Er ließ den Motor an und fuhr los.

»Wird dieser Film nicht unten am Fluss gedreht? Da war doch vorhin gewaltig was los. Was da wohl passiert ist? Wahrscheinlich sind ein paar Touristen von einem der Rundfahrt-Boote gefallen. Erst trinken sie sich einen an, und dann purzeln sie in null Komma nichts in den Fluss.« Sie schnippte mit den Fingern. »Meine Schwester ist heute Morgen auch zum Set hin, um Flurry Smith den Hals umzudrehen. Vielleicht ist *sie* ja ins Wasser gefallen. Wäre kein großer Verlust für die Menschheit, das steht fest.«

Dent machte vor einer unbemannten Absperrung der Polizei halt. »Florida Smith ist tot«, sagte er barsch.

Dixie schnappte nach Luft. »Was? Dieses liebe Kind? Wie konnte das denn passieren?« Sie reckte den Hals aus dem Fenster, um besser sehen zu können, was hinter der Absperrung geschah.

Florida mochte allerlei gewesen sein, aber sicher

kein *liebes Kind*. Sie war smart, neugierig, ehrgeizig und intelligent gewesen. Und jetzt war sie tot. Aber weshalb? »Das wissen wir noch nicht«, sagte Bree.

»Sie wollen also zum Fluss runter, um es herauszufinden?« Dixie kaute an ihrer Unterlippe herum. »O Gott! Sie nehmen doch jetzt nicht etwa an, Sammi-Rose hätte sie wirklich abgemurkst? Meine Güte! Und ich hab gedacht, ich würde den Vormittag mit langweiligen juristischen Angelegenheiten verbringen.«

»Ich fürchte, dazu wäre es ohnehin nicht gekommen, Dixie. Ich habe die Kanzlei meines Onkels geerbt und bin dazu verpflichtet, über die Effekten Ihrer Großmutter so zu verfügen, wie sie es in ihrem Testament festgelegt hat. Von daher ist es sehr wahrscheinlich, dass Sie und Ihre Familie nicht mit dem einverstanden sein werden, was ich rechtlich in die Wege leiten muss.«

Dixie riss die Augen auf. Wie ihre Schwester hatte sie reichlich Mascara aufgetragen, allerdings mit weniger Geschick, denn das Ganze war hier und da etwas verschmiert. »Habe ich Sie eben richtig verstanden? Sie meinen, Sie können mich nicht als Klientin annehmen?«

»Das nennt man Interessenkonflikt«, erklärte Dent. Dixie schien ihn zu amüsieren. Was Bree wesentlich besser gefiel als ein deprimierter Dent.

»Na, dann ist ja alles in Ordnung, denn wie ich Ihrer Mrs. Billingsley schon erzählt habe, habe ich mich gar nicht in eigener Sache, sondern wegen Justine an Sie gewandt. Justine ist doch Ihre Klientin, oder?«

»Justine?« Bree hatte ihre Aktentasche gegen einen großen Tragebeutel eingetauscht, den sie sich jetzt um den Hals hängte. Anschließend öffnete sie die Beifahrertür und nahm ihre Krücken. »Über die können wir uns auch nicht unterhalten, Dixie.«

»Warum denn nicht?«

»Interessenkonflikt«, sagte Dent. Er stieg aus und kam zu Bree herüber. »Lassen Sie mich Ihnen helfen, Boss. Näher kann ich nicht ranfahren. Ist zwar ein ganz schöner Marsch, aber wenigstens brauchen Sie keine Treppe runterzugehen.«

Bree nahm ihre Umgebung in Augenschein. Die Front Street endete in einer Sackgasse, die sich in der Nähe des Markts in der Montgomery Street befand. Vor Bree lag eine schmale Gasse, die von alten verlassenen Lagerhäusern gesäumt und ziemlich abschüssig, aber glücklicherweise asphaltiert und nicht gepflastert war, was ihr den Abstieg erleichtern würde.

Dent reichte ihr die Krücken. »Wenn ich Dixie nach Hause gefahren habe, komm ich sofort zurück.«

»Lassen Sie Ihr Handy an. Hab keine Ahnung, wo ich dann sein werde.«

»Hallo!«, trällerte Dixie. »Haben Sie mich vergessen? Wollen Sie sich einfach davonmachen, ohne mit mir gesprochen zu haben?«

»Tut mir leid, aber sicher werden Sie verstehen, dass das jetzt fehl am Platze wäre.« Die guten Manieren, die Francesca ihr beigebracht hatte, gewannen wieder die Oberhand. Bree lächelte Dixie an. »Es war sehr nett, Sie kennenzulernen. Danke, dass Sie sich die Zeit genommen haben, mich aufzusuchen.«

»Käme es auch zu einem Interessenkonflikt, wenn ich Ihnen verrate, warum meine Schwestern nicht gut auf Justine zu sprechen sind?«

»Nein«, erwiderte Bree prompt, deren Neugier auf einmal geweckt war. »Wenn sich herausstellt, dass es einen Bezug zu der Klage hat, die Ihre Schwestern gegen Justine angestrengt haben, wäre das kein Interessenkonflikt, sondern nur hinterhältig.«

»Boss«, sagte Dent in warnendem Ton.

»Diese Sache wird ohnehin so lange zurückgestellt, bis über die Brosche entschieden worden ist«, murrte Bree. »Aber Sie haben recht, Dent.« Sie seufzte. »Auch darüber darf ich nicht mit Ihnen sprechen, Dixie.« Ein Lächeln erhellte ihr Gesicht. »Aber Mr. Dent können Sie es erzählen.«

Bree stellte fest, dass sie mithilfe ihrer Krücken recht zügig die Gasse hinunterkam, wenn sie ihr Gewicht von Zeit zu Zeit auf die Metallzwinge an der Fußsohle verlagerte. Als sie das Ende der Straße erreicht hatte, trat ein Streifenpolizist aus dem Eingang eines Lagerhauses.

»Bitte gehen Sie nicht weiter, Madam. Hier hat ein Verbrechen stattgefunden.«

Der Polizist kam ihr irgendwie bekannt vor. Er hatte blonde Haare und eine sehr helle Haut, die sich rosig färbte, als sie ihn nachdenklich musterte. Einige hundert Meter hinter ihm standen zahlreiche Polizeiautos und Rettungswagen. Plötzlich fiel Bree ein, woher sie ihn kannte. »Officer Banks, nicht wahr?«

»So steht es auf meinem Namensschild, Madam.«

»Nein, ich meine, wir sind uns schon mal begegnet. Vor ungefähr fünf Monaten haben Sie mir geholfen, einen Hund zu retten. Er war in der Nähe der Mulberry Street in ein Fangeisen geraten. Ich habe damals die Polizei gerufen, und Sie sind gekommen. Ich bin Bree Beaufort.«

Sein Gesicht hellte sich auf. »Ja, natürlich. Was ist denn aus dem Hund geworden?«

»Dem geht's bestens. Ist in Rekordzeit wieder gesund geworden. Wenn ich mich recht erinnere, waren Sie damals noch nicht lange bei der Polizei.«

»Das stimmt.« Er sah sie ein wenig argwöhnisch an. »Sie sind doch Rechtsanwältin, oder?«

»Ja. Trifft es zu, dass Sie heute Vormittag Florida Smith' Leiche entdeckt haben?«

»Dazu darf ich mich nicht äußern, Madam.«

Bree kam zu dem Schluss, dass es nichts schaden würde, ein bisschen zu schwindeln. »Ms. Smith war meine Klientin. Lieutenant Hunter hätte mich eigentlich schon längst holen lassen müssen.«

»Da muss ich erst mal nachfragen, Madam.«

»Danke, sehr freundlich«, sagte Bree.

Banks sprach in den Minisender an seinem Kragen. »Arnie? Ist der Lieutenant greifbar? Hier ist eine Miss Winston-Beaufort, die zum Tatort möchte.«

Nach einer kurzen Pause gab der Sender eine Reihe von Quäklauten von sich. Banks warf einen Blick auf

Brees Verband. »Ja, Sir.« Dann spähte er die abschüssige Straße hinauf. »Ja, Sir. Mach ich, Sir. Ms. Beaufort?« Es dauerte einen Moment, bis Bree begriff, dass Banks sie angesprochen hatte. »Sie sollen hier warten.«

Einer der Streifenwagen, die in einiger Entfernung standen, fuhr los und kam langsam auf sie zu. Bevor er haltmachte, wendete er. Banks öffnete für Bree die Hintertür. »Officer Arnold wird Sie hinbringen, Ms. Beaufort.«

Bree ließ sich rückwärts auf dem Sitz nieder und setzte sich seitlich hin, während der Streifenwagen langsam zurückfuhr. Officer Arnold war eine Frau Mitte dreißig, mit ausdrucksloser Miene und wasserstoffblondem Haar. Ein oder zwei Mal drehte sie sich zu Bree zurück, sagte aber kein Wort.

Die überdachte Passage vor dem Hotel war auf allen Seiten mit gelbem Band abgesperrt und wurde von zwei Streifenpolizisten bewacht. Jenseits der Absperrung hatte sich eine Gruppe Schaulustiger versammelt – Touristen, Journalisten mit Kameras sowie die Inhaber der Läden, die in der Front Street lagen.

Auch die Schauspieler und die Crew von *Bitter Tide* waren da. Sie standen zusammengedrängt vor einem Fischrestaurant, zu dessen Spezialitäten Austern gehörten. Hatch beriet sich mit zwei Männern. Tyra Steele war von ihrer Friseuse, ihrem Maskenbildner und einer Frau umringt, die einen kleinen weißen Hund unter dem Arm hatte und ein Handy in die Höhe hielt, in das Tyra sprach, während sie gelegentlich die Haare zurückwarf. Ein Video-Feed, vermutete

Bree, mit Direktverbindung zu MyFace. Justine saß kerzengerade auf einem Campinghocker. Mercury und Vince White standen mit verschränkten Armen nebeneinander und machten beide ein finsteres Gesicht.

John Stubblefield sprach mit hochrotem Gesicht auf Sam Hunter ein. Stubblefield hatte den Arm um Sammi-Rose Waterman gelegt, deren ganze kalte Selbstbeherrschung verschwunden war. Sie war sehr wütend. Und wirkte zugleich ängstlich, fand Bree. Hinter Hunter hatte sich die rothaarige Sergeant Markham aufgebaut.

Stubblefield fuchtelte Hunter mit ausgestrecktem Finger vor dem Gesicht herum – was er, wenn er Hunter besser gekannt hätte, wohl lieber unterlassen hätte. Hunter drehte sich um, nickte Markham zu und ging davon. Markham zog Sammi-Roses Arme nach hinten, legte ihr Handschellen an und schob sie zu einem Streifenwagen.

»O Gott«, sagte Bree.

»Ein ganz schöner Tritt in den Arsch für Stubblefield«, stellte Officer Arnold voller Schadenfreude fest.

»Hat man Mrs. Waterman etwa wegen des Mordes an Florida Smith verhaftet?«, fragte Bree.

»Dazu kann ich nichts sagen, Madam«, entgegnete Officer Arnold. »Lieutenant Hunter möchte noch kurz mit Ihnen sprechen, bevor ich Sie nach Hause fahre. Fragen Sie den doch.«

»Moment mal.« Bree stellte die Beine auf den Boden und versuchte, die Tür zu öffnen. Sie war verschlossen. »Hey«, sagte Bree. »Würden Sie mich bitte rauslassen?«

»Sorry. Der Lieutenant möchte nicht, dass sich Unbefugte am Tatort aufhalten.«

»Davon wimmelt es hier doch nur so«, erwiderte Bree aufgebracht. »Das können Sie nicht machen, Officer Arnold. Entweder Sie verhaften mich oder Sie lassen mich jetzt raus.« Sie klatschte mit den Händen gegen die Scheibe. »Und zwar sofort!«

»Macht sie Ärger, Arnie?« Hunter öffnete die Hintertür. »Ich habe der Versuchung widerstanden, dich auf einem Bein am Ende der Straße stehen zu lassen, aber jetzt frage ich mich, warum zum Teufel ich bloß so gutmütig war.«

Bree starrte ihn wütend an.

Hunter verzog keine Miene. »Arnie?«

»Ja, Sir.«

»Gehen Sie einen Kaffee trinken.«

»Ja, Sir.« Officer Arnold tippte sich an den Stetson. »Madam. War mir ein Vergnügen, Sie zu fahren.« Er schlenderte in Richtung Fischrestaurant davon.

»War das nun Südstaatenhöflichkeit oder Sarkasmus?«

»Da sie aus Detroit stammt, würde ich auf Letzteres tippen. Nun mach schon, Bree. Rutsch rüber.« Er setzte sich neben sie und nahm ihre Hand. »Das ist eine schlimme Geschichte, mit der du dich in deinem Zustand nicht befassen solltest.«

»Mir geht es wunderbar!«

Er legte den Kopf schief. Seine Augen waren grau,

die Augenwinkel von feinen Fältchen durchzogen. Wie die meisten Cops sah er älter aus, als er war. Bree glaubte, dass sie ihn liebte, aber sicher war sie sich nicht. »Zumindest siehst du nicht so schlimm aus, wie man es erwarten könnte.« Er strich ihr mit dem Finger über die Wange. »Deine Haut schält sich schon.«

»Tatsächlich?« Sie reckte sich hoch, um sich im Rückspiegel zu betrachten. »Igitt! Stimmt.«

»Du hast bemerkenswerte Fortschritte gemacht, das steht außer Frage. Aber findest du nicht auch, dass es ein bisschen zu früh ist, um sich wieder in die Arbeit zu stürzen?«

»*Ich* finde, ich bin durchaus in der Lage, das selbst zu entscheiden.«

»Na gut. Und wie kommst du dazu, hier einzufallen und am Tatort rumzuschnüffeln?«

»Einzufallen? Rumzuschnüffeln?«, gab sie empört zurück.

»Jawohl. Was für ein Interesse hast du an diesem Fall?«

Ich versuche, im Auftrag meiner Klientin, die seit über vierzig Jahren tot ist, einen fast sechzig Jahre zurückliegenden Mord aufzuklären. Das konnte sie natürlich schlecht sagen. »Florida Smith war eine Freundin von mir. Und außerdem meine Klientin.« Bree dachte kurz nach. »Sie hat mich engagiert, um sie im Rechtsstreit mit den Bullochs zu verteidigen«, schwindelte sie.

»Ich dachte, darum würde sich der Anwalt der Filmgesellschaft kümmern.«

»Natürlich, aber nur, soweit es das Drehbuch betrifft. Sie machte sich aber auch Sorgen wegen des Buches.«

»Wäre das nicht Sache ihres Verlegers gewesen?«

»Sie hatte einen Vorschuss bekommen, Hunter. Sie wollte nicht, dass die Publikation des Buches, von dem sie sich eine Menge versprach, durch irgendetwas gefährdet wurde.«

»Kann ich verstehen.«

»Wurde sie ermordet?«

»Das weiß ich erst, wenn die Ergebnisse der Autopsie vorliegen«, erwiderte Hunter.

»Aber du hast doch Ms. Waterman verhaftet.«

»Mrs. Waterman ist heute Morgen zusammen mit ihrem Anwalt John Stubblefield zum Set gekommen. Sie haben eine einstweilige Verfügung mitgebracht, die die Fortsetzung der Dreharbeiten bis auf weiteres untersagt. Dann ist sie mit Florida Smith in Streit geraten und hat sie tätlich angegriffen.«

»Womit?«

»Sie hat sich einen der Klappstühle geschnappt und Ms. Smith damit auf den Hinterkopf geschlagen.«

Bree betastete ihren eigenen Hinterkopf, der immer noch ziemlich empfindlich war. Am meisten ärgerte sie die abrasierte Stelle. Es war ja bekannt, dass sich Verbrecher bei ihren Taten immer wieder derselben Methode bedienten. Vielleicht war es also doch Sammi-Rose gewesen, die sie niedergeschlagen hatte. »Hat Mrs. Waterman die Angewohnheit, ihren Opfern eins auf den Hinterkopf zu geben?«

Hunter deutete ein Lächeln an. Sein Blick blieb jedoch kalt. »An diese Möglichkeit habe ich auch schon gedacht. Jedenfalls verschwand Florida, um sich eine kalte Kompresse aufzulegen. Und tauchte erst wieder auf, als man sie um zehn Uhr fünfzehn aus dem Wasser zog.«

»Hat jemand Florida begleitet, um ihr behilflich zu sein?«

»Zwei Bühnenarbeiter. Sie haben sie zu Mercurys Wohnwagen gebracht. Dort haben ihr die Bühnenarbeiter – Grant Thomas und Hudson James – einen Eisbeutel aufgelegt und sie gefragt, ob sie einen Notarzt holen sollen, was Florida aber abgelehnt hat. Dann sind die beiden gegangen.«

»Und danach?«

»Wir sind noch dabei, die Schauspieler und die Crew zu befragen. Bisher hat niemand zugegeben, sie später noch gesehen zu haben.«

»Könnte es vielleicht sein, dass sie durch den Schlag verwirrt war? Dass sie umhergeirrt und dabei in den Fluss gefallen ist?«

»Schon möglich. Im Augenblick lässt sich nichts Genaues sagen. Die Autopsie liegt noch nicht vor, die Befragungen sind noch nicht abgeschlossen, und wir haben nicht genug Informationen.«

Bree kratzte genervt unter dem Rand ihres Verbands herum.

»Dazu brauchst du eine Stricknadel«, meinte Hunter.

»Das hat Ron auch schon gesagt. Sam, du musst dir

aber doch eine Meinung gebildet haben. Was glaubst du denn?«

»Mein Instinkt sagt mir, dass es Mord war.«

»Der Ansicht bin ich auch.« Sie sah ihn an. Sein Blick war auf seine Mitarbeiter gerichtet, die sich gerade methodisch die Filmleute vornahmen und deren Namen und Aussagen notierten. »Aber warum ist sie ermordet worden? Ihr Tod wird nicht verhindern, dass der Film weitergedreht wird. Selbst mit der Publikation des Buches könnte es irgendwie weitergehen. Sie hat mir erzählt, dass die Rohfassung schon fertig ist. Ihr Verleger könnte gegebenenfalls also jemand anderen damit beauftragen, es in Form zu bringen.«

»Falls man es findet«, erwiderte Hunter. »Wir haben ihren Wohnwagen durchsucht. Ihr Laptop ist verschwunden, ebenso wie ihre USB-Sticks und alle Disketten.«

14

Ruh, ruh, verstörter Geist!
William Shakespeare, *Hamlet*

Bree saß da und starrte auf die weiße Kunststofftafel, die im Büro in der Angelus Street hing. Das Fragezeichen, das den Zeitraum zwischen ein Uhr dreißig und vier Uhr dreißig markierte, schien sie höhnisch anzugrinsen. »Irgendetwas habe ich übersehen.«

»Sie werden schon noch drauf kommen«, bemerkte Lavinia gelassen. Ihre knotigen Finger bewegten sich rasch hin und her, denn sie strickte gerade eine Jacke aus weicher lilafarbener Wolle. Brees Bitte um eine Stricknadel hatte Lavinia daran erinnert, dass diese Arbeit liegen geblieben war.

»Ich habe alle polizeilichen Unterlagen von damals durchgesehen«, sagte Ron. »Florida Smith ist nichts entgangen.«

»Es wäre korrekter zu sagen, dass nichts in den Polizeiakten steht, was sich nicht auch in den Unterlagen der Verstorbenen fände. Die in unserrem Besitz sind«, stellte Petru richtig.

Bree kratzte mit der Stricknadel unter ihrem Verband herum. Aus Höflichkeit vermieden es ihre Mitarbeiter, sie dabei anzusehen. »Nichts über einen Zeugen, der Haydee gesehen hat, nachdem sie den Nachtclub verlassen hatte?«

»Nur Aufzeichnungen über die Befragungen.« Petru trommelte mit den Fingern auf die Tischplatte. »Das ist höchst ärrgerlich, meine Liebe.«

»Sorry.« Bree verstaute die Stricknadel in ihrem Tragebeutel.

»Lieutenant Hunter ist der Ansicht, der Wunsch, die Verröffentlichung des Buches zu verhindern, stecke hinter dem Tod Floridas?«, fragte Petru.

»Falls sie in den Fluss gefallen ist, weil sie von dem Schlag mit dem Stuhl, den ihr Sammi-Rose verpasst hat, eine Gehirnerschütterung davongetragen hatte, dann trifft das auch zu. Hunter hat es zwar noch nicht ausdrücklich gesagt, aber er spielt zweifellos mit dem Gedanken, sie des Totschlags zu beschuldigen. Und vielleicht war es das ja auch.« Bree rieb sich die Stirn. »Vielleicht bin ich total auf dem Holzweg.«

»Könnte sein. Sie haben ja auch gerade eine Gehirnerschütterung hinter sich«, sagte Ron fröhlich. »Flurrys Unterlagen sind alle gestohlen worden. Falls sie tatsächlich ermordet wurde, dann wusste der Betreffende jedenfalls nicht, dass wir Kopien davon haben.«

»Das entlastet so gut wie jeden«, stellte Bree verdrossen fest. »Alle Verdächtigen – Waterman, Cicerone, White, Mercury, McAllister und selbst Justine – saßen ja an dem Abend, als Flurry Dent und mir das

Material übergab, bei B. Matthew's. Niemand konnte wissen, ob nicht auch eine Kopie des Buchmanuskripts dabei war.«

»Und einige dieser Verdächtigen waren auch heute Vormittag dabei«, sagte Ron. »Warum sollte man denn voraussetzen, dass sich ein Mörder intelligent verhält?«

Bree starrte ihn an. »Das bringt mich auf eine Idee.«

»Das kann ich nicht ganz nachvollziehen«, sagte Petru missbilligend. »Die Anhaltspunkte, die wir haben, weisen auf eine Perrson hin, die logisch denkt und dabei völlig skrupellos ist.«

»Irgendetwas muss gestern geschehen sein«, sagte Bree. »Flurry muss etwas entdeckt haben. Ich wünschte, ich hätte sie gestern Abend noch zurückgerufen.«

Lavinia legte den Kopf schief. »Ich glaube, Mr. Dent ist draußen.«

»Ist es schon so weit, um zu Kowalski zu fahren? Okay.« Bree hievte sich hoch.

»Er will seinen alten Freund besuchen?«, erkundigte sich Lavinia.

»Es ist mehr als nur ein Besuch, glaube ich. Dent hat furchtbare Gewissensbisse, weil er sich damals Kowalski gegenüber so unkollegial verhalten hat. Ich habe gestern Abend ausführlich darüber nachgedacht, wie ich Dent helfen könnte, und nun glaube ich, eine Lösung gefunden zu haben. Mal sehen.«

»Aber Sie werrden ihn doch nach dem verschwundenen Zeugen fragen, oderr?«, sagte Petru.

»Na sicher. Hoffentlich nützt das was. Es ist höchste

Zeit, dass wir mit diesem Fall weiterkommen. Apropos Fall … Ron, ich möchte Sie bitten herauszufinden, wo Florida gestern überall gewesen ist.«

»An einem Sonntag?«, murmelte Lavinia. »Ich hoffe, das arme Kind war in der Kirche.«

»Schon möglich, aber der Gottesdienst hat ja sicher nicht den ganzen Tag gedauert.« Bree hängte sich ihre Tragetasche um den Hals und ging zur Tür. »Flurry hat doch immer gesagt, dass sie noch einen letzten Beweis bräuchte. Vielleicht hat sie ihn ja gefunden. Und wenn sie ihn gefunden hat, dann können wir es auch.«

»Haben Sie Dixie nach Hause gefahren? Ist alles gut gelaufen?«, fragte Bree. Sie legte ihren Tragebeutel auf den Boden und bettete ihr verbundenes Bein darauf. Ein pochender Schmerz zog sich durch das ganze Bein; am schlimmsten war es im Knie.

»Kommt ganz drauf an, was Sie unter *gut gelaufen* verstehen.« Dent hatte ein Blatt Papier auf dem Schoß, auf dem der Weg zum Sweet-Briar-Pflegeheim beschrieben war. Er weigerte sich strikt, das Navigationssystem in Brees Auto zu benutzen. »Ich habe bisher nur eine einzige Frau kennengelernt, die so viel geredet hat wie Dixie – meine Exfrau.«

»Sie waren verheiratet?«

»Vor dem Krieg«, sagte Dent kurz angebunden. »Sie hatte aber kein Durchhaltevermögen. Als ich wieder nach Hause kam, war sie nicht mehr da.« Er zuckte die Achseln. »Ist vielen Kameraden so gegangen.«

Bree hätte gern gefragt, was aus ihr geworden war, ob Dent Kinder hatte und ob er sie noch vermisste. Sie unterließ es aber.

»Sie hat mir erzählt, warum ihre Schwestern Justine so hassen.«

»Ich dachte, das gehöre zu den allgemeinen Schikanen der Bullochs. Sie wollen den Film und das Buch verhindern und haben es besonders auf die Schauspielerin abgesehen, die ihre Mutter darstellt. Steckt noch mehr dahinter?«

»Justine hat mal für die Bullochs gearbeitet. Wussten Sie das?«

»Justine Coville?«, fragte Bree verblüfft zurück. »Wann war denn das?«

»Dixie meint, so ungefähr sechsundfünfzig, siebenundfünfzig. Sie sagt, Justine habe Savannah verlassen, um in New York Karriere als Bühnenschauspielerin zu machen, sei aber gescheitert und wie ein geprügelter Hund nach Savannah zurückgekehrt. Mrs. Bulloch hat sie dann als eine Art Sekretärin angestellt. Dixie sagt, ihre Mutter erinnere sich noch daran, dass die Familie Justine wie eine Königin behandelt hätte. Sie wohnten damals in der Nähe des Herrenhauses der Rattigans. Auf einem prachtvollen Anwesen, wie Dixie sagt. Dort gab es auch eine Art Pferdestall, in dem Justine wohnte.«

»Pferdestall?«, erwiderte Bree. »Meinen Sie eine Remise?«

»Genau. Jedenfalls wohnte Justine dort, und eine Zeitlang war alles in Butter. Dann aber wurde Mrs.

Bulloch krank. Herzprobleme. Eines Tages rutschte sie in der Badewanne aus und starb an den Nachwirkungen des Sturzes. Mit dem Vermögen der Familie ging es allmählich den Bach runter, und Justine schwirrte nach Hollywood ab. Hat die Familie einfach im Stich gelassen. Das soll ihr Sammi-Rose nie vergeben haben. Ihre Mutter, die Frau, die Alexander nach Haydees Tod geheiratet hatte, hat Mrs. Bulloch bis zum Schluss gepflegt. Die alte Dame war ziemlich herrisch, und bei ihrem Tod hat ihr niemand auch nur eine Träne nachgeweint. Sie haben sie auf dem billigsten Friedhof begraben, den sie finden konnten, draußen in Belle Glade, und damit war die Sache erledigt.«

»Oje.« In Belle Glade war auch Haydee begraben worden. Was hatte Justine noch mal gesagt? Dass an ihrem Grab ein weinender Engel stand? Bree malte sich aus, wie die beiden Todfeindinnen Seite an Seite in ihren Gräbern lagen. Grässlich.

»Verwandte«, sagte Dent. »Wenn man sich nicht wehrt, bringen die einen um. Ich habe Dixie erklärt, dass man sich einfach von allem losmachen müsse. Darum geht's bei Stufe vier.« Er machte an einer roten Ampel halt und konsultierte die Wegbeschreibung auf seinem Schoß. »Wir sind jetzt auf der Skidaway Road. Von hier müssen wir nach links abbiegen und noch ein Stück weiterfahren. Dann müssten wir bald da sein.«

»Mit dem Navigationssystem wäre das viel einfacher, Dent. Da sagt einem eine Stimme, wie man fahren muss.«

»Auf Stimmen, die mir Anweisungen geben, kann ich verzichten.«

Schweigend fuhren sie eine Weile weiter. Die Gegend, in der sie sich befanden, bezeichneten Grundstücksmakler gern als Mischgebiet. Sie kamen an einem Geschäft für Autozubehör, einem Restaurant und einem Michael's Fabric Shop vorbei. Dann folgte eine kleine Siedlung mit einstöckigen Holzhäusern. Nach einer Weile tauchte rechts von der Straße ein Komplex niedriger blassgelber Gebäude auf.

»Sweet Briar«, sagte Dent, auf das Schild am Eingang zeigend. Er fuhr auf den Parkplatz, machte in der Nähe der Eingangstür halt und stellte den Motor ab. »Sieht gar nicht so übel aus«, sagte er. Die Büsche um das Gebäude herum machten ebenso wie der Rasen einen gepflegten Eindruck. Obwohl der Himmel von dunklen Regenwolken überzogen war, wirkte die Umgebung in keiner Weise düster.

»Sie haben Kowalski noch nie besucht?«

»Das hab ich immer wieder aufgeschoben. Ich bin ihm 'ne Menge schuldig. Er hatte nämlich nichts für Alkoholiker übrig. Trotzdem hat er es mit mir ausgehalten. Hat sich immer vor mich gestellt, wenn es Ärger mit Vorgesetzten gab. Ich überlege schon die ganze Zeit, wie ich das heimlich wieder gutmachen kann. Natürlich darf ich ihn nicht wissen lassen, dass ich wieder da bin, das würde er ohnehin nicht glauben. Aber es wäre schön, wenn er mir vergeben würde.«

Bree bemerkte, dass Dents Hände zitterten. »Wie alt ist er denn jetzt?«

»Vierundneunzig.«

»Wir haben jedenfalls einen triftigen Grund, ihn aufzusuchen. Wir knüpfen an Floridas Besuch an. Ich habe ihre Aufzeichnungen des Gesprächs mit ihm gelesen. Sie meinte, er sei in ziemlich guter Verfassung. Ich weiß auch, was ich tun werde. Ich werde ihn nach dem verschwundenen Zeugen fragen. Hoffentlich erinnert er sich noch daran. Damit fangen wir jedenfalls an. Haben Sie schon eine Idee, wie man das Gespräch auf Ihr Anliegen bringen könnte?«

Dent kaute auf seiner Unterlippe herum.

»Ich schon. Ich habe nämlich darüber nachgedacht.« Bree griff in ihren Tragebeutel und holte einen Umschlag heraus. »Schreiben Sie ihm ein paar Zeilen. Erzählen Sie ihm, Ihr Vater sei bei den Marines und ein Kumpel von O'Malley gewesen. Nach O'Malleys Tod habe man ihn gebeten, dessen Hinterlassenschaft durchzusehen und dabei habe er diesen Brief gefunden. Erzählen Sie ihm, Ihr Vater sei vor ein paar Monaten gestorben und habe den Brief an Sie weitergegeben.«

Dent machte ein finsteres Gesicht. »Das würde er mir nicht abkaufen. Er ist zwar vierundneunzig, aber er war schließlich mal Cop. Er wird sofort wissen, dass ich den Brief geschrieben habe.«

»Meine Großmutter hat fast ihr ganzes Leben lang Tagebuch geführt. Ich habe eine leere Seite herausgerissen. Das Papier ist alt.« Sie holte ein Blatt aus dem Umschlag und strich es auf ihrem Knie glatt. Es war dickes Hadernpapier mit einem Stich ins Gelbe, wie er sich erst im Laufe der Jahre einstellt. Dent nahm das Papier in die Hand und rieb mit dem Daumen darüber, während Bree fortfuhr: »Franklin hat mir all seine Effekten hinterlassen, darunter auch einen Füllfederhalter. Wenn Sie den benutzen, wird auch die Schrift alt aussehen. Es könnte wirklich klappen, Dent. Ein Versuch kann jedenfalls nicht schaden. Ich geh schon mal vor zur Rezeption, um mich zu erkundigen, ob er uns heute überhaupt empfangen kann. Denken Sie inzwischen darüber nach, was Sie schreiben wollen.« Sie legte den Füllfederhalter auf das Armaturenbrett, stieg aus und ging zum Gebäude.

Die Tür war, wie sie dankbar registrierte, behindertengerecht. Sie drückte auf einen roten Knopf. Nachdem sich die Tür automatisch geöffnet hatte, trat Bree in ein mit Teppichboden ausgelegtes Foyer, in dessen Mitte sich ein kleines Empfangscenter befand. Hinter dem Tresen stand eine Frau mittleren Alters, die lächelnd aufblickte, als Bree hereingehopst kam. »Soll ich Ihnen behilflich sein?«

»Danke, geht schon.« Bree blieb stehen, um die Umgebung in Augenschein zu nehmen. Rechts und links zweigte jeweils ein Korridor vom Foyer ab. Kleine, in die Wand eingelassene Messingschildchen gaben die Zimmernummern an. Es roch schwach nach Essen, Desinfektionsmitteln und verunreinigtem Bettzeug. Auf einer kleinen Kommode an der Wand stand eine große Schale mit künstlichen Blumen. Hinter dem Empfangscenter führte eine große Glastür zu einem weitläufigen Raum mit Glasdach, der mit Pflanzen und Fernsehgeräten ausgestattet und voller alter Menschen in Rollstühlen war.

»Sind Sie eine Verwandte von einem unserer Alten? Waren Sie schon mal bei uns?« Die Empfangsdame war höflich-zurückhaltend. An ihrem weißen Blazer steckte ein Namensschildchen: Florence Bagley. »Oder wollen Sie bei uns einchecken?«, fragte sie grinsend, indem sie einen Blick auf Brees Krücken warf.

»So weit ist es noch nicht. Ich bin gekommen, um Robert Kowalski zu besuchen.« Bree holte eine Visitenkarte aus ihrem Tragebeutel und reichte sie der Empfangsdame.

»Brianna Beaufort. Natürlich! Wusste doch, dass ich Sie kenne. Ich hab Sie im Fernsehen gesehen. Hatte was mit diesem reichen Typ zu tun, der sich in New York umgebracht hat.«

»Mr. O'Rourke. Das waren meine fünfzehn Minuten Ruhm, die jetzt aber glücklicherweise hinter mir liegen. Ich bin mit einem …« Sie geriet ins Stocken. Allmählich kam sie zu dem Schluss, dass das größte Problem, das ihre Angelus-Street-Fälle ihr bereiteten, darin bestand, dass sie gewöhnlichen Sterblichen dauernd etwas vorschwindeln musste. Wenn es irgendwo in der Sphäre eine Waage gab, auf der ihre guten und ihre schlechten Taten gewogen wurden, dann sank die Schale mit ihren Missetaten gerade gewaltig nach unten. »Ich bin mit einem Klienten hier, der gerade den Nachlass seines Vaters ordnet. Sein Besuch hängt mit einem älteren Fall zusammen, an dem ich zurzeit arbeite. Ich hoffe, Mr. Kowalski kann uns irgendwie weiterhelfen.« Sie hörte, wie die Eingangstür hinter ihr geöffnet und dann wieder geschlossen wurde. »Dies ist Mr. William Dent, der im Auftrag seines Vaters hier ist. Mr. Dent, das ist Mrs. Bagley.«

»Wir möchten Bobby Lee besuchen«, sagte Dent. Bree bemerkte, dass der Umschlag mit dem Blatt aus dem Tagebuch ihrer Großmutter in seiner Brusttasche steckte. »Mein Vater hatte einen Brief für ihn.«

»Er wird sich sicher über Ihren Besuch freuen.« Mrs. Bagley nahm ein Schlüsselbund aus der Schreibtischschublade und führte sie den Korridor entlang, an dem die Zimmer 115 bis 215 lagen. »Zuletzt hat ihn eine hübsche junge Farbige besucht.«

Wieso geben Sie dieser Frau wegen ihrer Ausdrucksweise nicht auch eins auf den Deckel?

»Verschwinden Sie aus meinem Kopf, Dent.«

Mrs. Bagley drehte sich um. »Wie bitte?«

»Sorry. Ich komm immer noch nicht ganz mit den Krücken zurecht.«

»Das geht vielen unserer Insassen so. Manche schaffen es nie. Hier ist sein Zimmer. Sie haben einen günstigen Zeitpunkt erwischt. Nachmittags sieht er sich immer *Jeopardy* an, aber das dürfte gleich vorbei sein.« Sie klopfte an die Schwingtür, schob sie auf und sagte laut: »Bobby Lee? Sie haben Besuch. Eine hübsche Dame und ein Bekannter von ihr.«

Vor einem kleinen Fernseher stand ein Sessel aus Kunstleder, in dem ein sehr alter Mann saß, der so krumm wie ein Angelhaken war. Seine Haut war mit Altersflecken übersät. Er erinnerte Bree an eine

Pflanze, die einen gehörigen Schluck Wasser brauchte. Er hatte ein unglaublich runzliges Gesicht und dunkelbraune Augen, die hellwach wirkten. Bei Mrs. Bagleys Worten schnappte er sich den am Sessel lehnenden Krückstock und stand auf. »Wer ist das?«, fragte er.

»Besuch!«, schrie Mrs. Bagley.

»Brüllen Sie nicht so. Ich bin nicht taub.« Stirnrunzelnd sah er Bree an. »Wenn man ein bisschen in die Jahre gekommen ist, meint jeder, er müsse einen anschreien.«

»Das ist Miss Winston-Beaufort, Bobby Lee!«, fuhr Mrs. Bagley mit unverändert lauter Stimme fort. »Und Mr. …?«

»Dent. William Dent.« Er räusperte sich. »Schön, Sie … kennenzulernen, Bobby Lee.« Dent trat vor und stellte sich vor dem alten Mann auf, als erwarte er eine Urteilsverkündung.

Bobby Lee stützte sich mit beiden Händen auf seinen Krückstock und reckte den Hals wie eine Schildkröte vor, um Dent mit zusammengekniffenen Augen zu betrachten. »Dent«, sagte Bobby Lee schließlich. »Freut mich ebenfalls, Mr. Dent. Auch wenn ich noch gar nicht weiß, was Sie hergeführt hat.«

»Ich bin Mr. Dents Rechtsanwältin«, schaltete sich Bree ein. »Wir sind hier, weil Mr. Dents Vater vor kurzer Zeit gestorben ist und meinen Klienten gebeten hat, etwas für ihn zu erledigen.«

»Um fünf gibt's Abendessen«, sagte Bobby Lee. »Wird doch wohl nicht so lange dauern, dass ich das verpasse, oder?«

»Glaub ich nicht.«

»Gut. Dann zischen Sie ab, Bagley.« Er scheuchte sie mit der Hand weg. »Na los.«

»Dann werd ich mal«, sagte Mrs. Bagley. »Drücken Sie einfach auf den Summer dort, wenn Sie mich brauchen.«

Bree nickte dankend.

Das Zimmer war spärlich, aber ausreichend möbliert. In einer Ecke standen ein kleiner Tisch und zwei Stühle. Der Fernseher thronte auf einer Kommode. Nur das Krankenhausbett passte nicht so recht zur übrigen Einrichtung. Neben ihm stand ein fahrbarer Ständer zur intravenösen Verabreichung von Medikamenten. Am Fuße des Bettes hing ein Klemmbrett mit Krankenblatt.

»Achten Sie nicht auf dieses Zeug«, sagte Bobby Lee. »Manchmal wird mir ein bisschen schwindlig, dann bekomm ich einen Tropf. Setzen Sie sich an den Tisch da drüben.« Verwirrt blickte er im Zimmer umher. »Wollen Sie einen Kaffee? Viel kann ich Ihnen leider nicht anbieten.«

»Nein danke.« Bree nahm auf einem der Stühle Platz. Sie bedauerte, dass sie für den alten Knaben nichts dabeihatte.

»Ich hab Ihnen was mitgebracht«, sagte Dent verlegen. Er kramte in der Tasche seines Sportsakkos herum und holte mehrere Schokoriegel heraus.

»Mensch!«, sagte Bobby Lee. »So was hab ich seit Jahren nicht gegessen!« Er setzte sich in seinen Sessel und legte sich die Schokoriegel auf den Schoß. »Das

Problem bei diesen Schokoriegeln ist allerdings, dass man sie nicht gut kauen kann, wenn man falsche Zähne hat. Na, dann werde ich sie eben lutschen. Mann, der Zucker in diesen Dingern hat mich immer wach gehalten, wenn ich Nachtschicht hatte.«

»Ja«, erwiderte Dent. »Mich auch.«

Bobby Lee legte den Kopf schief. »Waren Sie auch bei der Polizei, mein Sohn?«

»Vor Jahren«, sagte Dent. »Bin pensioniert. Bobby Lee, wir sind wegen verschiedener Dinge hier. Ich habe mir im Auftrag des Dezernats ein paar Uraltfälle vorgenommen. Wir würden gern wissen, ob Sie sich noch an den Fall Haydee Quinn erinnern.«

»Danach hat mich auch diese hübsche Farbige gefragt, die vor ein paar Monaten hier war«, sagte Bobby Lee. »Den Nachrichten zufolge hat man ihre Leiche heute Vormittag aus dem Savannah gezogen.« Er machte ein trauriges Gesicht. »Letzten Sonntag hab ich sie angerufen, weil ich etwas für sie hatte, das ihr vielleicht weitergeholfen hätte. Daran hätte ich schon früher denken müssen, aber ich bin ziemlich vergesslich geworden.« Er zupfte an seiner Unterlippe herum. »Es ist, als wäre mein Gedächtnis ein mit Bleistift beschriebenes Blatt, auf dem jemand einzelne Stellen wegradiert.«

Vor Aufregung bekam Bree Herzklopfen. »Möglicherweise gibt es zwischen den Fällen einen Zusammenhang, Sergeant Kowalski. Jetzt, da Flurry tot ist, haben wir uns diese Sache sozusagen auf die Fahne geschrieben. Wir würden gern herausfinden, warum sie umgekommen ist.«

Bobby Lee stieß ein Schnauben aus. »Seh da keinen Zusammenhang. Haydee ist seit fast sechzig Jahren tot, und wer auch immer sie umgebracht hat, ist ebenfalls mausetot. Ms. Smith hingegen ist heute Vormittag gestorben.«

»Sie erinnern sich also an den Fall Quinn?«, fragte Bree.

»Na aber sicher. War einer der größten Fälle in meiner Laufbahn. Diese Farbige hat mir eine Menge Fragen dazu gestellt. Also schießen Sie los mit *Ihren* Fragen!«

»Es gab da einen Zeugen, der nie beim Prozess erschien«, sagte Bree. »Möglicherweise war es jemand, der Haydee gesehen hatte, nachdem Norris im Nachtclub mit dem Messer auf sie losgegangen ist. Haben Sie *darüber* mit Florida Smith gesprochen?«

Bobby Lee beugte sich vor. »Na sicher. Die Sache ist nämlich die, dass das Mädchen verschwand, nachdem Eddie ihre Aussage aufgenommen hatte.«

Bree vermied es, in Dents Richtung zu blicken. »Sie meinen Lieutenant O'Malley? Ihren Partner bei den Ermittlungen.«

»Sie wissen ja gut Bescheid. Genau wie diese kleine Farbige. War ein hübsches Ding«, sinnierte er, »und auch smart. Charis Jefferson hieß die Zeugin. Eddie und ich fragten im Nachtclub herum, ob irgendjemand eine Ahnung hatte, wo Haydee geblieben sein könnte, nachdem Bagger Bill sie attackiert hatte. Dabei stieß Eddie auf das Mädchen. Sie war auch Tänzerin. Wollte eine zweite Lena Horne werden.«

»Tänzerin?«, hakte Bree nach. »Sie meinen, dass sie auch stripp… in der Show auftrat?«

»Sie war ein Revuegirl. Damals durften Farbige noch keine Solonummern aufführen, obwohl sie es verdient hätte. Hatte 'ne Menge Talent. Und hübsch war sie auch. Keine Schönheit wie Haydee, aber trotzdem eine Augenweide. Nettes Mädchen. Jedenfalls war diese Charis Jefferson noch hinter der Bühne, als sich Bagger Bill und Haydee in die Haare kriegten. Sie hat sich schnell irgendwo versteckt, in einem Wandschrank oder unter einem Tisch, was weiß ich. Sie hat dann wohl gesehen, wie Haydee blutüberströmt an ihr vorbeiwankte, und rannte ihr hinterher. Haydee stieg in einen großen Buick, der hinter dem Nachtclub wartete und mit ihr davonfuhr.«

»Wusste sie, welches Fabrikat es war? Welches Baujahr?«, fragte Dent mit heiserer Stimme.

»Sie konnte Eddie nur sagen, dass es ein weißer Buick war.«

»Können Sie sich noch an andere Dinge erinnern, die Charis Ihnen erzählt hat?«, fragte Bree.

Bobby Lee strich sich über sein spärliches weißes Haar. »Nein. Eddie hätte Ihnen da mehr erzählen können. Er hatte sich alles aufgeschrieben. Er gab mir die Aussage, damit ich sie zu den Akten lege.«

»Sergeant Kowalski«, sagte Bree mit möglichst sanfter Stimme, »diese Aussage fehlt aber in den Polizeiakten.«

»Stimmt.« Bobby Lee seufzte. »Weil ich sie habe verschwinden lassen.«

»Das ist ein alter Fall, der, wie Sie wissen, längst verjährt ist.« Bobby Lee kam ihr eigentlich nicht wie jemand vor, der sich hätte bestechen lassen. Trotzdem musste sie fragen. »Hat jemand Sie darum gebeten, die Aussage verschwinden zu lassen?«

»Sie meinen, irgendein Ganove? Nein. Um das zu verstehen, müssen Sie einiges über Eddie wissen, der im Krieg 'ne Menge durchgemacht hatte und eine Zeitlang in einem japanischen Konzentrationslager gewesen ist. Bekam verschiedene Auszeichnungen. Als er heimkehrte, war das miese Stück, mit dem er verheiratet war, mit einem andern durchgebrannt. Außerdem war er Ire. Und Sie wissen ja, was man über die Iren sagt.«

Bree seufzte. Sie war wirklich froh, dass sich bestimmte Einstellungen und Ansichten seit 1952 geändert hatten.

»Also fing er an zu trinken. Und schaffte es immer nur mit knapper Not, nicht entlassen zu werden. Der damalige Polizeichef war bei den Marines sein Vorgesetzter gewesen. Creighton Oliver.«

»Oliver?«, fragte Bree. »Er hieß Oliver?«

»Ja. Sein Sohn *spielte* dann im Gegensatz zu seinem Vater bloß noch einen Cop.« Bobby Lee lachte. »Vielleicht kennen Sie diese Fernsehserie *Bristol Blues*. War ganz gut, obwohl die Arbeit der Polizei völlig falsch dargestellt wurde. Jedenfalls schützte Commander Oliver Eddie, so gut es ging – doch unser Captain war Methodist, und Sie wissen ja, wie die zum Alkohol stehen, vor allem im Dienst. Eddie bewegte sich also auf ziemlich dünnem Eis.«

Bobby Lee seufzte. Er wickelte einen Schokoriegel aus, brach ein Stück ab und lutschte daran. »Die hat Eddie mir auch immer mitgebracht. Hat sie bei Woolworth unten in der Whitaker Street gekauft.«

»Sie wollten uns von der Aussage der Tänzerin erzählen«, erinnerte ihn Bree.

»Ja.« Er sank auf seinem Sessel zusammen. Offenbar ließen seine Kräfte immer mehr nach. »Es war so, dass Eddie ziemlich einen in der Krone hatte, als uns der Captain losschickte, um in der Umgebung des Nachtclubs Erkundigungen einzuziehen. Diese Aussage war allerdings völlig unbrauchbar. Eddie hatte sie mit der Hand geschrieben, und zwar in so krakeliger Schrift, dass man sofort sehen konnte, dass er angetrunken war. Das hätte man uns ja vielleicht noch durchgehen lassen, aber es fehlte auch die Unterschrift. So was hätte ein cleverer Verteidiger sofort in der Luft zerrissen. Ich bin noch mal zum Nachtclub, um Charis zu bitten, ihre Aussage zu wiederholen, aber da war sie schon verschwunden. Wahrscheinlich hatte sie Angst. Und dann legte Bagger Bill ein Geständnis ab. Deshalb habe ich die Aussage auch nicht zu den Mordakten gelegt, sondern sie dem Verteidiger gegeben, der mir aber bestätigt hat, dass sie unbrauchbar sei. Und der Verteidiger hat sie dann vermutlich verschwinden lassen. Ich meine, wir hatten ja unsern Täter, und die Aussage hätte nur Verwirrung gestiftet.«

Bobby Lees Augen schlossen sich, sein Kopf sank auf die Brust. Er war eingeschlafen.

»Mein Gott«, sagte Dent. »Ich kann mich an überhaupt nichts von alldem erinnern.«

»Jedenfalls haben wir einen Anhaltspunkt, dem wir sofort nachgehen müssen.« Bree hievte sich hoch und legte die Hand sanft auf Bobby Lees Schulter.

Bobby Lee murmelte etwas, hob den Kopf und sah Bree und Dent erstaunt an. »Wer sind Sie?«, fragte er. »Was machen Sie in meinem Zimmer?«

»Ich bin Bree Beaufort, Sergeant Kowalski. Mr. Dent und ich sind vorbeigekommen, um mit Ihnen zu reden.« Er wirkte verwirrt und erschöpft. »Wir bleiben nicht mehr lange. Oder sollen wir lieber gehen? Strengt Sie unser Besuch zu sehr an?«

»Sie sind wegen dieser hübschen Farbigen hier. Florida Smith.«

»Genau«, sagte Bree.

»Tut mir leid, dass sie gestorben ist. Und auch noch auf solch eine Weise.« Er stemmte die Hände auf seinen Krückstock und mühte sich hoch. »Hab was, das ich ihr geben wollte.« Er blickte verschmitzt drein. »Sie wollte mich nämlich in ihrem Buch erwähnen. Hat auch ein Foto von mir gemacht und so.« Er schlurfte zur Kommode hinüber und zog die unterste Schublade auf. Er holte eine verbeulte Blechbüchse heraus und reichte sie Bree. »Dachte, dass Ms. Smith vielleicht ein Bild von diesen Sachen hier unter mein Foto setzen könnte.«

»Eine Teedose«, sagte Bree.

»Machen Sie sie auf.«

Die Dose enthielt allerlei Krimskrams. Einige Knöpfe.

Kleine Plastikbeutel – einen mit einer plattgedrückten Kugel, einen mit etwas, das wie Schmutz aussah, und dann einen mit einer Haarsträhne. Ein kurzes Stück Nylonschnur.

»Souvenirs von meinen Fällen«, verkündete Bobby Lee stolz. Er nahm das Stück Schnur in die Hand. »Das ist von der Angelschnur, mit der Haydee aus dem Fluss gezogen wurde. Die Kugel stammt von dem Heckenschützen in Bishop Heights.«

Bree nahm den Beutel mit der Haarsträhne aus der Dose. »Und das hier?«

Bobby Lee rieb sich mit zittriger Hand das Kinn. »Tja, das ... das war eigentlich gar kein Fall. Zumindest keiner, der offiziell untersucht wurde. Aber ich hatte da so meine Zweifel. Das stammt aus der Hand von Mrs. Consuelo Bulloch.«

Bree starrte die Haarsträhne an.

»Die vom Fall Haydee Quinn, wissen Sie. Die Haarsträhne habe ich viele Jahre später an mich genommen. Die alte Dame hatte Probleme mit dem Herzen. Ist in der Badewanne ausgerutscht und dabei ertrunken. Ich dachte immer, sie hätte jemanden beim Haar gepackt, als sie in der Badewanne stürzte, aber nachweisen ließ sich das nicht.« Bedrückt schüttelte er den Kopf. »Trotzdem glaube ich, dass es Mord war.« Er schlurfte zum Sessel zurück und ließ sich hineinfallen.

»Um fünf gibt's Abendessen«, sagte er. »Nehmen Sie die Dose ruhig mit. Ich brauch sie nicht mehr.«

»Gern«, sagte Bree, die nach Luft rang. »Danke.«

»War schön, dass Sie mich besucht haben.«

Bree holte tief Luft. »Da wäre noch eine Sache.« Sie warf Dent einen Blick zu. »Mr. Dent ist in den Besitz eines Briefes von Eddie O'Malley gelangt, den er Ihnen gern vorlesen würde. Wäre das in Ordnung?«

»Eddie.« Bobby Lee blickte auf und sah Dent an. »Eddie.«

Dent fummelte den Umschlag aus der Tasche, holte den Zettel heraus und sah seinen alten Freund unverwandt an. »Hey, Bobby Lee, wollte dir nur sagen, dass ich viel Mist gebaut habe, als wir Partner waren. Hoffe, du vergibst mir. Ich hatte nie einen Bruder. Aber für mich warst du immer einer. Tut mir alles sehr leid, Bruder. Kannst du mir vergeben? Dann würde ich als besserer Mensch meinen Weg zu Ende gehen. Wenn du es nicht kannst, ist es natürlich auch okay. Mach's gut.« Dent legte Bobby Lee den Brief aufs Knie.

»Was soll's, Eddie«, sagte Bobby Lee. »Du hast dein Möglichstes getan. Mehr gibt es dazu nicht zu sagen.« Er strich das vergilbte Papier glatt. »Aber es ist schön, das zu haben. Sehr schön.«

»Danke, Partner.«

»Hey, kein Problem. Bis bald, würde ich sagen.«

Reglos stand Bree einen Moment lang da und betrachtete versunken das Gesicht des alten Mannes, der wieder eingeschlafen war. Sie fühlte sich glücklich und zugleich traurig. Das Licht im Zimmer kam ihr auf einmal genauso vor wie das, das ihre Engel bisweilen umgab und das an Sonnenlicht erinnerte, wenn es durch Bäume fiel.

»Nun, Dent«, sagte sie. »Lassen Sie uns gehen.«
Er gab keine Antwort. Das konnte er auch nicht.
Denn Dent war verschwunden.

15

… und alles wird regiert vom Zufall.

John Milton, *Das verlorene Paradies*

»Sehrr erfrreulich«, sagte Petru, »das mit Dents Rehabilitation.«

»Bloß dass Bree selbst zum Büro zurückfahren musste«, entgegnete Ron. »Warum haben Sie denn nicht angerufen? Ich hätte Sie doch abgeholt.«

Die drei saßen wieder im Konferenzzimmer in der Angelus Street und starrten auf die weiße Kunststofftafel mit dem Zeitschema, das Bree mittlerweile schon als das *verfluchte Zeitschema* bezeichnete. Der ganze Fall war einfach zum Verrücktwerden. Vor ihnen lag der Plastikbeutel mit der Haarsträhne auf dem Tisch. Bree hatte vergeblich versucht, mittels des Haares Consuelo herbeizuzitieren.

»Ich habe es aber allein geschafft.« Sie bewegte ihr Bein hin und her. Der pochende Schmerz war verschwunden, nur im Knie verspürte sie bisweilen noch ein Stechen. Selbst das Jucken hielt sich inzwischen in

Grenzen. »Ich bin wirklich froh, wieder selbst fahren zu können. Hat bestens geklappt.« Persönlich war sie allerdings der Ansicht, dass sich das Licht, das bei Dents Verschwinden erschienen war, auch auf ihr Bein ausgewirkt hatte, aber diese Ansicht behielt sie für sich. Ihre Engel hätten sich sowieso nicht dazu geäußert.

»Immerrhin sind wir ein Stück weitergekommen«, stellte Petru fest.

»Sie konnten das Kennzeichen des Buicks ermitteln, der vor dem Tropicana Tide auf Haydee wartete, Petru«, sagte Bree. »Gute Arbeit! Wem gehörte das Auto?«

»Das weiß ich noch nicht. Ich habe mein Suchprogramm darauf angesetzt. Das Ergebnis müsste bald vorrliegen.«

»Und außerdem haben Sie herausgefunden, wer 1952 alles im Tropicana Tide gearbeitet hat?«

»So ist es.«

»War Charis Jefferson auch dort angestellt?«

»Das war sie.«

»Und wissen Sie, wo sie dann geblieben ist?«

Petru zuckte die Achseln.

»Stellen Sie gleich mal fest, ob es einen Totenschein gibt.«

Petrus Finger huschten über die Tastatur. »Jedenfalls nicht im Staat Georgia.« Nachdem er einige weitere Tasten gedrückt hatte, lehnte er sich zurück. »Und in den gesamten Vereinigten Staaten ebenfalls nicht. Wie es weltweit aussieht, kann ich im Augenblick noch nicht feststellen.«

»Gut. Und jetzt erzählen Sie mir, was Sie mir vorhin schon erzählen wollten.«

»Es geht darum, wo sich Florida Smith am Sonntagnachmittag aufgehalten hat. Aber das hat Ron herausgefunden. Der sollte es Ihnen erzählen.«

Bree drehte sich Ron zu und zog erwartungsvoll die Augenbrauen in die Höhe.

»Wollen Sie es Schritt für Schritt hören? Halte ich für am besten. Ich habe mit den Leuten im Mulberry Inn gesprochen, wo sie abgestiegen war. Sie hat sich erkundigt, wie man zu einem Bestattungsinstitut draußen in Belle Glade kommt.«

»Das Ernest-Cavanaugh-Bestattungsinstitut, wo man Haydees Leiche hingebracht hatte, nachdem sie im Krankenhaus gestorben war.«

»Genau. Und zwar auf Ersuchen der Bullochs«, rief Ron ihr in Erinnerung. »Ich bin also auch hingefahren und habe mit dem gegenwärtigen Besitzer, der Nathan Scotto heißt, gesprochen. Florida wollte alle Unterlagen vom 3. Juli 1952 sehen, dem Tag also, an dem Haydees Leiche eingeliefert wurde.« Ron holte sein BlackBerry heraus. »Ich habe die Seite, auf der die Neuzugänge verzeichnet sind, fotografiert. Der zuständige Arzt war Dr. John Warren, was auch mit dem Polizeibericht übereinstimmt. Anschließend ist Flurry zum städtischen Leichenschauhaus gefahren, das damals in der Montgomery Street lag. Dort hat sie sich den Dienstplan vom 5. Juli angesehen, dem Tag, an dem die Autopsie stattfand. Und nun raten Sie mal, welcher Arzt bei der Autopsie mit dabei war.«

»Dr. Warren?«, sagte Bree. »Hm.«

»Dann ging sie zum Hotel zurück und machte abends zwei Anrufe. So steht es im Polizeibericht.«

Bree unterließ es lieber, Ron zu fragen, wie er an den Bericht gekommen war. Sobald der Fall auf die eine oder andere Weise abgeschlossen war, würde der Bericht in einem Archiv landen, das der Öffentlichkeit zugänglich war. Die Regeln der Compagnie besagten, dass öffentlich zugängliche Informationen auch ihnen zugänglich waren. Über den Zeitpunkt wurde in den Bestimmungen allerdings nichts gesagt.

»Und wen hat sie angerufen, Ron?«

»Craig Oliver.«

»Craig Oliver?« Bree lehnte sich zurück. Endlich konnte sie sich alles zusammenreimen. »Den Schauspieler Craig Oliver. Der im Film den Dent spielt.«

»Eddie O'Malley«, stellte Petru richtig.

»Ist doch egal«, sagte Ron ungehalten. »Wir wissen ja, wen sie meint, Petru. Flurry hat Oliver zwei Mal angerufen. Der erste Anruf dauerte ungefähr zwei Minuten, der zweite fast eine Stunde. Zwischen den beiden Anrufen lagen genau zweiundzwanzig Sekunden.«

»Er hat aufgelegt«, sagte Bree. »Und sie hat noch einmal angerufen.«

»Das ist nichts als eine Verrmutung«, sagte Petru, »wenn auch eine naheliegende. Einen Moment bitte.« Er tippte auf die Tastatur, las, was auf dem Bildschirm erschien, und blickte mit grimmigem Lächeln auf. »Ich habe alle weißen, 1952 registrierten Buicks mit allen

Namen in Florida Smith' Daten verrgleichen lassen. Hier ist das Ergebnis.« Er drehte seinen Laptop so herum, dass Bree und Ron den Bildschirm sehen konnten.

»Creighton Oliver«, sagte Bree. »Craig Olivers Vater.«

Petru drehte den Laptop wieder zu sich und ließ seine Finger erneut über die Tastatur eilen. »Der Mann ist achtundfünfzig Jahre alt. Creighton Oliver ist sicher sein Vater. Ah! Das ist der Durchbruch! Er ist in derr Tat sein Vater. Außerdem war er damals Polizeichef!«

»Dents ehemaliger Vorgesetzter bei den Marines.«

»Sie scheinen ja berreits alles zu wissen«, grummelte Petru. »Wenn das so ist, warum mache ich mir dann die ganze Arrbeit? Warum haben Sie mir nicht ... So, ich drrucke Ihnen das jetzt aus. Dann werrden wir weitersehen.«

Eins fügte sich zum andern, mit einer Plötzlichkeit, die Bree schwindlig werden ließ.

»Fühlen Sie sich nicht wohl, meine Liebe?«, fragte Petru.

»Haben Sie die Möglichkeit, die Akten des Leichenschauhauses von 1952 auf eine Frau X hin zu durchforsten? Anfang zwanzig, gestorben am 4. Juli, wahrscheinlich Afroamerikanerin. Der Totenschein müsste von Dr. Warren unterzeichnet sein. Eingeliefert worden ist sie von einem Polizisten, der dem Polizeichef sofort darüber Bericht erstattet hat.«

»Natürrlich. Soll ich das gleich machen?«

»Bitte.«

»Craig Oliver wohnt immer noch im Mulberry Inn, ja?«

»Soweit ich weiß, ja«, erwiderte Ron. »Vielleicht ist die Polizei schon vor uns da.«

»Wegen der Polizei mache ich mir keine Sorgen.«

Draußen war es dunkel und kalt. Da das Mulberry Inn in der Nähe der Angelus Street lag, beschloss Bree, zu Fuß zu gehen. Sie konnte jetzt schon wieder halbwegs mit beiden Beinen auftreten, und Petru hatte ihr großzügigerweise seinen Stock geliehen.

Das Zimmer, das eher eine Suite war, befand sich in der Nähe des Eingangs. Bree klopfte an die Tür und wartete. Craig Oliver fragte von drinnen, wer da sei. Nachdem Bree es ihm mitgeteilt hatte, öffnete er mit einem Drink in der Hand die Tür. Offensichtlich hatte er schon mehrere Drinks zu sich genommen.

»Ist Justine da?« Bree trat ins Zimmer, ohne die Antwort abzuwarten. Justine saß auf dem Sofa, auf dem Couchtisch vor ihr stand ein Tablett mit Getränken. Sie trug einen eleganten Bademantel oder eher – wie man in ihrer Generation gesagt hätte – einen Hausmantel. Am Kragen war die Pfauenbrosche befestigt. Auf ihrem Schoß lag das Manuskript von Floridas Buch.

»Hallo, Haydee«, sagte Bree.

Die alte Schauspielerin sah sie mit ausdruckslosem Gesicht an.

»Sie wollten aus dem Vertrag mit Norris aussteigen, weil Sie schwanger waren.«

Justine lächelte. Haydees dreieckiges Lächeln. Das

Bree auf dem vor sechzig Jahren aufgenommenen Schwarzweißfoto gesehen hatte. »Und war das nicht ein Glücksfall, dass ich es war?«, entgegnete sie. »Sie wollen wissen, wer Florida Smith getötet hat?« Sie wies mit dem Kinn auf Craig Oliver. »Dann fragen Sie ihn doch mal. Fragen Sie meinen kleinen Jungen.«

16

… überlass sie
Dem Himmel und den Dornen, die im Busen
Ihr stechend wohnen …
William Shakespeare, *Hamlet*

Antonia, Bree und EB saßen in der Küche des Reihenhauses am Tisch und aßen ein Krabbengericht, das sie bei Huey's geholt hatten. Sascha lag zu Brees Füßen. Am Abend zuvor hatte Hunter Craig Oliver wegen Mordes an Florida Smith verhaftet. Es war fast Mittag, und Bree war noch nicht im Bett gewesen.

»Craig Oliver ist Justine Covilles Sohn?«, sagte Antonia. »Und Justine Coville ist in Wirklichkeit diese Animierdame von 1952? Haydee Quinn?«

»Craig Oliver ist Haydees unehelicher Sohn, den sie von diesem Polizeichef hatte«, sagte EB. »Ist das richtig, Bree?«

»Ja. Haydee versprach, das Kind Creighton Oliver und seiner Frau zu überlassen, wenn Oliver ihr half, ihren Tod vorzutäuschen.«

Antonia schüttelte den Kopf. »Wow! Wie kommt es eigentlich, dass die Sensationspresse das nie aufgegriffen hat?«

»Weil es von der Polizei vertuscht wurde«, stellte EB fest.

Antonia nickte. »So was passiert ja dauernd.«

Bree war müde und gereizt. »So was passiert ganz gewiss nicht dauernd. Aber in diesem Fall ist es passiert. Wenn Haydee nicht schwanger gewesen wäre, hätte man auch nichts vertuscht. Das Kind, das sie fünf Monate nach der Messerattacke zur Welt brachte, war mit ziemlicher Sicherheit von Polizeichef Oliver. Craig Oliver scheint jedenfalls davon überzeugt zu sein. Obwohl man das nie genau herausfinden wird, es sei denn, jemand ordnet einen Vaterschaftstest an. Als ich Justine danach gefragt habe, hat sie nur die Achseln gezuckt. Und sie hat schon so viel und so oft gelogen, dass ich ihr ohnehin nicht glauben würde, ganz gleich, was sie dazu sagt. Ich vermute, dass sie sich nicht ganz sicher ist, wer der Vater war, und dass es ihr auch egal ist.«

»Was für eine eiskalte Frau!« EB spießte eine Krabbe auf die Gabel und legte diese wieder hin. »Dann gab es also gar keinen Mord, oder? Dann war dieser ganze Firlefanz also völlig umsonst, weil Haydee Quinn ja noch höchst lebendig ist.«

»Natürlich gab es einen Mord«, erwiderte Bree mit grimmigem Gesicht. »Sogar zwei. Zwei Unschuldige mussten dran glauben. Bagger Bill Norris, der für ein Verbrechen, das er gar nicht begangen hatte, hingerichtet wurde. Und Charis Jefferson, deren größter Wunsch es war, ein Star wie Lena Horne zu werden. Es war ihre Leiche, die Alexander Bulloch damals am Ufer des Savannah verbrannte.«

»Hat Justine das alles gestanden?«, fragte Antonia. »Wie kommt es eigentlich, dass sie nicht im Gefängnis sitzt – im Gegensatz zu dem armen Craig Oliver?«

»Das Mitleid mit Craig Oliver kannst du dir sparen.« Bree rieb sich die Augen. »Er hat zugegeben, dass er für Floridas Tod mitverantwortlich ist. Mag sein, dass man ihn nur wegen Totschlags belangen kann, was ich aber nicht hoffe. Und was Haydee angeht … nun, Hunter hat keinerlei Beweise gegen sie in der Hand. Dass sie dem Schwindel um ihre angebliche Ermordung Vorschub geleistet hat, ist längst verjährt.«

EB schob Bree die Schüssel mit den Krabben hin. »Essen Sie doch was, Kind. Sie sehen ja aus wie der Tod auf Latschen.«

»Und dann erzähl weiter«, forderte Antonia.

EB runzelte die Stirn. »Sie braucht Schlaf.«

»Du bist aber nicht müde, nicht wahr, Bree?«

»Ich bin nicht müde, ich bin stinkwütend.«

»Da hören Sie's, EB. Ich kann es immer noch nicht fassen. Craig Oliver wegen Mord verhaftet. Bist du wirklich sicher, dass er Florida Smith umgebracht hat? Warum eigentlich?«

Bree aß eine Krabbe und dann noch eine. »Ja, ich bin ziemlich sicher. Was das Warum angeht … Das könnte er uns wohl nur selbst erzählen, und Hunter sagt, er habe bereits jegliche weitere Aussage verweigert. Vielleicht werden wir also nie die Wahrheit erfahren.

Alles fing wohl mit Haydees Ehrgeiz an. Sie wollte ein Star werden. Sie wuchs in ärmlichen Verhältnissen auf, in den Vierzigerjahren, was man nicht vergessen darf. Niemand von uns kann beurteilen, wie das damals für eine smarte, ehrgeizige Frau war, Tonia. So, wie Haydee aussah, waren Männer für sie der einzige sichere Weg zum Erfolg. Deshalb hat sie früh angefangen und sich, da sie möglichst schnell nach oben kommen wollte, mit zahlreichen Männern eingelassen. Ein bestimmter Zauber muss von ihr ausgegangen sein, den ich heute nicht mehr nachvollziehen kann, da Alter und Selbstsucht ihr Gesicht und ihre Persönlichkeit verwüstet haben. Jedenfalls lagen ihr die Männer scharenweise zu Füßen. Norris war nicht der Erste, Creighton Oliver und Alexander Bulloch waren nicht die Letzten.

In der Nacht vom dritten Juli geriet sie mit Norris heftig in Streit. Sie war schwanger und würde nicht mehr lange tanzen können. Norris wollte, dass sie das Kind abtrieb. Sie wollte es aber lieber für erpresserische Zwecke benutzen. Norris nahm das Messer vom Tresen und stach auf sie ein. Die Narben hat sie immer noch, auch wenn sie nur schwach zu erkennen sind. Übrigens war am Telefon in der Bar Blut von ihr, was bestätigt, dass sie einen Anruf gemacht hat. Sie rief Oliver an. Vermutlich verlangte sie von ihm, sie abzuholen und ihr zu helfen, aus der Stadt zu verschwinden. Es gibt die nicht mehr auffindbare Zeugenaussage einer Tänzerin namens Charis Jefferson, der sich entnehmen lässt, dass Creighton um ein Uhr dreißig herum am Nachtclub eintraf, um Haydee abzuholen. Craig Oliver behauptet, Haydee habe ihm erzählt, sein Vater habe es abgelehnt, ihr dabei zu helfen, ihren Tod vorzutäuschen. Ich glaube, anfangs hat er es tatsächlich abgelehnt.

Ist Haydee in einem Anfall von Verzweiflung in den Fluss gesprungen? Schon möglich. Das weiß nur Justine selbst, und die sagt nichts. Hat Creighton Oliver sie ins Wasser geworfen? Das möchte ich bezweifeln. Schließlich war sie von ihm schwanger. Ich persönlich vermute, dass sie ausgerutscht und ins Wasser gefallen ist. Aus dem der Angler sie dann herausgezogen hat.

Als sie im Krankenhaus war, muss sie Alexander Bulloch senior und – was noch wichtiger war – Alex' Mutter Consuelo zu sich bestellt haben. Ich denke, sie schlug ihnen ein Geschäft vor. Wenn sie ihren Sohn in Ruhe lassen sollte, mussten sie ihr helfen, ihren Tod vorzutäuschen. Alles Weitere hat Haydee dann improvisiert. Sie ist ja höchst einfallsreich.

Ich glaube nicht, dass die Bullochs etwas mit der Ermordung von Charis Jefferson zu tun hatten. Ich glaube, das geht allein auf Haydees Konto, obwohl die Bullochs zweifellos an der Beseitigung der Leiche beteiligt waren. Als Haydee dann eine Leiche zur Verfügung hatte, erschien sie in Alex' Schlafzimmer, und Alex tat, was sie von ihm verlangte. Ob er nun wusste, dass er die Leiche eines unschuldigen Mordopfers verbrannte, oder nicht – die ganze Angelegenheit führte jedenfalls dazu, dass er einen Nervenzusammenbruch erlitt.«

»Meine Güte«, sagte EB. »Die arme Charis. Wie hat Haydee sie denn umgebracht?«

»Haydee hatte einen ziemlich guten Plan. Die Bullochs waren damals sehr einflussreich. Ihr Hausarzt war Mitinhaber eines Bestattungsunternehmens. Er unterschrieb also den Totenschein, und aus den Krankenhausakten geht hervor, dass am Nachmittag des 3. Juli eine Leiche zum Bestattungsinstitut gebracht wurde. Haydee erklärte sich bereit, ihr Kind nach der Geburt Oliver zu überlassen. Sodass sich Creighton Oliver schließlich also doch noch an der Vertuschungsaktion beteiligte. Jedenfalls hatte Haydee Geld, und Haydee hatte ein Busticket. Was ihr noch fehlte, war eine Leiche. Eine Kandidatin hatte sie bereits – die einzige Person nämlich, die die ganze Geschichte hätte auffliegen lassen können.

Ich glaube, nachdem sie die Bullochs und Oliver gewonnen hatte, rief sie Charis Jefferson an, ihre beste Freundin im Club, die gesehen hatte, wie Haydee nach der Auseinandersetzung mit Norris von einem weißen Buick abgeholt worden war. Haydee bat Charis, ihre Sachen für sie zusammenzupacken und sie ihr zum Bestattungsinstitut zu bringen.

Craig Oliver sagt, seine Mutter habe später die Stadt verlassen und sei mit einem Bus nach Norden gefahren. Creighton Oliver hatte ihr Geld gegeben, die Bullochs wahrscheinlich auch. Für all das habe ich keine hieb- und stichfesten Beweise, obwohl es Dokumente gibt, die es zu bestätigen scheinen. Heikel wird es vor allem bei der Frage, was davor geschah. Haydee weiß es, aber Haydee sagt nichts. Ich glaube, Charis muss entweder Geld von Haydee verlangt oder damit gedroht haben, die ganze Sache auffliegen zu lassen. Ich bin mir jedoch sicher, dass Haydee Charis dann umgebracht, die Leiche im Bestattungsinstitut gelassen und Alexander Bulloch in seinem Schlafzimmer aufgesucht hat, wo sie ihm schließlich befahl, die Leiche zu verbrennen. Vermutlich redete sie ihm auch ein, das Baby sei von ihm, und versprach ihm, mit ihm durchzubrennen, wenn er dies für sie tue. Alexander verbrannte also die Leiche, Haydee verschwand ohne ihn aus der Stadt, und der arme Kerl verbrachte einige Jahre in einer Einrichtung, die man euphemistisch als Sanatorium bezeichnete.«

»Und die Polizei kann nichts von alldem beweisen?«, fragte Antonia.

»Die können wahrscheinlich alles beweisen, bloß nicht, wer Charis ermordet hat«, erwiderte Bree. »Von Haydee werden sie jedenfalls kein Geständnis bekommen. Dafür ist sie viel zu gerissen. Aber ich bin felsenfest davon überzeugt, dass Haydee sie getötet hat. Aus den Krankenhausakten und aus dem Autopsiebericht geht hervor, dass die Verletzungen bei beiden Frauen nahezu identisch waren. Wer außer Haydee selbst hätte Charis denn genau diese Verletzungen zufügen können?«

Antonia fuhr sich mit den Händen durchs Haar. »Aber war der Autopsiebericht denn auch gefälscht,

Bree? Du hast gesagt, Charis Jefferson sei Afroamerikanerin gewesen. Haydee Quinn ist aber eine Weiße.«

»Einem Coroner wär's damals überhaupt nicht in den Sinn gekommen, dass eine schwarze und eine weiße Frau innen gleich aussehen«, sagte EB. »Die Leiche war ja stark verbrannt.«

»Soll das ein Witz sein?«, gab Antonia verblüfft zurück.

»Fragen Sie Ihre Schwester, Tonia«, erwiderte EB. »Die wird's Ihnen bestätigen.«

Bree nickte. »Du hast nie den Rassismus alten Stils kennengelernt, Tonia. Der Polizeichef wird ein bisschen Druck ausgeübt haben, um die Autopsie und das Begräbnis so schnell wie möglich über die Bühne zu bringen. Du hältst das nicht für möglich? Ich schon. Charis war eine Frau, hatte das gleiche Alter wie Haydee und ungefähr auch die gleiche Größe. Mehr hätte ein Coroner, der es einfach nur hinter sich bringen wollte, nicht wahrgenommen.« Bree stand auf und reckte sich. Allmählich machte sich bemerkbar, dass sie die ganze Nacht nicht geschlafen hatte. »Ich muss heute Nachmittag noch etwas erledigen. Wir sehen uns dann später.«

»Hey!« Antonia pochte mit den Knöcheln auf den Tisch. »Wieso hat Craig Oliver denn nun Florida Smith umgebracht?«

»Florida war der Wahrheit zu nahe gekommen. Sie fand die Sache mit dem weißen Buick heraus, der Haydee vom Nachtclub abgeholt hatte, stellte auch noch fest, dass der Buick Creighton Oliver gehört hatte, und rief daraufhin am Sonntagabend Craig an. Worauf Craig seine Mutter anrief. Nachdem Sammi-Rose Waterman Flurry am Montag eins über den Kopf gegeben hatte, nutzte Justine beziehungsweise Haydee die Gelegenheit und stellte Flurry im Wohnwagen zur Rede. Craig Oliver behauptet, Flurry habe sich das Manuskript geschnappt, sei aus dem Wohnwagen gerannt und dann in den Fluss gefallen. Ich persönlich glaube allerdings, dass Haydee sie hineingestoßen hat und Craig davon abhielt, um Hilfe zu rufen. Jedenfalls hatten sie das Manuskript.«

»Waren Wasserspuren dran?«, fragte EB.

Bree lächelte gezwungen. »Keine einzige.« Sie hatte ihre Tragetasche in der Nähe des Küchentisches auf den Fußboden gelegt. Sie hob sie auf und hängte sie sich über die Schulter. »Ich habe noch eine letzte Sache zu erledigen. Bis bald.«

Die meisten Friedhöfe Savannahs waren gut gepflegt und strahlten Ruhe und Frieden aus. Für den Friedhof in Belle Glade traf das allerdings in keiner Weise zu. Er war äußerst ungepflegt, die Gräber wirkten vernachlässigt oder vergessen. Bree blieb eine Zeitlang vor dem schmiedeeisernen Tor stehen. Unter einer Eiche erblickte sie Justine, die, halb hinter herabhängenden Bartflechten verborgen, einen kleinen Grabstein anstarrte.

Bree trat durch das Tor und folgte dem mit Unkraut überwucherten Kiespfad, der sich zwischen den Grabsteinen entlangschlängelte. Als sie den weinenden Engel an Haydees Grab erreicht hatte, machte sie halt, um mit der Hand über einen der Marmorflügel des Engels zu streichen.

Als Bree sich näherte, blickte Justine verblüfft auf.

»Offenbar überrascht es Sie, mich zu sehen«, sagte Bree.

»Was wollen Sie?«, fauchte Justine.

»Haben Sie denn gedacht, ich würde die Dinge auf sich beruhen lassen?«

Justine fingerte an der Pfauenbrosche herum, die an ihrem Revers steckte. »Sie können nichts beweisen«, erwiderte sie mit rauer Stimme.

»Vielleicht nicht in diesem Leben«, entgegnete Bree. »Aber ganz sicher im nächsten.« Sie stellte sich neben Justine und betrachtete den Grabstein:

CONSUELO BULLOCH
1900–1968
UNVERGESSEN

»Hochnäsige Zicke«, sagte Justine.

Bree war sich nicht sicher, ob Justine damit ihre tote Klientin oder sie selbst meinte. Aber das spielte eigentlich keine Rolle.

»Unvergessen. Was für ein Hohn. Sehen Sie sich mal an, wie das hier aussieht.« Sie warf einen verächtlichen Blick auf das verkommene Grab.

Bree lehnte sich gegen einen Grabstein und hängte sich den Krückstock über den Arm. »Dixie hat mir eine merkwürdige Geschichte erzählt.«

»Auch so eine hochnäsige Zicke.«

»Sie hat gesagt, Ende der Fünfzigerjahre hätten Sie für Consuelo gearbeitet.«

Justine hob den Kopf und sah Bree unverwandt an. Um ihre Lippen spielte ein gemeines Lächeln. »Bei mir gab's damals beruflich eine Flaute. Das war eine Zeit, da waren beim Theater nicht mehr die klassischen Stücke gefragt, mit denen ich aufgewachsen bin, sondern nur noch dieses moderne Zeug. Deshalb hatte niemand Verwendung für mich, und nach einer Weile war ich pleite. Was nichts Neues war. Das ist mir in meinem Leben immer wieder passiert. Aber in Savannah war es mir auf die eine oder andere Weise gut gegangen. Schien mir der richtige Ort für einen Neuanfang zu sein.«

»Also sind Sie zurückgekehrt und haben von Consuelo Bulloch einen Job erpresst.«

Justine rümpfte angewidert die Nase. »Erpresst. Erpresst. Was für ein hässliches Wort. Aber Sie sehen immer nur das Hässliche, Sie Möchtegernanwältin. Ich sah und sehe die Dinge ganz anders. Und meiner Ansicht nach war mir diese Frau eine ganze Menge schuldig.« Ihr Lächeln wurde noch gemeiner. »In jener Nacht bin ich ihr zum ersten Mal begegnet, wissen Sie. Nachdem Billy einen Koller bekommen und versucht hatte, mich umzubringen. Sie war genau so, wie ich es erwartet hatte. Hochnäsig. Eifersüchtig. Machte ein unglaubliches Gewese um ihren heiß geliebten kleinen Jungen. Wissen Sie, dass sie die Frechheit besaß, zu Alex zu sagen, dass wir doch heiraten dürften?« Justine reckte das Kinn hoch und breitete die Arme aus – und eine unheimliche Sekunde lang meinte Bree, Consuelo vor sich zu haben. »Jetzt, da ich sehe, wie es mit dir steht, Alex«, sagte Justine mit breitem Südstaatenakzent, »werde ich dir keine Hindernisse mehr in den Weg legen. Nur zu! Heirate sie!« Justine ließ die Arme sinken und stieß ein verächtliches Schnauben aus. »Dabei dachte sie nicht im Traum daran, den kleinen Alex heiraten zu lassen! Und ich dachte auch nicht im Traum daran, in der Provinz zu versauern. Ich wollte schließlich nach New York!«

»Vielleicht stimmte es ja«, sagte Bree leise. »Vielleicht hatte sie tatsächlich nichts mehr gegen eine Heirat einzuwenden.«

»Sie wollte mir kein Geld geben«, erwiderte Justine. »Darum ging's. Sie wollte nichts ausspucken, weder damals noch später, als ich zurückkam.«

»Und deshalb dachten Sie, Sie könnten Alexander zu sich zurücklocken.« Das war eine reine Vermutung. Bree bemerkte jedoch, dass sie den Nagel auf den Kopf getroffen hatte. »Aber das gelang nicht. Creighton Oliver wollte auch nichts mehr mit Ihnen zu tun haben.«

»So sind die Männer nun mal«, sagte Justine nachdenklich. »Alexander ... der war ein Schwächling. Und verrückt war er obendrein. Creighton war da ganz anders. Hab ein Weilchen gebraucht, bis ich ihn so weit hatte, dass er genug Geld rausrückte, damit ich nach Hollywood gehen konnte. Aber als er dann erkannte, dass ich die Absicht hatte, bei den Bullochs zu bleiben …« Sie hob die Hände und ballte die Fäuste. »Da hat er gezahlt. Wissen Sie, dass diese dämlichen Bullochs auch fast pleite waren? Das konnte ich einfach nicht glauben. Diese ganze Überheblichkeit – und dabei hatten sie keinen Penny!«

»Consuelo hat auf andere Art bezahlt, nicht wahr?«, sagte Bree. »Und Charis Jefferson ebenfalls. Wollten Sie sich auch an ihrem Grab weiden?«

»Ich habe nicht die leiseste Ahnung, wovon Sie reden.«

»Es muss doch ein ungeheurer Triumph für Sie sein, dass zwei Ihrer Opfer nebeneinander im Grab liegen.«

Justine verzog keine Miene. »Sie können nichts beweisen«, zischte sie.

»Sie wissen doch, wie hoch entwickelt die Forensik ist. Da Sie bei *Bristol Blues* mitgespielt haben, müsste Ihnen eigentlich klar sein, wozu ein entschlossener Pathologe in der Lage ist.«

»Reden Sie nicht solch absurdes Zeug.« Justine machte eine ungeduldige Bewegung. »Was wollen Sie, Miss Beaufort?«

»Es kommt natürlich darauf an, wie Sie sie umgebracht haben. Sie hatte ein schwaches Herz. Ihr wurde schwindlig. Sie rutschte in der Badewanne aus und ertrank. Weil jemand sie unter Wasser drückte. Genau wie Florida Smith.« Bree holte die Teedose aus der Tasche und öffnete sie. »Wissen Sie, was hier drin ist? Bobby Lee Kowalski hat Erinnerungsstücke an seine alten Fälle aufgehoben. Consuelo Bullochs Hand umklammerte eine Haarsträhne, als sie starb. Ob das bei Flurry wohl auch so ist?« Sie hielt den Plastikbeutel hoch. Die Haarsträhne darin war so schwarz wie ein Krähenflügel. Schwarz wie eine sternenlose Nacht. »Kommt Ihnen das bekannt vor?«

»Fahren Sie zur Hölle«, sagte Justine. »Verschwinden Sie. Verschwinden Sie!«

»Dann bin ich gegangen«, sagte Bree, die das Handy am Ohr hielt. Sie saß in ihrem Auto, das vor dem Friedhof stand. Ihr erster Gedanke war gewesen, Hunter anzurufen. »Ließ sie allein auf dem Friedhof zurück, neben den Gräbern von zweien ihrer Opfer. Bagger Bill Norris liegt vermutlich irgendwo in einem Armengrab. Jedenfalls ist sie jetzt weg. Eben hat ein Taxi sie abgeholt.«

»Wird schwierig sein, das alles zu beweisen«, sagte Hunter.

»Unmöglich, würde ich sogar meinen. Aber sie weiß, dass ich Bescheid weiß. Das ist doch immerhin schon etwas, nicht wahr? Außerdem habe ich sie dazu gebracht, mir die Pfauenbrosche zu übergeben.« Das Schmuckstück lag neben ihr auf dem Beifahrersitz. Sie hatte den Eindruck, dass das Rubinauge des Vogels vorwurfsvoll dreinblickte.

»Ich werde mich darum kümmern. Offen gesagt glaube ich aber nicht, dass die Behörden Beweismaterial von einem fast sechzig Jahre alten Mordfall aufgehoben haben. Mal sehen.«

»Das ist, als mache man Jagd auf alte Nazis.«

»Wie bitte?«

Bree seufzte. »Selbst heute geht ab und zu noch die Meldung durch die Medien, dass jemand einen neunzig Jahre alten Kerl identifiziert habe, der Aufseher in Bergen-Belsen oder an einem anderen dieser Schreckensorte war. Justine muss zur Verantwortung gezogen werden. Aber auch hier gibt es einen sehr alten Mann, der über neunzig Jahre alt, krank und gebrechlich ist. Käme es zum Prozess, würde er es kaum schaffen, sich im Zeugenstand aufrecht zu halten.« Bree rieb sich die Stirn. »Ich weiß nicht, was ich tun soll.«

»Überlass das mir. Das ist nicht mehr dein Problem. Mir ist schleierhaft, warum du es überhaupt zu deinem Problem gemacht hast. Du solltest lieber nach Hause fahren. Du hast dich überanstrengt, und ich mache mir Sorgen um dich. Ich könnte uns was zu essen besorgen und dann zu dir kommen. Was hältst du davon?«

Plötzlich wünschte sie sich nichts mehr, als dass Hunter sie in die Arme nahm. »Eine Menge. Aber könnten wir es nicht auf morgen verschieben? Ich muss nämlich morgen Vormittag vor Gericht auftreten und habe mein Plädoyer noch nicht ausgearbeitet.«

»Okay. Ist Antonia dann im Theater?«

Sie hörte den hoffnungsvollen Ton, der in seiner Stimme mitschwang. »Das ist sie jeden Abend, bis zum Ende der Woche.«

»Wollte nur wissen, wie viel Essen ich mitbringen muss.«

»Bis dann.« Bree legte auf.

Morgen Vormittag musste sie vor dem Himmlischen Gerichtshof erscheinen. Und endlich wusste sie, wie sie die Verteidigung aufbauen konnte.

Es wurde bereits dunkel. Sie nahm die Brosche und stieg aus dem Wagen. Draußen war es kalt. Der Wind frischte auf, die Luft roch nach Regen. Bree hielt die Brosche in der ausgestreckten Hand und sagte: »Mrs. Bulloch? Consuelo?«

Zunächst meinte Bree, nicht zu ihrer Klientin durchgedrungen zu sein. Dann aber manifestierte sich Consuelos Schatten, bewegte sich unruhig hin und her, bis Brees Hand von einem dunklen Etwas umhüllt wurde, das weder menschlich noch irdisch noch real war. Bree fehlten die Worte, um es zu beschreiben, weil ihr jeglicher Bezugspunkt fehlte.

Miss Winston-Beaufort?

»Ja, ich bin's«, sagte Bree. »Ich habe herausgefunden, wie Sie umgekommen sind, Mrs. Bulloch. Das tut mir sehr leid.«

Verrat.

»Ja. Der schlimmsten Art. Mrs. Bulloch, ich werde Berufung für Sie einlegen. Ich möchte Ihnen mitteilen, was ich zu Ihrer Verteidigung vorbringen werde.«

Mein Verrat. Bedaure ich … unendlich …

»Es ist immer sehr gut, wenn man vor Gericht echte Reue zeigt, Mrs. Bulloch. Das ist hilfreich. Aber da wäre noch etwas anderes.« Bree zögerte. »Sie haben Haydee Quinn gehasst.«

War schlecht für meinen Jungen.

»Ja, vermutlich. Haydee behauptet, Sie hätten den beiden erlaubt zu heiraten. Stimmt das?«

Ohne sie ... war es noch schlechter für meinen Jungen.

Bree nickte. »Sie haben Ihren Sohn Alexander geliebt. Und Ihre Liebe scheint selbstlos gewesen zu sein. Das musste ich wissen, damit ich mein Möglichstes für Sie tun kann.«

Die Erscheinung verschwand.

Bree fuhr nach Hause, um ihr Plädoyer vorzubereiten.

Epilog

»Sie haben ziemlich abgenommen, seit Lavinia das für Sie genäht hat.« Ron schüttelte den weichen roten Samttalar aus, der für einen Rechtsanwalt obligatorisch war, der vor dem Himmlischen Gerichtshof auftrat. Bree schlüpfte in das Gewand, dessen Saum und Revers mit kunstvoller Goldstickerei verziert waren. Ron und sie befanden sich im sechsten Stock des Gerichtsgebäudes von Chatham County. Es war Mittwochvormittag. Vor genau drei Wochen war Justine Coville in die Kanzlei in der Bay Street gekommen, um Brees Zeit in Anspruch zu nehmen und ihr Mitgefühl zu erregen.

»Ich werd schon wieder zunehmen, wenn erst mal dieser verdammte Verband ab ist.«

Ron verdrehte die Augen. »Das ergibt doch überhaupt keinen Sinn. Was hat denn der Verband damit zu tun? Leah ist das auch widerfahren, wissen Sie. Sie ist so schlank wie ein Windhund geworden.« Er beugte sich vor und sah Bree ins Gesicht. »Stimmt was nicht?«

»Die Arbeit, die ich mache, hat ihren Preis, Ron. Ich weiß nicht, ob ich bereit bin, ihn zu zahlen.«

»Verstehe«, erwiderte er unverbindlich. Dann trat Schweigen ein, das sich so lange hinzog, bis Bree es nicht mehr aushielt. »Ron«, sagte sie. »Kann ich aufhören? Geht das überhaupt?«

»Selbstverständlich.« Er strich den Talar an den Schultern glatt. »Dafür gibt es – wie für alles andere auch – ein bestimmtes Verfahren. Wenn Sie aufhören, werden Sie uns vergessen. Sie werden sich an nichts von alldem erinnern, so, als wäre es nie geschehen. Bestraft werden Sie jedenfalls nicht.« Er trat zurück und lächelte sie an.

Bree brachte den hohen steifen Kragen in Ordnung. Ihr Haar hatte sie hinten zu einem Knoten geschlungen, damit die abrasierte Stelle bedeckt war. Das Haar wuchs zwar nach, aber – wie sie fand – nicht schnell genug. Mit ihrem Bein stand jedoch alles zum Besten. Sie stieß mit dem Krückstock auf den Fußboden. »Ich glaube, den kann ich hierlassen.«

»Denken Sie daran, dass Sie die lange Treppe hinuntersteigen müssen. Nehmen Sie ihn also lieber mit. Außerdem … ein Richter sollte zwar völlig unparteiisch sein, trotzdem dürfte es Eindruck machen, wenn Sie als tapfere, lädierte Kämpferin auftreten. Behalten Sie den Stock bitte bei sich.«

Bree grinste. »Wahrscheinlich haben Sie recht.« Sie seufzte. »Okay. Ich bin so weit.«

»Wir haben noch ein paar Minuten Zeit. Hätten Sie was dagegen, wenn wir kurz zu Goldstein reinspringen? Er möchte mit Ihnen sprechen.«

»Gut.«

Bree folgte Ron den Korridor entlang und trat mit ihm in die große gewölbte Halle. Als die schwere Eichentür lautlos hinter ihnen zufiel, hörte sie Goldstein ausrufen: »Ah! Ah!« Einige der Mönche blickten leicht überrascht auf. Einer winkte ihr mit seinem Federkiel fröhlich zu. Andere klatschten. Goldstein eilte ihnen beschwingt entgegen – »Meine Liebe! Meine Liebe!« – und schloss Bree in die Arme. Er roch nach Papier, feuchter Wolle und ganz leicht auch nach Weihrauch. Eine Feder seines Flügels geriet Bree in die Nase, sodass sie niesen musste.

»Drei schwebende Verfahren auf einen Schlag zum Abschluss gebracht! Ich glaube, das ist ein Rekord! Danke, dass Sie vorbeigekommen sind, meine Liebe. Ich weiß, dass Sie gleich in den Gerichtssaal müssen, aber ich wollte Ihnen unbedingt persönlich gratulieren.«

»Sie hätten ja eine E-Card schicken können«, sagte Ron. »Natürlich nur, wenn Sie online wären. Bei www.dankeoherr.com gibt es ganz großartige. Mit Engelschören, die ein Liedlein schmettern und so.«

»Dann wär mir ja der verlegene und gleichzeitig so erfreute Ausdruck in ihrem Gesicht entgangen.« Goldstein ließ Bree los und faltete die Hände. »Norris: Erster Kreis der Hölle. Nicht schlecht, wenn man seine bewegte Vergangenheit in Betracht zieht. Alexander Bulloch: Erster Kreis des Himmels. Auch nicht schlecht, denn schließlich war er wegen Leichenschändung angeklagt. Bei der armen Charis Jefferson war das Verfahren zwar schon abgeschlossen, aber ich weiß, dass sie sich jetzt trotzdem wie eine Schneekönigin freut.

Was Consuelo angeht … nun ja, das wird sich ja gleich herausstellen. Haben Sie Ihr Plädoyer ausgearbeitet, meine Liebe?«

»Ja«, sagte Bree.

Goldstein strahlte sie an. »Dann wünsche ich Ihnen viel Glück.«

Wenige Minuten später stieg Bree die lange silberne Treppe hinunter, die zum Gerichtssaal führte. An den hohen Wänden links und rechts von ihr liefen Szenen aus Consuelos Leben ab. Sie sah Alexander als Kleinkind im Schoß seiner Mutter liegen. Consuelo wurde auf ihrer Hochzeit gezeigt, starr vor Stolz und Freude.

Consuelo und Haydee, die sich wie fauchende Katzen gegenüberstanden.

Caldecott und Beazley lümmelten sich auf ihrer Bank. Bree nahm ihren Platz auf der anderen Seite des Ganges ein, legte ihre Aktentasche ab und nahm ihr Plädoyer heraus. Vor ihr ragte das Richterpult auf, dessen Vorderseite mit Zitaten aus dem Koran, der Bibel und der Tora geschmückt war.

Ein gedämpfter Gongschlag hallte durch den Raum. Alle Anwesenden erhoben sich. Hinter dem Richterpult manifestierte sich eine große leuchtende goldene Kugel. Auf der dicken Marmorplatte des Pults erschien die von Flügeln eingerahmte Waage der Gerechtigkeit.

Bree hatte den Eindruck, dass das goldene Licht auf der Richterbank wohlwollend den Stock betrachtete, auf den sie sich stützte.

»Man beginne«, verkündete eine sonore Stimme.

»Euer Ehren«, sagte Bree. »Ich vertrete Consuelo Bulloch, eine Frau, die ihren Sohn hingebungsvoll und selbstlos geliebt hat. Wir sind hier, weil wir um Gnade bitten wollen.«

»Das ist ja ganz gut über die Bühne gegangen«, sagte Ron. Bree schlüpfte aus dem Talar und legte ihn sorgfältig zusammen, bevor sie ihn an Ron weiterreichte. Ron drückte auf den Knopf des Fahrstuhls. »Gut, dass Sie den Stock mitgenommen haben. Hat Ihnen viel Sympathie eingetragen. Caldecott hatte auch ein paar Asse im Ärmel. Hätte also schiefgehen können.«

»Purgatorium«, sagte Bree. »Ich habe für den Ersten Kreis des Himmels plädiert.«

»Ich glaube, Sie sollten dankbar sein, dass wir wenigstens das erreicht haben.«

»Stimmt. Die Frau war in mancherlei Hinsicht völlig bigott.« Bree seufzte. »Vermutlich ist sie ein Produkt ihrer Zeit gewesen. Was natürlich keine Entschuldigung ist.«

Die Tür des Fahrstuhls öffnete sich, und sie traten in die Kabine. Bree versank in Gedanken und kam erst wieder zu sich, als der Fahrstuhl das Parterre erreichte. Der Fall war vorüber. Justines Schicksal lag jetzt in anderen Händen, damit hatte Bree nichts mehr zu tun. Über Consuelos Fall war verhandelt und entschieden worden. Der Mordfall Florida Smith würde vor irdischen Gerichten seinen Gang gehen. Bree hoffte inständig, dass man Justine dafür zur Verantwortung zöge. Und sie beschloss, ab und zu bei dem wackeren, ehrenwerten Bobby Lee Kowalski vorbeizusehen.

Der Fall war vorüber.

»Ich würde wirklich gern wissen, was aus Dent geworden ist«, sagte sie zu Ron.

»Wie bitte?«

Bree blickte auf. Die junge Rechtsanwältin, die neben ihr im Fahrstuhl stand, hatte sie schon mal irgendwo gesehen. Vielleicht bei Huey's oder im Fitnessstudio. Die Frau lächelte sie an. »Was haben Sie mich da gerade gefragt?« So dicht, wie Ron neben der Frau stand, hätte sie ihn eigentlich wahrnehmen müssen. Aber offenbar hatte er sich gerade unsichtbar gemacht.

»Sorry. Hab nur laut gedacht.«

»Kein Problem.« Die Frau wich zur Seite, um Bree den Vortritt zu lassen. »Sie sind doch Bree Beaufort, nicht wahr?«

»Ja.« Bree hängte sich den Krückstock über den Arm und streckte die Hand aus.

»Margery Slack. Hab gehört, Sie hätten neulich eins auf den Kopf bekommen.«

»Toll«, sagte Bree verbittert, als sie und Ron zur Angelus Street zurückgingen. »Ich könnte wetten, dass Margery jetzt über Facebook all ihren Freunden mitteilt, dass ich im Fahrstuhl mit mir selbst rede.«

»Sie haben bei diesem Fall eine Menge geleistet. Goldstein ist jemand, der nicht gerade zu überschwänglichen Lobpreisungen neigt. Das letzte *Hosianna!* hat er vor der Sintflut vom Stapel gelassen.«

»Sehr komisch«, grummelte Bree. Sie blieben vor dem schmiedeeisernen Tor des Hauses Angelus Street 66 stehen. Die Strahlen der Sonne fielen so auf die Kugeln des schmiedeeisernen Zauns, dass diese sich zu drehen schienen.

Der Friedhof war so unwirtlich und düster wie eh und je.

Bree öffnete das Tor und trat ein. Ron folgte ihr. Sie blieben vor einem Grab stehen, das noch nicht da gewesen war, als sie sich morgens zum Gericht aufgemacht hatten.

Auf dem Schild stand:

HAYDEE QUINN

1930–

Des Menschen böse Taten leben fort.

Mary Stanton

Im Namen der Engel

Die überirdischen Fälle der Bree Winston 1. Aus dem Amerikanischen von Michael Koseler. 384 Seiten. Piper Taschenbuch

Die junge Anwältin Bree Winston ist schön, ehrgeizig und chaotisch, kurz – ungemein sympathisch. Bree arbeitet in Savannah, der Stadt der Gespenster. Hier ist alles ein wenig anders als im Rest der Welt. Brees Klienten sind Tote, ihre Angestellten himmlische Gesandte. Ihr erster Mandant meldet sich mit einem vertrackten Fall aus dem Jenseits. Mithilfe des unerhört attraktiven Gabriel Striker muss Bree vor dem himmlischen Gerichtshof antreten. Doch das Fegefeuer lodert bereits …

05/2550/01/L

Mary Stanton

Anwältin der Engel

Die überirdischen Fälle der Bree Winston 2. Aus dem Amerikanischen von Michael Koseler. 400 Seiten. Piper Taschenbuch

Die Anwältin der Engel ermittelt! Bree Winston soll ein Mädchen vertreten, das im Shoppingcenter grundlos eine arglose Pfadfinderin angegriffen hat. Scheinbar ein unspektakulärer Fall – bis ein Geist mit Bree Kontakt aufnimmt und von ungeklärten Geschehnissen aus der Familiengeschichte berichtet. Und bald geschieht ein Mord. Jetzt braucht Bree himmlischen Beistand, denn jemand versucht, das dunkle Geheimnis der Familie zu wahren – um jeden Preis. Doch Bree gerät auch noch in andere Schwierigkeiten: Ihre Jugendliebe taucht ungefragt auf und bringt ihr Gefühlsleben gehörig durcheinander …

05/2551/01/R

Mary Stanton

Rächerin der Engel

Die überirdischen Fälle der Bree Winston 3. Aus dem Amerikanischen von Michael Koseler. 368 Seiten. Piper Taschenbuch

Die attraktive Anwältin Bree Winston ist zurück. Gemeinsam mit ihren Angestellten, den Engeln, vertritt sie die Seelen der Verstorbenen, die zu Unrecht verdammt wurden. In ihrem dritten Fall untersucht Bree den Tod des Bankiers Russell O'Rourke, der nach einem Millionenverlust angeblich Selbstmord beging. Doch schon bald deuten die Zeichen auf Mord: Jemand hat den Bankier umgebracht – doch warum? Je tiefer Bree gräbt, desto größer wird die Gefahr, in der sie schwebt, denn der Mörder möchte auch sie tot sehen.

»Mit diesen Charakteren – ob lebendig oder tot – möchte man mehr Zeit verbringen.«
Romantic Times

05/2646/01/L

G. A. Aiken

Dragon Kiss

Roman. Aus dem Amerikanischen von Karen Gerwig. 432 Seiten. Piper Taschenbuch

Die Schöne und das Biest als Drachenepos und sexy Lovestory: Du wirst einen großen, dunkelhaarigen Fremden treffen – so hätte ihr Horoskop des Tages lauten können. Eigentlich ist die Kriegerin Annwyl zäh und widerspenstig. Bis sie dem Drachen Fearghus über den Weg läuft und zu Wachs in seinen Klauen wird. Denn er ist groß, gut aussehend – und absolut tödlich. Und er hat bisher noch nie Widerworte bekommen.

Die Drachen erobern die Herzen der Romance-Fans – der Auftakt zum neuen sexy Fantasy-Hit aus den USA!

05/2592/01/R

Karen Chance

Untot mit Biss

Roman. Aus dem Amerikanischen von Andreas Brandhorst. 400 Seiten. Piper Taschenbuch

Cassandra Palmer kennt die Toten und Untoten besser, als einer jungen Frau lieb sein kann. Da Cassie in die Zukunft sehen und mit Geistern sprechen kann, sind die übernatürlichen Geschöpfe ihr seit jeher auf der Spur. Während die Toten nur nerven – sie reden einfach zu viel –, stellen die Untoten eine echte Gefahr da. Als Cassie von einem Blutsauger aufgespürt wird, der mit ihr noch eine Rechnung offen hat, muss sie den mächtigen Vampirsenat um Schutz bitten. Und dafür muss Cassie sich ausgerechnet mit einem äußerst attraktiven Vampir verbünden …

»Dieses Buch und seine toughe, sexy Heldin lassen dich nicht mehr los.«
Patricia Briggs

05/2309/02/L

Karen Chance

Hinreißend untot

Aus dem Amerikanischen von Andreas Brandhorst. 432 Seiten. Piper Taschenbuch

Dass Cassandra Palmer einmal froh sein würde, einen Vampir zum Freund zu haben, hätte sie sich niemals träumen lassen. Doch seit sie den Titel der Pythia, der mächtigsten Seherin der Welt, erworben hat, sind alle potenziellen Verehrer auffällig auf Distanz zu ihr gegangen. Das mag daran liegen, dass sie über schier unendliche Macht verfügt – ein Umstand, der nicht allen ihren magischen Zeitgenossen gefällt. Immerhin ist der Vampir, der als Einziger Cassandras Nähe sucht, ein ungeheuer attraktiver Vertreter seiner Art. Cassandra beschließt, ihre neue Macht zu nutzen, um den unerklärlichen Ereignissen auf den Grund zu gehen. Doch manchmal kommt man mit viel Gefühl weiter als mit dunklen Kräften …

05/2493/01/R

Mara Volkers

Die schwarze Königin

Roman. 480 Seiten.
Piper Taschenbuch

Rot – die Farbe des Bluts. Seit dem ersten Moment ist Daniela fasziniert von den Gemälden des Wiener Künstlers Urban, der nur eine einzige Farbe verwendet. Und was hat es mit dem verführerischen Model Monique auf sich? Ihrem erotischen Einfluss kann sich niemand entziehen, auch Daniela nicht. Als eine unheimliche Mordserie die Stadt erschüttert, deuten die Hinweise auf den Kreis des Künstlers. Die Suche nach der Wahrheit führt Daniela nicht nur zu mächtigen Geheimzirkeln und in eine Welt voller dunkler Obsessionen, sondern auch in die erotischen Abgründe ihrer eigenen Seele. Denn wahre Gier ist ebenso gefährlich wie unersättlich …

05/2553/01/L

Mara Volkers

Die Reliquie

Roman. 512 Seiten.
Piper Taschenbuch

Der Bestseller der Autorin von »Die schwarze Königin« jetzt bei Piper im Taschenbuch! Im 13. Jahrhundert beherrschen Aberglauben, Furcht und Misstrauen den Alltag der Menschen. Die junge Bärbel muss gemeinsam mit ihrer Schwester ein neues Leben in der Burg des tyrannischen Grafen beginnen. Es ist eine Welt dunkler Geheimnisse und erotischer Obsessionen. Doch niemand ahnt, dass Bärbel ein magisches Erbe in sich trägt: die Macht über die Reliquie, ein heiliges Artefakt, das nicht nur die Schreckensherrschaft des Burgherrn beenden könnte, sondern Bärbel auch in höchste Gefahr bringt …

05/2594/01/R